蔬菜月令

我的耕读笔记

徐斌 著

广西师范大学出版社
·桂林·

SHUCAI YUELING: WODE GENGDU BIJI

图书在版编目（CIP）数据

蔬菜月令：我的耕读笔记 / 徐斌著． —桂林：广西师范大学出版社，2019.11

（雅活书系）

ISBN 978-7-5598-2207-9

Ⅰ．①蔬… Ⅱ．①徐… Ⅲ．①散文集－中国－当代 Ⅳ．①I267

中国版本图书馆 CIP 数据核字（2019）第 204102 号

广西师范大学出版社出版发行

（广西桂林市五里店路 9 号　邮政编码：541004）

网址：http://www.bbtpress.com

出版人：张艺兵

全国新华书店经销

广西昭泰子隆彩印有限责任公司印刷

（南宁市友爱南路 39 号　邮政编码：530000）

开本：880 mm ×1 240 mm　1/32

印张：10　　字数：220 千字

2019 年 11 月第 1 版　　2019 年 11 月第 1 次印刷

定价：58.00 元

如发现印装质量问题，影响阅读，请与出版社发行部门联系调换。

· 总序

周华诚

"雅活书系"陆陆续续出来了，受到不少读者的欢迎，编辑约我写一篇总序，我遂想起当初策划此书系的缘由。入夜，又细细翻阅书架上"雅活书系"已出的20余种书，梳理并列出将出的近10种书的书名，不由心潮起伏，感慨系之，于是记下我的片断感受。

"雅活"这个概念，并非现在才有，中国实古已有之。举凡衣食住行、生活起居、谈琴说艺、访亲会友、花鸟虫鱼、劳作娱乐，这日常生活里的一切，古人都可以悠然有致地去完成。譬如，我们翻阅古书，可见到古人有"九雅"：曰焚香，曰品茗，曰听雨，曰赏雪，曰候月，曰酌酒，曰莳花，曰寻幽，曰抚琴；又见古人有"四艺"：品香、斗茶、挂画、插花。想想看，"雅活"的因子，覆盖了日常生活的方方面面；也可以说，"审美"这个东西，已渗入中国人的精神血液里头。

明人陈继儒在《幽远集》中说：

香令人幽，酒令人远，石令人隽，琴令人寂，茶令人爽，竹令人冷，月令人孤，棋令人闲，杖令人轻，水令人空，雪令人旷，剑令人悲，蒲团令人枯，美人令人怜，僧令人淡，花令人韵，金石鼎彝令人古。

这样一些生活的风致，似乎已离时下的我们十分遥远。随着社会节奏的加快，人们匆促前行，常常忽略了那些诗意、美好而无用的东西。

美的东西，往往是"无用"的。

然而，它真的"无用"么？

几年前，我离开从事多年的媒体工作，回到家乡，与父亲一起耕种三亩水稻田，这一过程让我获益良多。那时我已强烈地感受到，城市里很多人每日都在奔波，少有人能把脚步慢下来，去感受一下日常生活之美，去想一想生活究竟应当是什么样子。

山静似太古，日长如小年。
余花犹可醉，好鸟不妨眠。
世味门常掩，时光簟已便。
梦中频得句，拈笔又忘筌。

当我重新回到乡村，回到稻田中间，开始一种晴耕雨读的生活时，我真切地体会到内心的许多变化。我也开始体悟到唐庚这首《醉眠》中的"缓慢"意味。我在春天里插秧，在秋天里收割，与草木昆虫在一起，这使我的生活节奏逐渐地慢了下来。城市里的朋友们带着孩子，来和我一起下田劳作，插秧或收获，我们得到了许多快乐，同时也获得了内心的宁静。

我们很多人，每天生活在喧嚣的世界里，忙碌地生活和工作，停不下奔忙的脚步。而其实，生活是应该有些许闲情逸致的。那些闲情雅致或诗意美好，正是文艺的功用。

钱穆先生说:"一个名厨,烹调了一味菜,不至于使你不能尝。一幅名画,一支名曲,却有时能使人莫名其妙地欣赏不到它的好处。它可以另有一天地,另有一境界,鼓舞你的精神,诱导你的心灵,愈走愈深入,愈升愈超卓。你的心神不能领会到这里,这是你生命之一种缺憾。"

他继而说道:"人类在谋生之上应该有一种爱美的生活,否则只算是他生命之夭折。"

这,或许可以算是"雅活书系"最初的由来吧。

"雅活书系",是一套试图将生活与文艺相融合的丛书。它有一句口号:"有生活的文艺,有文艺的生活。"在我们看来,文艺只是生活方式的一种。文艺与生活,本密不可分。若仅有文艺没有生活,那个文艺是死的;而若仅有生活,没有文艺,那个生活是枯的。

"雅活书系"便是这样,希望文艺与生活相结合,并且通过一点一滴、身体力行,来把生活的美学传达给更多人。

钱穆先生所说的"爱美的生活",即是"文艺的生活"。下雪了,张岱穿着毛皮衣,带着火炉,坐船去湖心亭看雪。一夜大雪,窗外莹白,住在绍兴的王子猷想起了远方的老友戴逵,就连夜乘船去看他;快天亮时,终于要到戴家了,王子猷却突然返程,说:"我本乘兴而行,兴尽而返,何必见戴!"同样,还是下雪天,《红楼梦》里的妙玉把梅花瓣上的白雪收集起来,储在一个坛子里,埋入地下三年,再拿出来泡茶喝。也有人把梅花的花骨朵摘下,用盐渍好,到了夏天,再拿出来泡水,梅花会在沸水的作用下缓缓开放。

——这都是多么美好的事!

生活之美到底是什么?从这套"雅活书系"里,每一位读者或许都能找到一点答案。当然,这并不是"雅活"的标准答案,生活本无标准可言——每个人的实践,都只是对生活本身的探寻。而当下的生活，如此丰富，如此精彩，自然也蕴含着无比深沉的美好。"雅活书系"或许是一束微弱的光，是一个提示，提示各位打开心灵感受器，去认识、发现、创造各自生活中的美好。

很荣幸，"雅活书系"能得到读者们的喜欢，也获得了业内不少奖项。我愿更多的人，能发现"雅活"，喜欢"雅活"；能在"雅活"的阅读里，为生活增一分诗意，让内心多一丝宁静。

写完此稿搁笔时，立夏已至，山野之间，鸟鸣渐起。

2019年5月6日

·序

体恤、悲悯和感恩

魏振强

我和徐斌相识十几年了。这要感谢文字的缘分。十多年前，我初次读到徐斌的文字，就被它的平实、素雅和安静打动。文字是一个人的影子，徐斌的文字背后也该立着一个可爱的人。

这十多年来与徐斌交往的经验让我有些得意——我当初的判断是对的。

徐斌和我是老乡，我们都是1960年代生于乡下，童年和少年时代喂过猪、养过牛、砍过柴、割过稻子，也都饿过肚子挨过冻，而后通过高考的严酷考验，摆脱了世代为农的命运。有些意思的是，我离开当初任教的学校不久，徐斌被调进了那所学校。在那里，我们虽然并无交集，但在学校的史册中，我们的职务都是"教职工"。

我们的家乡和县地处长江下游，与芜湖、南京等地交界，曾为古和州所辖。因为地处要冲，历代兵家曾厮杀于此。境内的乌江系长江的一条支流，原本寂寂无名，后因楚霸王在此拔剑自刎而广为人知。徐斌的老家就在离乌江不远处的一个村庄。在农村长大的徐斌，年幼时历经诸多艰辛，这当然不值得大惊小怪，他的艰辛其实也是那个年代乡下人共同的艰辛。所不同的是，徐斌在人生的初始即遭遇了生活的严寒冰霜——失去了疼他爱他的母亲。幼时失怙，乃人生至痛。漫漫长夜中，年少的徐斌一定有过仰望天空、暗自垂泪的经历。泪水柔软，也坚硬，被泪水淘洗过的眼睛，更清澈；被伤痛侵害过的心会更慈悲，也更坚忍。我读过徐斌的很多叙述少时生活的文字，很少看到对苦难的描述；他偶尔叙述少时的窘迫，也多半是为了烘托和感激别人的恩惠，即使写到他早逝的母亲，也仅是三言两语，像是独自在风中的小声叹息。这样的姿态，总会让我动容——只有对苦难感受深切的人，才不会轻言伤痛，不会"炫耀"苦难。这样的人，更有体恤和悲悯之心，更容易对他人的苦痛感同身受，对他人的幸福和幸运报以真诚的祝贺和祝福；同样，这样的人，在生活中也会更练达，更柔润，更迷人。

我用"迷人"来形容徐斌，并非溢美之举。我和徐斌有着频繁的交流和交往，在我的印象中，徐斌为人热情，但这种热情却不是夏日般的那么炽烈，而是如冬阳一样悄然散发热量，让人有一种妥妥的熨帖；他在众人欢聚的场合，总是安静地坐着，笑眯眯地听，小声地说，纵然偶尔率性，喝得有点高，也不会妄言乱语；倘若有朋友失态、失言，他还会巧妙地帮着圆场，免于让人陷入尴尬、窘迫。这些都是琐事，但透过琐事最能看清一个人的真面目。徐斌在"琐事"中表现出的沉静、温润和周到，让我常有在发黄书页中邂逅古君子的感觉。这种难得一见的"老派"风格，与乡村曾经的淳朴有关，与他父母的血脉有关，与他年少时遭遇的艰辛和伤痛有关，也与他朴素的知识分子的自觉意识息息相关。

徐斌爱读书，涉猎极广，特别是文学、哲学和自然之类的书籍，他更是痴迷有加；他又是极爱观察和思考的人，他从鲁迅如刀似剑的文字中读出脉脉温情，从魏晋文人的豪放不羁中读出雅人深致，从前辈教育家的闲谈、逸事中读出责任和职业尊严。这种读书姿态，不仅是为了获取知识的养分，更是为了检点内心，涵养自我。徐斌深爱自然，他喜欢静坐水边垂钓，不是为一鱼之乐，只是为了享受面对微波的安宁和惬意；他喜欢独自在荒野、河边骑行，晨露初起时悄然出发，夕阳西下时方归，虽满身疲惫，却又是满心欢喜。徐斌对自然的亲近和热爱，并不是消极的"遁世"，而是一种更为主动的发现和寻找，寻找生活的诗意，让自己的生活更纯净、内心更丰盈，让自己更懂得体恤、悲悯和感恩。正是这种自觉自省的意识和主动寻找生活诗意的姿态，才成就了徐斌身上可贵的"老派"风格。

徐斌的体恤、悲悯和感恩，在这本著作中也得以完整呈现。

三年前，徐斌幸运地与一块城市菜园相遇；那块菜园也是有幸地，遇到了一位最懂它、最会善待它的人。春去冬来，日升日落，菜园中的徐斌不是一个矫情的体验者，他脱去衣衫，弯腰屈膝，翻地、播种、浇水、施肥、掐尖、除草，每一个细节都是那么谨严而虔诚。他小心翼翼地侍弄、呵护每一棵弱小的幼苗，像是在课堂上小心地呵护他的那些敏感而自尊的学生，生怕伤到它们、"弄疼"它们、委屈它们；面对泥土下的一条蠕动的蚯蚓，面对土垄上一朵悄然绽开的萝卜花，或是一个含羞待放的番茄花苞，徐斌总是满怀诚敬，满心怜爱。在徐斌的眼中，每一粒种子，每一棵蔬菜，每一只路过的蝴蝶、蜜蜂，都是可亲可爱的小生灵。他笑意融融地打量它们、抚摸它们，又面带几分得意，描述它们的模样，讲述它们的故事。

徐斌这几年为他的那块菜园写下了三十万字的散文。在我有限的阅读经验中，如此大体量地为平凡的蔬菜写下这么多文字的人，确实少见。徐斌不厌其烦地书写、讲述他的每一种蔬菜、每一次种菜经历，是因为他的内心洋溢着对生活的深情。因了这份深情，他对泥土的热爱，对植物、动物的体恤和悲悯，对每一缕及时赶来的阳光、每一阵如约而至的雨水的感恩，总是让人怦然心动。同样，因为披着真挚、深情的底色，徐斌的文字像是初阳下的露珠，始终闪耀着澄澈而灵动的光芒。而更难能可贵的是，因为有着丰厚的学养和深厚的文字功力，徐斌写菜园，写茄子、辣椒、白菜、芫荽，神游八极，张弛有度，偶尔的联想和议论，总会让人惊喜、艳羡，又不禁静默、长思。

能让人掩卷长思的文字，无疑有着动人的力量；能让人珍惜和敬重的人，一定有着迷人的灵魂。对我来说，能与徐斌相识，与他的诸多文字相遇，确实是幸运之事。我这么说的时候，徐斌笔下的那些蔬菜们说不定也会说，瞧，我们也幸运啊，我们遇到了一位懂我们、惜我们的人，他是我们的知音！

（魏振强，《安庆晚报》副刊部主任，安庆市作协副主席。著有散文集《茶峒的歌声》，《最后一份晚报》入选语文版小学语文课本。）

目 录

第一辑：春

每每邂逅 … 003

欣欣向荣 … 008

被春天吵醒 … 012

菜有百样绿 … 015

今日雨水 … 018

白菜之名 … 021

拍拍春天的脸 … 024

播种希望 … 027

拜访蔬菜 … 030

蔬菜月令 … 033

把土豆种到土里 … 036

我在挖地 … 039

豆豆出生记 … 042

我的阿兰若 … 045

紫菜花与萝卜花 … 048

顺理成章 … 050

读吴伯箫 … 052

种菜也是修行 … 055

莴笋冒薹 … 058

多劳少病 … 061

雨生百蔬 … 064

最美的遇见 … 070

人参菜 … 073

生菜与鹅
——兼读《一个青年艺术家的画像》… 076

苦菊 … 080

第二辑：夏

搭起豆架是立夏 … 085

一茎山药爬上来 … 088

洋辣子 … 091

小满 … 094

把老蒜编成辫子 … 97

芒种驿站 … 100

芒而不茫 … 103

绿瓠子 … 106

一抹胭脂 … 109

清丽如斯菊花脑 … 112

小白菜 … 115

冬瓜 … 118

瓜豆过夏 … 121

蔬菜的口哨 … 124

青青子衿 … 128

毛豆宴 … 131

霉干菜 … 134

忧伤的黄瓜 … 137

掏空菜瓜做笔筒
——兼读海饼干《我知道所有事物的尽头》… 140

辣椒树 … 143

蔬菜的小暑 … 146

玉牙似的米 … 149

披星戴月 … 152

苦尽甘来 … 155

诗和远方 … 157

山药的蛋 … 160

腐草为萤 … 163

蔬菜的尊严 … 166

种菜与出汗 … 169

洋葱与西红柿 … 171

菱叶菜 … 174

南瓜花 … 177

一路歌唱 … 180

割草 … 182

第三辑：秋

秋日款款 … 187

一帘幽梦 … 190

时光的记忆 … 193

处暑不"惊" … 196

米豇豆 … 199

另类妩媚 … 202

蔬眠雨后畦 … 205

撒把菜籽便成景 … 208

不够用的秋天 … 212

空心菜 … 215

我的克罗菜园 … 218

蔬菜的村庄
——兼读周凌云《屈原的村庄》… 221

豆子这辈子 … 225

铁棍山药 … 228

坚强的菜籽 … 232

我们的歌 … 235

秋天最后的驿站 … 238

怒放的生命 … 241

第四辑：冬

多么美好的世界 … 245

万物美好 … 248

把生活过成诗的模样 … 251

暖心萝卜 … 254

芫荽 … 257

初冬的慈姑 … 260

我的黄金时代 … 263

贴地飞行 … 266

芹菜自来香 … 269

一棵青菜就要起薹 … 271

在园子里想起米勒的画 … 274

蔬菜不冬眠 … 277

留得葫芦看 … 280

豌豆范儿 … 283

没有阳光不行 … 286

冰花菠菜 … 290

极简主义以及对蔬菜的情谊 … 293

后记 … 297

第一辑:

春

春为岁之首,希望在前头。当我用铁锹挖开冰冷的泥土,当我用锄头打碎板结的泥垡头,当我点播一宕宕的韭菜并盖上一把柔软的干稻草,我知道又一畦韭菜即将发芽、长高,如同姑娘们黑油油的长发迎风飞舞。

· 每每邂逅

阳历新年已过，旧历的新年也要到了。四时花开，在二十四节气里穿行，种菜又一年。

读到吾乡诗人张籍《和左司元郎中秋居》："自知清静好，不要问时豪。……身外无余事，唯应笔砚劳。"我想到的是"身外无余事，唯觉种菜忙"。由春而夏，而秋，播种、浇水，施肥、除草，确实忙碌；然而，自有一种发自内心的愉悦。

冬天呢，清闲许多，每至园中，多是采摘，多是索取。菜不用浇（过冬的蔬菜，特别是青菜，地要干些，不易冻坏），不用施肥（雨水里带着肥料呢），不用捉虫，偶尔薅薅杂草，让太阳晒晒后背，晒晒屁股，晒晒寒腿。有时坐在太阳下读些闲书，也像张籍说的，"贫贱易为适……端坐无余思"。

晚上，靠在床头，跟妻子闲聊，就聊到菜园。由一天聊起，接着一月、一季、一年，像是菜园盘点。

今年，萝卜、山芋、山药蛋、赤小豆长得不好。萝卜体小，像乒乓球似的，还有糠心、空心的，像老葫芦瓢。山芋满田跑藤，涉沟过坎，像小狗撒欢，块根皆为袖珍版。山药蛋是朋友从北京带回的种，是第一次种，细藤有米把长，触须像卷毛狗似的，可惜没结果实。赤小豆枝繁叶茂，后来叶片染霜，患了白霉病，颗粒无收。不过，这些都不要紧，不影响心情。而且，我知道了山药蛋的种植，是要挖深沟、填虚土的，增长了知识，也开心。

青菜、苦瓜、丝瓜、芹菜、洋葱、番茄样样都好，像少年日见其高，精神饱满。初次栽植的圆白菜、人参菜，长势旺盛，喜煞人也。

你看圆白菜呀，只是铅笔似的小苗，长啊长啊，长成盛开的莲叶，再渐渐盘成圆形，像新娘的盘发，像新妇隆起的肚皮；你看人参菜呀，夏时整畦碧绿，如凝脂，如翡翠，不染纤尘，清秀脱俗，秋来细茎摇曳，无数调皮的米粒大的碎红花，像玩顶竿的杂技演员，沿着细茎往上攀爬，且不时伸伸胳膊踢踢腿，展示她们的娇美与可爱。

特别是秋茄子啊，割了老茎发新叶，紫花朵朵如蝴蝶，果实硕大如棒槌，吃到嘴里细密密。少年时，曾听说老茄子可以结二茬，总是半信半疑。多少个寒暑过去，多少次春花秋月，在紫叶、紫花、紫果实的接力中，梦想变成了现实。不过个中甘苦也多，几乎天天浇水，隔三岔五浇粪。秋季天气干燥，地力也尽，秋茄子像耗尽元气的女人，没有足够的营养补充，哪能恢复身体，继续怀孕生养呢？

至于冬日里的青菜，像极了戏剧中的青衣，素雅、端庄、安详、稳重。不同的是，戏曲中的人物，多经坎坷，命途多舛，有的遭受遗弃，有的生活困苦，故有"抱肚子旦""苦条子旦"之说；而青菜们则是开朗沉稳，乐观知命。路边有些健身器材，有种叫作太空漫步机的，我有时站在上面晃悠，虽有上天的感觉，韧带却拉得生疼，头也发晕；到得园里，跟青菜私语，低到尘埃，遂觉着踏实。

蔬菜低调、谦逊。多次读《论语·侍坐》，最近才懂了一些。子路、曾皙、冉有、公西华四位弟子，都是畅谈从政理想，也都是要实现孔子教学的目标。子路"率尔","夫子哂之",因为在孔子看来,"为国以礼,其言不让"。世间能人多了去了,做人还是不要张扬,如果真有能力,默默奉献就好。

各种蔬菜,一如人生际遇,有的成为老友,时有往来,像经典老歌,天天在唱;有的成为过客,只是"从你的全世界路过",如黑芝麻、油麦菜,但是,我很怀念她们。园里还有草莓、蒌蒿,茎叶几片,瑟瑟的,但我知道,数九之时,她们是在积聚能量,春天一到,就要结出绯红的果,拔出嫩绿的茎。

菜园是蔬菜的家。有的蔬菜来自古代,如豌豆,《诗经》里就有,"采薇"的"薇"就是野豌豆;有的来自他国,漂洋过海,如西红柿。有的蔬菜本身就是故事,就是传奇,就是诗,就是画,每一棵菜,茎叶花果,还有缠绵的藤,都入得画啊,而且四时不同,晨昏有异。有的画家,把她们作为案头清供,日日赏玩,与她们对话,终成了莫逆。

深秋采摘的桂花、菊花脑花,都烤干了,变成了茶。桂花有金桂、丹桂、银桂,泡出的茶颜色有别,香味或浓或淡。菊花脑花呢,有绿萼托着,像一粒粒猫眼石,而在玻璃杯里泡开的时候,像春晚开场舞中的女孩子们,歌唱,飞舞;清冽的气息,像春天的鸟儿,跃上枝头,飞向长空。这特别的花茶,沁人肺腑,使蔬菜们都沾了花香,像女孩子在衣衫上喷了香水。

读书时,时常走进文字的菜园,与可人的蔬菜相遇。就想,如果离了菜园,所有的文字,其味道,可能会减去大半。甚至想,有一天,编一本书,书名就叫"名著中的菜园",让所有热爱蔬菜和文字的朋友一饱眼福,享受盛宴。

我就随便举几个例子吧。

比如余华《在细雨中呼喊》:"母亲和村里几个女人正在菜地里锄草,我年轻的母亲脸蛋像红苹果一般活泼和健康,那蓝方格的头巾一尘不染……"这让我想起我的母亲,她是一样的美丽。

比如许冬林《绍兴之骨》:"百草园其实就是周家的一个大菜园子。四围是高高的院墙,墙壁上白粉斑驳,爬山虎贴着院墙蔓延攀爬,绿意一片一片。院墙旁,高树成荫,我不认识皂荚树,不知道哪一棵被鲁迅写进了文章。"头一句,便觉着亲切,鲁迅的生活是平民化的,所以他关注底层百姓,可能由于种菜的多是妇女,所以他又格外关注女性命运。

再比如蔡珠儿《种地书》,抒发的是城里人对土地的深情;比如刘菊英《消逝的农村》,书写的是作者的家族记忆。她们都是台湾作家。对蔬菜和土地的爱,是没有地域界线的,哪怕隔山隔海。这些作品都让我沉醉,让我深思。

每每邂逅,因为有缘,因为念念。

还时常梦见菜园。这是梦里的邂逅了。有一次的梦是这样的:一株菜,像莴笋,像芋头,或是菊花脑,还有可能是木本大豆,长着水稻一样的穗子,粒粒饱满。最近一次梦里,我给菜园起了个名字:琴曼园。像花园的名字,像茶楼的名字,像书斋的名字,含着无限的遐想和温暖。琴,曼,本是我的妻子和女儿的名字啊。

今早读书,又是邂逅。

切·米沃什的《礼物》,照我的理解,写的就是我的感受啊——

如此幸福的一天

雾一早就散了,我在花园里干活

蜂鸟停在忍冬花上

这世上没有一样东西我想占有

我知道没有一个人值得我羡慕

任何我曾遭受的不幸,我都已忘记

想到故我今我同为一人并不使我难为情

在我身上没有痛苦

直起腰来,我望见蓝色的大海和帆影

· 欣欣向荣

如果陶渊明来到我的菜园,他或许会说:"菜欣欣以向荣,云涓涓而始流。"

确实是这样的景象。

大寒已至,数九日子,但并不寒。菜园里暖暖的,像春天,没有一棵蔬菜颓唐疲惫,没有一片菜叶自惭形秽。

菠菜地乍看像一块长长的绿玻璃,一片片挺括的叶子像花猫耳朵似的。

芫荽叶片亮晶晶的,像小小的团扇,把清香扇得满园都是。我想起乾隆皇帝的维吾尔族妃子香妃。香妃遍体生香,只是传说而已,根本无从考证;但是芫荽的香真实不虚。

芹菜也散发着奇香,绿茎笔直,叶片放光。如果说芫荽是团扇,那么芹菜就是芭蕉扇了,把香气堆成山梁,高高地挡在你的面前。

豌豆苗一尺来高,藤蔓缭绕,缠缠绵绵,几粒花苞,待字闺中。

青菜如同完全绽放的绿色花朵,都舍不得铲。透过木叶尽脱、疏朗俊秀的银杏枝柯,仰望蓝得像梦一样的天空,像诗一样缓缓流动的白云,一时自失,不知身归何处。今天,2017年1月25日,有株青菜,早早地开花了,两朵淡淡的艳丽的明亮的黄,把冬天都照亮了。

不过舍不得归舍不得,该铲还是要铲,一冒薹就可惜了。况且,青菜起薹一窝蜂，跟比赛似的，一时也吃不完。

青菜铲了，就要翻地，再浇一遍粪，让太阳晒。晒过的地，就像晒过的棉被，松软、温暖。若锹锹都能挖到蚯蚓，便是一块好地，一块能呼吸的土地。我尽量把土块挖大一些，这样可以少挖断蚯蚓，尽管它们止血止伤口的能力很强，但是它们也会呻吟也会痛。

我翻地用的也是一把旧锹。阎连科在《北京，最后的纪念》中写过一把旧锹，翻地时，锹把撬断了。他是在北京，又是早春，遇到的是铁硬的冻土。他的锹"生不逢地"，没有我的锹运气好。我这里的土是松软的，简直可以蒸大馍、烤面包。

天气晴好，对菜园依依不舍。那就薅草。主要是薅蒜畦上的草。把芫荽、荠菜挑干净，斜着锄头，用尖子锄。还是锄断了几棵蒜。也罢，反正可以吃的。紧贴大蒜的地方，只能弯腰薅了。草是有高智商的，它们晓得如何保护自己。大蒜每棵有六七片叶子，叶片尖端皆黄，如狐狸尾巴。前几日有过低温天气，它们也怕冷。

也除韭菜地里的草。韭菜只落根了，到处都是地锦，贴地而生，爬得到处都是。用手揪不起来，只好用铲子铲。地锦淡红的茎叶，也很好看，可惜生的不是地方。我边铲边想，为何不长到田沟里去呢，那样我就不会铲你们了。或许它们是把略高于田沟的菜畦，当成了展示才艺的舞台，结果香消玉殒。

又拔白萝卜、胡萝卜。白萝卜都长到土外面了，像一只只乒乓球落在地里，只靠着细细的老鼠尾巴接着泥土。糠心的多，甚至还有空心。所谓拔出萝卜带出泥，都是以前的事。不过拔胡萝卜还是会带出很多泥土——胡萝卜的外皮上，有波纹似的皱褶，嵌着泥土，抠都抠不掉。想到菜场卖胡萝卜的人，光是洗，就不知得花多少时间。他们卖胡萝卜的钱，其实就是工夫钱。

暖暖的太阳斜照着菜地。风收住双翼，像午睡的小猫。园子里安静得能听到阳光丝丝的颤动，以及我的思绪轻脚漫步的声响。"结庐在人境，而无车马喧。问君何能尔？心远地自偏。"真正是岁月静好啊。

我突然觉得，我就是蒂普，我就是小豆豆。——在这安静的园子，人很容易变回小孩子的。

蒂普是弗兰克·鲍姆的童话《绿野仙踪·奥兹玛》中的一个男孩。他从小就被一个叫莫比的懂魔法的老太婆抚养。他被这老太婆支使着，砍柴、锄地、碾苞谷，还要喂猪和挤牛奶。但他贪玩、开朗。他做了一个长着南瓜脑袋的假人杰克，并带着他到翡翠国寻找能够给他们幸福的稻草人。他看到了翡翠国的小姑娘：

……她看上去非常可爱和有礼貌，长着一张漂亮的脸蛋和一双美丽的绿眼睛，还有一头好看的头发，一件轻巧的绿色绸裙盖过她的膝盖，露出绣着嫩绿色的豌豆荚的长筒丝袜，绿缎子拖鞋上结的不是蝴蝶结或鞋扣，而是一束束的莴苣。

——这哪里是人，分明是我喜欢的蔬菜啊！

而小豆豆呢，她是黑柳彻子的纪实作品《窗边的小豆豆》中的主人公，全书写她在巴学园度过的美好时光。她们的运动会，形式已经很特别，而奖品更是独出心裁——都是普通的蔬菜：第一名是一根萝卜，第二名是两根牛蒡，第三名则是一捆菠菜。她们的老师，就是种地的农民：脸晒得黝黑黝黑的，腰上系着黑腰带，腰带上挂着烟袋，脚穿布袜子。他教孩子们拔草、锄地、打垄，讲解虫、鸟和蝴蝶的故事。

——我是如此羡慕这样自在的生活，好像也正在经历这样的生活！

欣欣向荣的本意，是形容草木长得茂盛，也可比喻事业正在蓬勃发展。闲时种菜，聊以怡情，自然不算什么事业，但是内心充盈、快乐，不也挺好吗？

· 被春天吵醒

天色微明，爆竹声声，此起彼伏，山鸣谷应。

——农历2017立春降临。

"立"是"开始"的意思。立春是春天的开始，意味着鸟语花香，意味着万物生长。正如电影《立春》里王彩玲所说："立春一过，……风真的就不一样了。风好像一夜间就变得温润潮湿起来了。"

确实如此。冬天的风像刀片，刮人的脸；像小锤子，咚咚地响，每一下都很有力量。冬天过后呢，风会变得温和，像情窦初开的女子，说话行事都软软的了。

立春一过，万物噌噌地长。但看菜园，青菜起薹，四五朵黄花，花瓣明亮，薄如细绢。菠菜呢，叶片背面，浮起浅浅的茸毛，如施粉黛；叶子肥厚，像猪耳朵。再过几天，它们也将起薹，起薹的菠菜，就会变苦、变涩，不好吃了。现在，清炒菠菜，下菠菜汤，都是甜的，菠菜根甜，茎叶也甜，连汤都甜。其实这个时节，做青菜汤、萝卜烧肉，青菜、萝卜也甜。春节里，买了猪肉、羊肉，用砂锅炖白萝卜，入口绵甜，大受欢迎。由此想到，朴实的东西，永远自有动人的地方。

豌豆矮矮的，茎叶碧绿，触须卷曲，花白如雪。远远看去，每棵豌豆，皆如太湖山石，龙蟠蝶舞，玲珑剔透。那些豌豆花，像细细的喇叭，安静的时候，能听到它们的吟唱。大蒜、莴笋、圆白菜见风长。

蒜叶宽厚，如嫩芦苇；莴笋叶如泡泡纱，如麻沙石，如一池吹皱的春水；圆白菜形状像树，叶片如勺，叶面暗红，如点了胭脂。

小时唱《春天在哪里》，说"春天在那青翠的山林里"；后来读诗，辛弃疾说"城中桃李愁风雨，春在溪头荠菜花"。如果要我回答"春在哪里"，我会说：春在我的菜园里，春在菜园蔬菜花里。

看本土著名画家穆庆东画册，其中有《天海云欢》《秋色有声》等画作，就联想到，其实春色也有声呢。您听，春风吹过柳梢，吹皱池水，吹绿南岸青草，都是有声音的；再有，那些黄灿灿的蒲公英次第开放，那些麦苗长叶相接凝碧成波，也是有声音的；至于那些布谷鸟于树上唧唧啾啾，那些鸬鹚鸟于水中卿卿我我，就是隔着几条田埂远，也完全可以听到。

仓央嘉措写道："这佛光闪闪的高原，三步两步便是天堂，却仍有那么多人，因心事过重，而走不动。"动人春色，撩拨心灵，值得聆听，值得珍惜，值得留恋，不可辜负。

春节期间，闲读《和县志》，读到种蔬菜的事。本地农村素有种菜传统，除自食外，少量出售，尤其受灾之年，多为度荒。明嘉靖二十三年(1544)，又遇荒年，知州张叔宣下乡捡蔬菜煮汤，令所属官吏食之曰："喝农民菜汤，要知灾民疾苦。"民歌《打茼蒿》唱："姐在后园打茼蒿，青布裙子蓝围腰；茼蒿长得一般高，碧绿的叶子嫩娇娇。"明末诗人戴重《至迢迢谷》诗曰："聊复荷锄看豆落，敢曾沽酒问鸡肥。"蔬菜是生命之本啊。

立春是传统节日，民间有迎句芒神（句芒为春神，即草木神和生命神）风俗。又是一年之始，所谓"一年之计在于春"，在这样的一个日

子里，我们也要像这个节气一样，告别所有的烦扰，用全新的心灵和姿态去拥抱新一年的目标和希望。春天来了，这个世界一切都是新的，我们有的是工夫，有的是希望。

·菜有百样绿

说到蔬菜，总会想起鲁迅《从百草园到三味书屋》中的经典语句：

> 不必说碧绿的菜畦，光滑的石井栏，高大的皂荚树，紫红的桑葚；也不必说鸣蝉在树叶里长吟，肥胖的黄蜂伏在菜花上，轻捷的叫天子（云雀）忽然从草间直窜向云霄里去了。

碧绿的菜畦碧绿的菜，像一池被吹皱的春水，像"碧于天"、适宜"画船听雨眠"的春水，像悠扬的牧歌穿越时空，抵达人心柔软的深处。而这，其实只是整体的感觉。如果你走近菜畦，闻香识菜，每种蔬菜的绿都是不同的。或曰：有多少种蔬菜，就有多少种绿。

蔬菜到底有多少种呢，我实在说不上来。就是我自己种过的蔬菜，从春到夏到秋到冬，我一时也回忆不出究竟有多少种。那么，我说说眼下——初春时节的蔬菜吧。

比如生菜的绿是嫩绿，像才吐出叶片的柳芽，像才孵化出的小鹅的绒毛，像隐含绿意的透明玻璃；芹菜的绿比生菜深一厘米，明黄中有些微的沉淀，就像玉镯中的绿胎，又像翠鸟头上的一撮翎毛；青菜的绿又比芹菜深一厘米，那细白的叶脉，像在菜叶的大地流淌，把两岸衬托得更加明丽；菠菜呢，又比青菜的绿深一厘米，像是绿色染料的均匀堆积，厚厚的，硬硬的，一如"俏格格"的猫耳朵。

如果说菜园是一方舞台，上述四菜可谓四大名角。至于萝卜、芫荽、蚕豆、豌豆、大蒜、圆白菜，等等，则各有各的秀美之处，而且萝卜又有白萝卜与红萝卜之分，青菜又有泡白菜与上海青之别，或有色差，或有软硬。由于各种蔬菜气味不同，比如芫荽、大蒜、芹菜、豌豆……都是独特的自己，所以不同的绿色似乎也有了不同的气味。

以上说的只是蔬菜的叶片，要是细看它们的茎藤、触须、花朵、果实，也是各有各的颜色。比如芹菜的茎老绿，而芫荽的茎微红，泡白菜的茎雪白。比如花朵，青菜花是黄色的；豌豆花是白色的，也有粉红的；蚕豆花是黑的，像穿着黑裙的蝴蝶；芫荽花初开呈白色，继而转红……各种花朵，像蔬菜小姐的胸针和颈项的挂件，无不精致、美丽，令人着迷。

就是同一种蔬菜，在其不同的生长时期，颜色也是不同的。如果用穿衣形容，即有年龄的差异、环境的差异。它们也爱时装，也讲时髦。比如生菜，先是嫩绿，后来变红。还有雨前雨后，有露水或者没有露水，有太阳或者没有太阳，正面的绿或者背面的绿，都不尽相同。叶面总是洁净，叶背则像是敷着一层细密的茸毛；雨前的绿是干绿，雨后的绿是潮绿；早晨的叶片，在阳光之下，总是泛着星星点点的绿光……

总之，蔬菜的绿有很多种，例如淡绿、深绿、暗绿、青绿、蓝绿、黄绿、灰绿、褐绿、中绿、浅绿……；假如用比喻来说，就有豆绿、浅豆绿、橄榄绿、茶绿、葱绿、苹果绿、森林绿、苔藓绿、草地绿、灰湖绿、水晶绿、玉绿、石绿、松石绿、孔雀绿、墨绿、墨玉绿，等等，就是丹青高手来，怕也难完全涂抹出这么多种绿来。

我在菜地里时，爱在田沟走动，来来回回地走，像个大将军，把一个人走成一支队伍；有时蹲在菜畦边上，凝视一畦菜、一棵菜，以至产生了幻觉，所有的菜，即刻变成聊斋中的狐仙鬼魅，美目盼兮，巧笑倩兮，能言能行，有情有义。特别是在暖暖的阳光之下，简直舍不得离开。

宋代无门和尚有首诗说："春有百花秋有月，夏有凉风冬有雪。若无闲事挂心头，便是人间好时节。"这位无门和尚，其实找到了生活之门、快乐之门，其实"有门"。他劝人们放宽心怀，不为琐事牵挂，以便发现生活中的美。蔬菜是美的，每一样绿都是美的极致；能否看见，能否分辨，全在于一个人的心情和心境。

·今日雨水

立春之后，就是雨水。雨水是二十四节气中的第二个节气。古人将雨水分为三候，一候水獭祭鱼，二候鸿雁飞来，三候草木萌动。这是一个生长的季节。

有谚语说："立春天渐暖，雨水送肥忙。"此时，不仅是冬闲的农民开始备耕，在辽阔的田野上，酝酿全新的希望；就是种菜的我，也撸起袖子，开始薅草施肥，并盘算将种哪些蔬菜。况且，地也升温变湿，渴望孕育；菜也竖起叶片，渴望生长。

先是薅草。杂草潜伏一冬，现在飞快生长，好像要夺回失去的时间。韭菜地里，春韭菜发芽了，红红的、弱弱的两片细叶，像刚孵出的鸡雏，站都站不起来，更走不动路。我用手指轻轻拨动细叶，像拨动鸡雏的小嘴，那小嘴湿润温软，好像要跟我说话！它们稀疏、单薄，若非俯身细看，是看不见的。何况杂草铺天盖地，似要把它们遮蔽。

这畦地上，以前地锦多。现在地锦没了，全是斑地锦，贴地而生，像螃蟹似的，划动尖爪横行，举起大螯耍横。而且斑地锦的茎叶粗大，爬行的速度似也更快，如果不将其绳之以法，果断斩杀，它们定要在这里称霸。我必须为韭菜的生长扫清障碍。平心而论，不论地锦，还是斑地锦，确实"如花似锦"，好看得很，可是它们长错了地方。

又薅大蒜。一层猪殃殃草，把大蒜的茎挤得笔直，又跟大蒜争抢地力，大蒜的七片叶子，不是尽枯就是焦黄，细得像老鼠尾巴。猪殃殃草极其柔嫩，颜色也嫩，像影视剧中温柔狐媚的女杀手，看似柔弱，实则武艺高强，心狠手辣。又薅芜菱。芜菱的营养都被阿拉伯婆婆纳吸尽，茎细叶红，气血不足。阿拉伯婆婆纳开满蓝色小花，星星点点，在我看来，丑得要命。

接着浇粪。我用铁桶从化粪池里舀了粪来，用粪瓢均匀地洒在薅过的韭菜上、大蒜上，洒在圆白菜上，洒在空地上。粪水弧形散开，虽然臭味扑鼻，在初阳之下，竟也闪着银亮的弧光。这种美今生今世真是第一次见到。我想到路遥的小说《人生》中的主人公高加林。他高中毕业后，回到村里劳动，与村民一起到城里的公共厕所淘粪，为了多抢粪便跟人打架。他怕是看不到这银亮的弧光的，因为没有好心境。心境有别，风景自异。

在我劳动的时候，青菜薹在噌噌地长。我能听到它们抽薹拔节的声音。它们像孩子们在蹿个子，一天一个样子。它们又像在盖楼，早上晚上都不相同。今天，我进园的时候，只看见几根菜薹（已经掐过不少），等我薅完杂草，浇完粪便，它们已经蹿出一大片，还开出了几朵明艳的黄花。《绿野仙踪》的作者弗兰克·鲍姆曾说："我的书是为那些心灵永远年轻的人写的，无论他们的年纪有多大。"我想，能欣赏他的作品的人是年轻的，能欣赏我的蔬菜的人也永远年轻。

我在菜园时，基本不带手机，既费时间，也会分心。种菜其实很累，有些单调，需要时间，需要定力，想把菜种好，则耗费精力更多。从菜园回来，一般会有几个未接电话，我便一一地回，虽然多花了几文钱，可是我获得了片刻的宁静。我把这片刻的宁静，全部给了蔬菜，就像家长把时间给了孩子，或者朋友把时间给了朋友。这也是难得的闲暇。梁实秋说，闲暇处才是生活。我算是小有体会了。

后记：雨水是2月18日。今天是2月20日。夜里下了两阵雨——雨水真的来了。接着起风了。六点起床，打开电脑，聆听雨水，写下这些干净的文字。我听到了蔬菜的生长，听到了春天的生长！

·白菜之名

　　一个人可能有几个名字,一个名字也可能被很多人使用。

　　蔬菜也一样。白菜这个名字,就被很多菜使用,像一件漂亮衣服,人人爱穿。特别是女孩子,名字陪她行走,使她美丽,或者害她。我小时候住在村里,有个女孩就叫白菜。每次喊她名字,都觉得好美。

　　在北方,白菜有白净的菜帮、青翠的卷叶——那些菜叶紧紧拥抱,层层叠叠,竟至成为水桶似的圆柱的菜。胡弦的散文《白菜的歌声》,写的就是这种菜。我有个同学住在新疆石河子,那里所说的白菜也是这种。林语堂的散文《动人的北平》中,有句"清晨在花园中拔白菜的时候,抬头可以看到西山的雄姿",也是指这种水桶似的白菜吧。

　　白菜小的时候,叫小白菜。想起河北民歌《小白菜》:

　　　　小白菜呀,地里黄呀;三两岁呀,没了娘呀。
　　　　桃花开呀,杏花落呀;想起亲娘,一阵风呀……

　　接着想起自己的母亲。母亲很小就成了孤儿,给人家做童养媳。我知道三个童养媳,一个是《呼兰河传》里的小团圆媳妇,一个是《大堰河,我的保姆》里的大堰河,都是苦命,第三个就是我母亲了。母亲走得也早,生前没说过自己的身世,待我长大,问起她的好姐妹(现在的说法是闺密），都说她苦得很。所以每次听到这首民歌，我总是泪眼婆娑。

过了长江，白菜所指就不一样了。

我生活在长江之滨。在我们这里，白菜专指青菜。而菜场里卖的，本地也可种植的圆柱似的白菜，我们称作大白菜，或"黄芽菜"——因为被包裹在里面的菜叶是嫩黄的颜色。我请教现在生活在杭州的老乡，还有现在生活在厦门的校友，他们那里的说法，跟我们这里相同。

青菜长得什么样呢？

青菜自然是青的。青的茎，青的叶，连叶脉都青。不过，青菜的品种也多，细看起来，也有差别。有一种叫矮脚黄的，菜帮宽厚，青白颜色，四季可种，可以过冬。每棵青菜都像喷泉，涌出一股股的绿色。这种菜，只长出几片细叶的时候，叫鸡毛菜，下面条吃时，可直接铺在碗底，把煮熟的面条盖在上面即可；略大一些，叫小青菜；再大，就叫青菜了，远看像一朵朵花，端庄如大家闺秀，文静似小家碧玉。冬天炒着吃，有微微的甜味。眼下，已经抽薹，碧绿，像玉簪子，性急的都开出了金黄的花朵。

小青菜，也叫小白菜。小时看过一部名叫《杨乃武与小白菜》的电视剧，如今只记得故事发生在江浙地区，小白菜蒙受冤屈。小白菜细弱，要水保养，是经不起摧残的。

那么，北方有没有青菜呢？

我的太太是在黑龙江出生的。她说东北有生菜、菠菜、茼蒿、韭菜、白菜（指圆柱似的菜），还有上海青，茎是青色，看上去很挺括，炒着吃时，熟得快，又嫩；就是没有长江以南种植的这种矮矮的青菜。

我的北京朋友告诉我，北京也有上海青，却叫小油菜。而我们这里的小油菜，是指专收菜籽的那个品种，叶面麻糙，有毛，且有苦味，都不吃的。还有一种苏州青，跟上海青长得差不多，两者菜帮都细、都青——前者更细，后者更青，叶脉白色，像河水流过叶面的大地。

这上海青、苏州青，我们这里也种，都在四五月份上市。清炒装盘，绿得诱人；而撒在上面的蒜米，像春天的雪。我们这里都叫青菜，不叫白菜。

· 拍拍春天的脸

诗友上传了微信图片，是她自己拍的，有兰草、梅花、蒲公英、迎春花，题目就叫"拍拍春天的脸"。她以诗人的情怀，把它们看作春天的脸。图片精致，题目味长。

我理解的"拍拍"，除了拍照，还有"拍打"之意，像年轻的母亲拍打幼儿的脸蛋，像美丽的主妇拍打晒得松软的棉被，像蓝色的海水拍打白色的沙滩，像优游的云彩拍打辽阔的长空——当然，都是轻轻地，温暖、湿润、惬意、自在。如果花草可以拍打，诗人定会轻轻拍打它们的。

"拍拍"，或许还可以理解为"拍卖""拍发"呢。只是春天是无价之宝，没有哪一家拍卖行敢接这样的拍品，而且谁又能买得起呢？拍锤是落不下来的。而早年的拍发电报，就像现如今的晒图，可以把春天的讯息带给已经忘记了春天的忙人。

也可以拍拍我的蔬菜。

它们也都是春天的脸。

每畦蔬菜都是那么清秀可爱，充满生机：青菜起薹，黄花明艳；菠菜蹿高，菜叶碧绿；豌豆开花，白若蝴蝶；大蒜宽展，如桨声欸乃……

我似乎听到一首熟悉的旋律，啊，是《望春风》。春风从萨克斯管里飘出，在菜畦的上空回旋，每片叶子都在颤动，每朵菜花都在伴唱。

在蔬菜的伊甸园里，长满了爱恋。

法国画家霍安·米罗说过："当我观察一棵树时，一棵在我家乡卡塔洛尼亚很有代表性的树，我就感觉它在跟我谈心，它似乎也有眼睛，人们能同它谈话，一株树能通人情，连一颗小鹅卵石也是如此。"蔬菜更是如此。没有一种植物，能够像蔬菜一样，如此贴近人的内心。

最妙的，是待在园里，坐看蔬菜起薹，远远胜过看明星的容颜，真是千遍万遍也不厌倦。比如青菜，昨天只半尺高，今天就有一尺，像砌墙似的长；早上只有两根薹、两朵花，晚上已有四根薹、四朵花。清香扑鼻，蜂飞蝶舞。

其实，冒薹最快的是萝卜。薹细细的，绽出了花蕾，透着隐隐的白光。萝卜一起薹，块根就糠心了，像干泡沫，食之无味。如果不用留种，得赶紧割掉，免得空耗地力。

青菜只能屈居第二。它们起薹时，就像万人跑步，一阵一阵地来，喊着号子来，你就是天天掐，也是掐不完的。而且掐了就发，掐了就发，一茬比一茬老，一茬比一茬苦。小时候，家里把吃不掉的菜薹腌起来，留着以后吃。现在腌菜都吃得少，不腌了。

再就是荠菜花了。辛弃疾说"城中桃李愁风雨，春在溪头荠菜花"，菜园里的荠菜也不少，都开出点点白花。荠菜根细茎密，能长尺把高，简直是菜园中的"参天大树"。每根茎上，都爬满小猴子似的花朵、嫩荚，怕有几千斤重吧。我敬佩荠菜，敬佩它的负重精神。要是开个蔬菜运动会，它肯定是个举重冠军。

再过几天，菠菜、生菜、芫荽、芹菜也将起薹。菜园每天都在涨高，像无边的海，卷起绿色的波浪，激起白色的、黄色的、红色的浪花。

春天不是静态的，春天每天都在生长。

又想起俄罗斯作家康·帕乌斯托夫斯基的话："对生活，对我们周围一切的诗意的理解，是童年时代给我们的最伟大的馈赠。"——我之所以爱种蔬菜，也可能来自童年时期的种菜经历对我的影响。那时母亲年轻能干，她在田边套种豇豆，她用破筲箕发豆芽菜，她排了满满一田大蒜，她摘南瓜花清炒当下饭的菜，而我是她的小帮手。如果说童年是画，这些就是画上的钤印。

他接着说："如果一个人在悠长而严肃的岁月中，没有失去这个馈赠，那他就是诗人或者是作家。"——从这个角度说，我有望忝列诗人或者作家行列。种菜真好！春天真好！

·播种希望

阳光灿烂，风软软的。打开手机，查查天气，温度6~17℃，东风3级。三月晴好，心情也好。

这个时节，春天呈现出丰富的表情。当它从柳条上吹来，它是鹅黄；当它从杨树上吹来，它是淡青；当它从红玉兰上吹来，它是紫红。——当它从菜园吹来，它是五彩缤纷，它是姹紫嫣红。

白菜皆已起薹，多数绽开明艳的黄花，乍看之下，黄花之上的天空也是黄色，像浮着一层黄色的烟雾，或滚动着一团黄色的光；少数没有开花的，都鼓出饱满的花蕾，像小小的新娘；再想吃鲜嫩的菜薹，要等明年了。

豌豆一片白，像幼儿园的白蝴蝶，翩然而至，到此春游。荠菜地上，也一片白，如雪花飞舞，把种植的芫荽遮得严实，庶几遮住芫荽浓郁的香气。

还有草莓，开出几朵浅绿的花，像衬衣的纽扣，似要掩饰着萌动的心。——这是去年农历三月初三，从绰庙买来栽下的，被三伏天的烈日烤过，被三九天的冰雪冻过，可是未曾屈服，不肯言输……

生菜青绿，芹菜鲜绿，菠菜碧绿，莴笋松绿，圆白菜的叶片，像敷着一层白粉。蒿子也是绿的，是极嫩、极脆的绿，像是蛋清，像是豆腐脑，像是还在月子里的宝宝。蒿子中间，挤着猪殃殃草，以及不知名的长着藤子的草。我薅草的时候，先是极小心地把蒿子拨开，再从根上拔出杂草，即便如此，我的手指上也染上了蒿子的绿。这半畦蒿子，是去年夏天所栽，没施生长剂，没张塑料棚，居然也长到四五寸长，再过几天就可以掐来吃了。

至于大蒜，有掐过以后重新发出来的，是新绿；有从来没有掐过的且浇过多次肥的，是老绿。反正菜有多少种，绿就有多少种。就想到鲁迅《从百草园到三味书屋》中的名句"碧绿的菜畦"，以及朱自清的名篇《绿》、陆蠡的名篇《囚绿记》。朱自清笔下的绿，像少妇的裙幅，像温润的碧玉；陆蠡笔下的绿，是希望，是慰藉，是顽强的生命力。还想到穆旦的诗：

> 绿色的火焰在草上摇曳，
> 他渴求着拥抱你，花朵。
> 反抗着土地，花朵伸出来，
> 当暖风吹来烦恼，或者欢乐。
> 如果你是醒了，推开窗子，
> 看这满园的欲望多么美丽。

这么好的天气，莴笋都想恋爱，豌豆都想结婚，所有蔬菜都有了情意，于风中缠绵。正像一首歌所唱：这是一个恋爱的季节……孤独的人是可耻的。

我这么说并非无稽之谈。你看，《西游记》里，在"孙悟空大战红孩儿"回目中，孙悟空就曾对唐僧说："你知道那倚草附木之说，是物可以成精。"所谓"倚草附木",是指精灵倚托草木等物而成妖成仙。想想也是,《红楼梦》里的黛玉,从前是绛珠仙草;《聊斋志异》中,香玉乃牡丹所变,绛雪乃耐冬所出。所以,你怎么知道莴笋不会与豌豆约会,生菜不会爱上大蒜?

还有两块空地,翻晒多日,浇过大粪,泥土黝黑松软,让我想起北大荒的黑土地。我把土再翻过来,用锹一拍,泥土散开,就见蚯蚓蠕动,蜈蚣在爬。妻子把地整平,把土打得碎碎的,分别撒下青菜、苋菜、茼蒿、生菜、空心菜的籽,又撒下四季豆种。她怕四季豆生得慢,找来大可乐瓶,从中间剪成两半,盖在上面,权当地膜。她的脸上笑盈盈的,好像已经看到蔬菜的新芽破土而出。旧的未去,新的将生,在这园子里,生命的脚步从不停息。

写此短文时,惊蛰甫至。惊是惊醒,蛰是蛰伏,这里指蛰伏的昆虫、小动物。事实上,春雷响起,春风春雨之中,不仅昆虫、小动物行动起来,植物的种子也要萌动,再懒的人,怕也闲不住了。

· 拜访蔬菜

　　春节以来，周末的时候，时常走亲访友，偶尔外出走走。每次看到蔬菜，都会驻足观赏，和它们聊上几句。我重亲情友情，也看重与蔬菜的情谊。各处的蔬菜或是亲戚，我都不能怠慢。

　　不过，某种程度上，蔬菜比人还重感情。它们不像人敏感，小心眼，它们恬静温和，它们襟怀坦白，它们宽容大度。它们像最亲的人。如今事务繁杂，偶尔至菜园里来，仿佛到自己家里做客，就有些气短；它们依旧热情，在春风中摇手，以至快乐地笑出声来。

　　正月里，我到乡下给李兄拜年。他家门前，种着大蒜、榨菜、黄芽菜（北方称大白菜）等。大蒜肥得像小树苗。榨菜像芥菜，我20年前种过，现在完全认不得了。中午吃饭时，吃到了山药，居然是李兄自己种的。我去年也种过山药，却以失败收场。于是虚心讨教，临行要了山药蛋带回来，今年清明再种。

　　前几天我到半山杜村采访，在人家门口，看到了圆白菜，硕大的叶片向上翘起，估计不久就要包成扁圆。这个我去年也种过，收获倒是颇丰。我极佩服的，是它们的信心和力量。它们的叶片就像芭蕉扇，靠着数枝叶脉慢慢抬起，再片片相叠，整个过程就像一场荷花舞的演出，慢慢绽放，慢慢收起。真是神奇！

　　去得最多的地方，是本县的台创园。那里每年都会举办农业嘉年华、蔬菜博览会活动，蔬菜新品很多。例如冰菜，其外形和茼蒿相似，浑身附满了"冰珠子"，硬硬的，凉凉的，又叫"冰草"，略有咸味，可以改良土壤。例如酸模，俗名野菠菜，含有草酸，吃起来酸溜溜的。秋葵又叫毛茄、羊角豆、洋辣椒，有红绿黄等色，脆嫩多汁，滑润不腻。树黄豆是木本植物，豆子长在树枝上，所以又叫鸽豆、木豆。这些都是近年从国外引进的品种。在蔬菜的大家园里，国际间的交流实在是平常又平常的事。

我还喜欢拜读与种菜相关的书籍、诗文等。如六月的《消逝的农村》、蔡珠儿的《种地书》、阎连科的《北京，最后的纪念》，我都爱读。还有一些零星的文字，我也爱读。比如：

带了根的蔬菜存放时间长，菜离了土地，就像鱼离开了水，很快就倒了。

没有一株蔬菜自惭形秽；与其痛苦忧伤，不如把生活整理成自己喜欢的模样。

欲望极简，你的精力花在了哪里，决定了你成为什么样的人；物质极简，当你想培养一个习惯的时候，只要重复21天；生活极简，避免所谓的"合群"，放弃无用的社交。

诗人郑敏在《金黄的稻束》里写道："静默。静默。历史也不过是／脚下一条流去的小河／而你们，站在那儿／将成为人类的一个思想。"我看茄子、秋葵、树黄豆时，感觉它们也站成了思想。至于我自己，经常把菜园当作聊斋，当作大观园，自己就是老蒲、老曹，偶尔客串穷书生或者宝玉，只言清欢，不谈俗务。现在，有些人总是焦虑，他们都急于过上"标配"的人生。而在我眼里，人生各有所乐，何须依照别人的路走？

在所有读过的种菜文字中，我最喜欢的，是吴伯箫的《菜园小记》。开篇写道："种花好，种菜更好。花种得好，姹紫嫣红，满园芬芳，可以欣赏；菜种得好，嫩绿的茎叶，肥硕的块根，多浆的果实，却可以食用。俗话说：'瓜菜半年粮。'"之后是回忆在延安蓝家坪种菜的情景，句句实在，落地生根。苦虽然苦，但是心里都很快乐。

这篇《菜园小记》是1961年春天发表的，距今已四十余年。那是多么困难的时期啊，写的又是更为困难的时期的经历，但是没有半点颓唐之气。依我之见，这样的蔬菜文字，不仅在当时，就是在现在，也是难得的佳品。

·蔬菜月令

前不久读汪曾祺先生的散文《葡萄月令》，于是想到"蔬菜月令"这个题目。《葡萄月令》按月描写张家港地区葡萄的生长情况，从上肥、浇水、掐须、治虫，一直写到收获，看似平淡却有深意，像20年的陈酿。

"月令"这个词语，不是汪老先生的发明，而是借用，但用得挺好。东汉时的崔寔，就写过《四民月令》，叙述某座田庄从正月直到十二月中的农业活动，对古时谷类、瓜菜的种植时令和栽种方法有所详述，亦有篇章介绍当时的纺绩、织染和酿造、制药等手工业。

在我看来，很多蔬果也能这样写。比如萝卜、青菜、芹菜、生菜、芫荽、菠菜、包菜、蚕豆、豌豆，等等，都是过冬的菜，都要在地里长几个月；至于草莓、蒿子，特别是韭菜，都是土地上的常驻居民，像恋家的人，没有一刻离开过土地。

我的园里，草莓是去年农历三月三，我和妻子赶本地庙会时从庙会上买来栽下的，迄今已接近一年，现在开出了几朵白瓣绿蕊的花朵，像仙女的草帽和少女的心事；蒿子是去年夏历五月栽的，那时从菜场买了蒿子来吃，将摘下的根栽在地里，如今蓊蓊郁郁，像少年一般水灵。

韭菜呢，它是宿根，割过就长，割过就长，只要管理得当，可以从初春吃到初冬；如果喜欢，夏天还可以留韭菜花吃。雨雪来时，它冬眠了，像动物似的蛰伏，春雷一响，它便破土而出，红艳艳的，娇柔柔的，像《聊斋志异》中的狐仙鬼魅；软风吹拂，时雨滋润，便出落得楚楚动人。

透过蒿子和韭菜，可以看得见少年的故事。那时候，家里极穷。母亲在生产队上工，收工时，从田埂揪一把野蒿，把根上的土洗净，放在破筲箕里，用块纱布盖住，之后天天浇水。过了个把星期，野蒿的根上长出了三四寸长的新芽，白白的，粗粗的，闻之则清气扑鼻，清炒特别好吃。有时母亲没时间浇水，就是我浇。所以栽蒿子时，很自然地想起母亲。她面对苦难生活的淡然而积极的态度，一直影响着我。

韭菜原产于我国，《诗经》里就有"献羔祭韭"的诗句。它是我们生活与文学的始祖。关于韭菜，我印象深刻的有两件事。

小时候毛病多，有次害眼疾，眼屎把眼睫毛都粘住了，母亲蘸了唾沫在手指上，在我的眼上慢慢地涂了好久，才把上下眼皮分开。有几回流鼻涕，母亲挖了韭菜根来，叫我塞进鼻孔里，说能止住鼻涕，那种冲味，至今犹在。

儿时肚子里常有蛔虫，大便里也有，有一次竟然从嘴里吐出一条来。怎么办呢？把几根生韭菜用开水焯下，吞进肚子里，说能把蛔虫缠住，带出来。

——事隔多年，效果如何已全然忘却，但事情是永远记住了。

这个时节，菜园赛似花园，都是花。我要做的事情，除了赏花，便是薅草。蒿子里有很多草，长藤，蓝花，像星星，它们的名字叫阿拉伯婆婆纳。蓝花挺好看的，可长的不是地方啊。韭菜地里草也多，最多的是荠菜，都开花了，雪似的白，也挺好看。可是它们的生命力太过旺盛，把新发的韭菜都盖住了；更要命的是，有些荠菜，生在韭菜宕子中间（韭菜是一丛一丛生长的），像拼命抢食的猪，把韭菜的营养都抢走了。难怪书上把它们列为田间杂草。尽管荠菜也是好吃的菜，也是生在了不该生的地方，只能怜惜地拔去。

· 把土豆种到土里

近日读到徐海蛟的散文《向死而生》,讲述的是阿炳的传奇人生。写到阿炳双目失明,被堂兄赶出道观,沦为街头艺人时,海蛟说:"阿炳彻底融入了这低下而实在的生活,就像土豆种到了土里。"

我读到此句,禁不住地拍案叫绝。这个比喻太恰当了。就像张爱玲的爱情名言"低到尘埃里",在我看来,也就是想和所爱的人过实在的日子而已。

已是春分,气候向暖。过冬的青菜、芹菜、菠菜、蒌蒿、芫荽,无不抽薹蹿高,青菜的花朵把地面和天空染得金黄。不过,我割倒了两畦菜花,翻进土里,以作肥料。大蒜也将抽薹。草莓、蚕豆、豌豆也都开花了,不日就要挂果结荚了。

行脚菜园,细看每棵蔬菜,粗细不一的根,撑起茎叶花果。所有的菜根都像鱼的尾巴,每棵菜都变成了美人鱼。泥土是海。于是想到,每个女人也是一条鱼,至少想做一条鱼,她们用裙子或者旗袍,把两条腿包裹起来,在人世的海上游弋,时而轻歌曼舞,时而打起浪花。

新种的苋菜、茼蒿都已发芽,四季豆虽然没生,不过也快了吧。而昨日细雨,泥土微湿,正好种植土豆。

土豆是以前买的,一直没吃。现在,从"气眼"里发出数根嫩芽,肥嘟嘟的,两寸多长,暗绿颜色。找着芽切,一根芽切一小块,一枚土豆,变成了七八块。我把它们栽进土里,只留着芽在上面,像雁翎队员,衔着一根芦管透气。——用"插"是不是更准确些?

回望人生,无论生活还是文字,土豆都是不可或缺的名角。

便于运输,储存时间长,吃起来方便,可以切片、切丝、切块,可以蒸熟磨泥,还可以烀着吃。有人说,做人要像土豆,还有"土豆网""土豆播放器",等等,盖是取其有用、方便之意。土豆还可以和番茄嫁接,上面结番茄,下面长土豆。土豆挺随和啊,是蔬菜中的"世界先生"。

不过,如果你以为土豆木讷,那就错了。它也有性情,偶尔还会发点小脾气,比如它的表皮泛青时,你敢吃它的话,它就叫你拉肚子。劳伦斯的小说《查泰莱夫人的情人》里,有个汤米·杜克斯,他说:"我的心跟土豆一样没有知觉。"同事当中,也有人说"我都坐成了土豆"。这说明他们对土豆的了解都太少了。

《向死而生》里还有一句是这样的:"每次拉琴的时候,阿炳总是把头微微仰起,仿佛只有那样他才能够到高处的天空,仿佛只有那样他才能看得远些,再远些。"

拉琴,并不轻松;我种菜,也是累活。每次走进菜园,即把自己交给泥土,交给时间。我生在农村,又很念旧,在土地上种些念想,甚至想把自己种进土地,长成菜的模样。一些书写故乡的文字,总是从蔬菜切入,是有道理的。蔬菜的气息沁入肺腑,周身涌动,谁能忘却呢?劳作之时,自然是俯身的时候多,但是,我也时常直起腰来,望一望园外的天空。

阿炳留下的曲目不多,《二泉映月》是难得的珍品。它的出世,是心和神的奇妙邂逅，是人和自然的神秘互通。一畦好菜的到来，一篇种菜佳作的得来，也是如此。我们的生活虽然散碎，却环环相扣。海明威说，写作就是寻找属于自己的句子。——这是我努力的方向。林海音在《城南旧事》里说，每个人都是一块拼图，可以逐步了解，但是看不到全部。其实，每一枚土豆，也是一块一块的拼图，它们拥有自己的世界，也难完全看透。

· 我在挖地

　　这个时节，朋友们都跑到外地去看油菜花，打羽毛球都找不到人。油菜花像美丽的黄锦缎，又香，把大地变成了香妃，确实赏心悦目。不过，我是不会舍近求远的，春分刚过，在这油菜花的全盛时期，到处都是灿烂如画的景致。但看我的菜园，栽的虽是白菜，却也明黄靓丽，把我的眼睛都闪花了。

　　可是，我割倒了两畦菜花，用铁锹把它们斩碎，翻进地里做肥料。——再过几天，就是清明，俗话说，"清明前后，种瓜点豆"，我需要地。地是用锹翻出来的，土块一锹压着一锹，像青色的小瓦匀称地

铺开，我像站在屋顶之上；一锹锹的土块，也像瓦蓝瓦蓝的云，这样，菜地宛如辽阔的天空，而我立于云端，心也在飞。

说实话，挖地是累人的活，连着下了几天的雨，土块潮湿，又重又黏，没挖多远，汗水就从额头沁出，滴入泥土，融入其中。汗水仿佛是藏在皮肤下面的顽皮少年，像小时候看电影时，为了逃票，先藏在电影院里，等电影开场，便悄悄地钻出来；更像泉水，汩汩而出，如雨而下，使泥土更湿。时常挖到红红的蚯蚓。它们喜爱湿土，但又不能太湿，春分后雨水渐多，它们便都浮到土层中间，约半锹深的地方。有时一锹能挖出几条——这是一块健康的土地。为了尽可能地少挖断蚯蚓，我把土块挖得很大，简直比掼砖还累。我深深知道，爱蚯蚓就是爱土地，爱土地就是爱自己。

挖地是往后退的，就像插秧。唐代布袋和尚的《插秧诗》曰："手把青秧插满田，低头便见水中天。心底清净方为道，退步原来是向前。""退步"一词可以给人很多启发。当你从名利场中退出来，从应酬中退出来，从感官刺激中退出来，把铁锹插进泥土，用力踩下去，向后一撬，一锹土挖起来了；一退，再退，一畦菜地翻到头了。也像写作，也像上课，都是往后退的。地是一锹锹地挖的，字是一个个地写的，课是一节节地上的，钱是一分分地挣的。我鄙视一夜暴富的人，我同时认为那样的日子并不踏实。

张炜在早期小说《蓑衣》中写道："这片土地变得漂亮了，耕过、耙过，就像蓬乱的头发被耐心地梳理过一样……"那是拖拉机耕耙过的土地，适用于大面积操作；我的菜园有200平方米，并不算小，但我愿意用锹来挖。我的汗水在里面，我的力量在里面，我的感情也在里面。

我撒下菜籽，打宕子点四季豆，土地就长出幼苗，我和土地心有灵犀，合作是如此默契。点豆子的宕子，又叫"埯"，指挖出的小坑。这个"埯"，又能当动词用，如"埯豆子"；还能当量词用，如"一埯花生"。汉语真是内涵丰富啊，像土地一样。

  我在挖地时，时常歇歇，在菜地转，东瞅瞅西瞅瞅，或者望望天空，或者胡思乱想。同在一畦的生菜，有的卷起来了，有的烂掉了，我不知道这是为什么。春韭菜长起来了，只是稀疏。杜甫《赠卫八处士》中有两句诗："夜雨剪春韭，新炊间黄粱。"意思是，在下雨的夜晚剪下新鲜的嫩韭菜，把新鲜的黄粱蒸出香喷喷的气味，写出了主人的热情，体现了朋友相见的难得和欣喜之情。这个"剪"字用得太妙了。稀疏的韭菜，又嫩又软，几乎倒伏，无法用镰刀割，只能用剪刀剪。

  又想到刚刚读完的小说《岛上书店》。有个人物说，"我要待在家里，照顾你和这个土豆"，而"土豆"比喻将要出生的孩子。这个比喻真是新鲜啊，将孩子肥嘟嘟又憨态可掬的样子写得活灵活现。封底又有一句："每本书都是一个世界。"那么，我这菜园，是不是也是一个世界呢？——劳动，并快乐地思考，这便是挖地的乐趣。

· 豆豆出生记

菜园每天都是新的。

人参菜发芽了，毫无杂质的红色，比明星的嘴唇都艳。菊花脑也发芽了，一丛一丛的，是极其纯粹的绿色。印象中，阿拉伯婆婆纳是开蓝花的，今天却看见了红花。有株白菜薹，前几天被我割倒，只剩一个根，它竟然新发了五根细薹，有了花苞。——植物的生命力真强。

紫菜薹比白菜薹来得迟些，园子里所有的白菜薹金黄怒放，它才抽薹。昨天下午，它开了一朵黄花——茎是紫的，叶是绿的，花是黄的。今天下午再看，居然有了四朵花，分别朝向东南西北，每朵都是四瓣。

下面说说四季豆。

我是半个月前下的种子。五天前，陆续发芽。今天来看，有的已有两寸高，四片叶子；有的从两瓣间，冒出透明的尖叶，把豆皮顶起，像极了民国时的瓜皮小帽；更妙的是，有两粒豆种，同时出芽，肩挨着肩，就像在玩过家家的游戏。这些豆芽成排站着，有高有低，如同蝌蚪似的音符，我仿佛听见了童声合唱。

白菜花铲倒了，菠菜、芫荽也铲倒了。蚕豆、大蒜、莴笋，成为蔬菜庄园的前三名。豌豆、芹菜、生菜欣欣向荣。豌豆的花期极长，那些白花，如同蝴蝶；芹菜像是绿色颜料的堆积，根茎粗壮，叶片油亮；

生菜如同绢花,打着褶皱,像扇子舞动,且向中心卷曲,又像一团青翠的毛线。

所有的蔬菜,以及杂草,都是自然生长的状态。人却不同了。

劳伦斯的《查泰莱夫人的情人》中有一句话:"她老了,才二十七岁就老了,肉体不再光灿有神了。因为它被冷落,被压抑,没错,它就是压抑。"这是主人公唐妮的感觉。

杜拉斯的《情人》中两次提到老。一次是:"我们从公寓走出来,我依旧戴着那顶有黑饰带的男帽,穿着那双镶金条带的鞋,嘴唇上搽着暗红唇膏,穿着那件绸衫。我变老了。我突然发现我老了。"那时她才十五岁半,为了能搭便车,为了能搞到钱,把自己当作妓女,主动跟男人上床。还有一次是:"在十八岁和二十五岁之间,我原来的面貌早已不知去向。我在十八岁的时候就变老了。"——她爱上了那个中国男人,他尽管家里有钱,但不得不受控于他的父亲。他和她同病相怜。她想嫁给他了,可是他的父亲不同意,而他只能听命于他的父亲。

人啊,由于太过现实,结果失去了天性。"我"变成"非我",反而有了太多的痛苦。

赫尔曼·黑塞说过:"人人都很孤独。"人啊,这不是你的错。如今,社会上圈子很多,同学圈子、战友圈子、老乡圈子、同好圈子,甚至坐过牢的、所谓从山上下来的人,也结成圈子。人需要存在感,所以抱团取暖。

我读《香玉》,牡丹花蕊中,似有一个女孩,巧笑倩兮,美目盼兮。这个女子,俊俏的脸蛋笑得很美,眉眼转动得令人销魂,盼望一个懂她的蓝颜知己。王士祯读《聊斋志异》曰:"姑妄言之姑听之,豆棚瓜架雨如丝。料应厌作人间语，爱听秋坟鬼唱诗。"她不想戴着面具过活，她顺从自己的本性，如一株蔬菜，无忧无虑地生长。

又想到黑柳彻子的《窗边的小豆豆》。故事的主人公，是多么单纯可爱的一个孩子啊。有人说，所谓成长，只不过是一步步身不由己地走向庸俗。我愿意向豆豆学习，向蔬菜学习，简单而达观地过活。

下午，阳光普照，我满园里撒了蒲公英的种子。要不了多久，园子里都是明亮的金黄。如果你是初来乍到，或许以为是到了梵高的画里呢。

·我的阿兰若

今天点豆,种山药,栽马铃薯。

我用铲子,扒出小小的宕子,每个宕子里面丢两三粒豆子,再拨点土,把宕子盖上。前几天下过雨,地还潮湿,估计过不了几天,豆子就要发芽了。有朋友让我用塑料薄膜把豆地蒙上,说是发芽快,且可防止雀子飞进来,把豆子扒出吃掉。我想,就让豆子们自然生长吧,如果被雀子吃掉,我再补种。反正我有兴趣,也有时间,最重要的是,清明往后,想什么时候种都可以,早种早吃,迟种迟吃。

细想起来,点豆是文学作品中的经典场景。陶渊明的诗,辛弃疾的诗,梭罗的散文,以及我的文字,都提到过啊。

陶渊明写有《归园田居》:"种豆南山下,草盛豆苗稀。晨兴理荒秽,戴月荷锄归。"辛弃疾写有《清平乐·村居》:"大儿锄豆溪东,中儿正织鸡笼。最喜小儿无赖,溪头卧剥莲蓬。"

还有梭罗。他的《瓦尔登湖》第七章,题目就叫《种豆》。当中写道:"我爱上了我的一行行的豆子,虽然它们已经超出我的需要很多了。它们使我爱上了我的土地,因此我得到了力量,像安泰一样。""我珍爱它们,我为它们松土锄草,从早到晚照管它们;这算是我一天的工作。阔大的叶子真好看。"

豆子的品种其实很多,如大豆、蚕豆、绿豆、豌豆、赤豆、黑豆、扁豆、刀豆，等等。我的园子里，现在就有蚕豆，正开着花，像袖珍版的黑天鹅；有豌豆，也开着花，像轻盈可爱的白蝴蝶；还有四季豆，是三月初种的，豆苗有一拃高了。奇怪的是，豆子成了大豆的专称。如果加以分类，豆子有两个名字，年轻的时候，叫毛豆，碧绿，豆荚上都是细毛；不年轻了，改叫黄豆，豆荚金黄，豆粒金黄。

因为热爱，所以关注，以至近来读书读报，满眼都是蔬菜。

前两天给学生们上《兄弟阋墙》，是篇老课文，也有蔬菜：一是何藩台被弟弟三荷包揭了买官卖官的老底，无言以对，"气得脸似冬瓜一般的青了"；二是兄弟俩为分赃不均而大打出手，何藩台的新太太赶来拉架，结果被三荷包撞倒，"那头上的汗珠子比黄豆还大"。又想到《红楼梦》里的茄子，《社戏》里的罗汉豆，《孔乙己》里的茴香豆，于是感叹：如果少了蔬菜，文字的味道怕要淡薄许多。

近读李辉的散文《爱逛菜地的汪曾祺》，里面引用汪曾祺《榆树村杂记·自序》里的话：

> 人家逛公园，我逛菜园。逛菜园也挺不错，看看那些绿菜，一天一个样，全都鲜活水灵，挺好看。菜地的气味可不好，因为菜要浇粪。有时我也蹲下来和在菜地旁边抽烟休息的老菜农聊聊，看他们怎样搭塑料大棚，看看先时而出的黄瓜、西红柿、嫩豆角、青辣椒，感受到一种欣欣然的生活气息。

又读皖新读书会"作家专访"栏目的报道《钱红丽：我的精神版图里，同样拥有星辰和大海》。里面写道："我只是不停地默默地写，像一个农民，春来翻地、播种，然后静等庄稼开花结果。"作家虽然只说种地，没说种菜，可是也可以理解为种菜。只要是个农民，把时间和感情都倾注在地里，谁家里不种点菜呢？

种山药时，用的种子是山药蛋，滴溜瓜圆，像调皮的小崽子。——我去年种过，没有成功，今年春节时特地向朋友求教，且要了种子来。也是扒出宕子，把它们丢进去，用浮土盖上，像是盖上被子。我仿佛听见小崽子们格格格的笑声。

而种马铃薯时，先要找芽，有几个芽就切成几块。我切了三个马铃薯，一共十五个小块。我把它们埋进土地，芽朝上。在它们旁边，紫菜薹开了全部的花，黄灿灿的，似一棵树。

至于题目"阿兰若"，原意是树林，引申为寂静、闲静之处。偶然邂逅，觉得它好，便借用了。

· 紫菜花与萝卜花

清明时节，满眼飞花。东方风来，梨花皆白，人仿佛游进了香雪海；苦菜花儿开，像金色的草帽，让我想起旧年读过的小说《苦菜花》。那时我的母亲刚刚离世，我感觉自己就是苦菜，虽经磨难，竟也绽放。野豌豆花，如绯红的马蜂，在繁茂的叶间低吟。它其实是低调，若论它的资历，得从《诗经》算起。它的原名叫"薇"，叶子如梳，如女子梳得清清楚楚的乌发。还有野草莓，叶子麻麻，果实红艳，又叫蛇果，蛇爱吃它。

紫菜开花了，茎红叶绿，一串黄花，像《诗经》中的木铎，把爱唱民歌的农妇摇到树荫底下。它扎着老蓝布头巾，年轻些的扎花头巾，梳着两条或一条细长的辫子；它的声音穿云裂石，跨越时空，落在后世人们心中柔软的地方，溅起朵朵雨花。萝卜也开花了，也是茎红叶绿。它开什么花呢？白花！像野萝卜花，像扬州的琼花，像老电影《红色娘子军》里的吴琼花——她可是我少年时期的偶像啊！

回首当年，总是喜欢热闹，为看一场电影能跑十里地。现在，热情转移了，爱待在菜园，沿着田沟踱步，东瞅瞅西瞅瞅，有时俯下身来，和蔬菜说说话——我相信它们能听见，能懂。水都知道答案，它们比水可敏感多了。有时把它们想象成童话中的主人公，有情有义，心细如发，也会演绎如泣如诉的动人故事。至于能辨出各种蔬菜的细微差别，不是因为用心，而是由于熟悉。我熟悉它们，就像熟悉手掌的纹路。我因此花费了很多时间，但很值得。

我反对"植物人"一说，好像植物没有感知能力，没有喜怒哀乐。电影《我是植物人》中，主人公俐俐意外受伤，手术后成了"植物人"，经过很长时间，却被唤醒。这也说明植物有意识，有感情。拿蔬菜来说，你浇过肥，生菜更翠，真的像要滴出水来；你松过土，莴笋蹿得更高，一副玉树临风的模样；你薅过草，现生的菜秧，就站得稳了，叶片清清亮亮；你割掉稀疏的春韭菜，新发出来的就更茂密，就像幼儿剃了胎发，长出的头发更黑更硬……

我读过刘亮程的散文《逃跑的马》，就更觉得蔬菜的可爱。文中写道："我们对马的唯一理解方式是：不断地把马肉吃到肚子里，把马奶喝到肚子里，把马皮穿在脚上。久而久之，隐隐就会有一匹马在身体中跑动。有一种异样的激情纵动着人，变得像马一样不安、骚动。而最终，却只能用马肉给我们的体力和激情，干点人的事情，撒点人的野和牢骚。"我认识一位住持，他就认为肉食使人躁动，使人蛮横。问他常食蔬菜的人如何，答曰：一身清气，口齿生香，心定神怡，仙风道骨。

因此，我愿意流连菜园，又因此，我对蔬菜了解更多。我知道豌豆能开出五种不同颜色的花朵；我知道栽种土豆，要挖三锹深的土，要施足基肥，要攒起垄子，要育苗移栽；我知道种山药要搭牢竹架，给藤子往上爬，藤子上结的像麻雀蛋一样的山药蛋，可以蒸着吃，煮着吃，炒着吃，炸着吃……到了我这个年龄，不再去追求空虚的享受；因为见识了生活的苦，所以更明白平淡是真，日子过得再花哨，终掩饰不了自己内心的疲惫。

·顺理成章

今天在菜园里薅草,忽然想到这个成语。它出自《朱子语类》卷十九:"文者,顺理而成章之谓也。"原指写作遵循事理,自成章法;后来也指做事只要合乎情理,就能做好。我想,种菜也是这样,顺理而为,菜便姣好,赏心悦目。

种菜是个累活,也是细活。地里的事,虽说也就几样:播种,移栽,浇水,施肥,薅草,捉虫;茄子、番茄之类需要掐尖;豇豆、四季豆、黄瓜、苦瓜等要搭竹架……可是做不完的。下午,风和日丽,我弯腰薅草,人参菜(就是人参,嫩叶可食)刚发芽,或如红艳的雀舌,似有清丽的叫声,或如嫩绿的新茶,散发清新的芳香;可是荠菜也多,星白花朵组团而至,还有地锦、天胡荽等,犹如野狗抢食,不薅不行。

"顺理而为"是什么意思呢?就是种菜也要顺从蔬菜的天性。蔬菜的适应性强,对人没有多高要求,但也有些个性,对水肥土壤各有偏好。你不懂它,不尊重它,它就不能好好生长,以致面黄肌瘦,甚至命归黄泉。这样的话,种菜的人希望落了空,心里也不好受。

比如眼下,白菜收花结籽,豌豆收花结荚,万不能浇水了;莴笋可以吃了,虽然略显黄瘦,却不宜施肥;四季豆的苗,有一拃高,天一晴好,就要栽种;山药即将出芽,得赶紧深挖宕高打垄,浇足底肥,以备移植;还有,盖在苋菜、茼蒿、小白菜上的塑料皮要揭开了,它们在底下闷了几天，热得难受。

"顺理而为"其实是个通理。读柳宗元的《种树郭橐驼传》，作者说到种树，要"顺木之天，以致其性"；当然，他的用意，是在最后，所谓"吾问养树，得养人术"。在教育方面，陶行知说"解放孩子们的手，让他们尽情去玩；解放孩子们的脚，让他们到处去跑；解放孩子们的脑，让他们自由去想；解放孩子们的嘴，让他们随意去唱去说"，意思是不要对孩子规划过早、束缚过多。

说到文学，卓文君私奔相如，崔莺莺夜会张生，田小娥跟着黑娃跑到窑洞住，查泰莱夫人偏要嫁给护林员，都不过是女人本性的自然流露，就像油菜开花，蜜蜂采蜜，春风拂柳，母鸡下蛋。朱熹说："圣人千言万语，只是教人存天理，灭人欲。"其实"天理"与"人欲"并非对立，完全违背人欲的天理还叫天理吗？

电影《立春》中的王彩玲，在小城师范学校教授声乐，虽然貌不出众，上天却给了她一副好嗓子。她酷爱唱美声、唱歌剧，理想是能够唱到北京，唱到巴黎。立春是一年之始，春天是万物生长的季节，王彩玲的歌唱事业也正蓬蓬勃勃地生长。

就近期所读作品来说，我喜欢《绿野仙踪》《岛上书店》，人活得单纯，心地如蔬菜般善良；我不喜欢《月亮与六便士》，它把艺术之美与人性之道完全对立，过于夸张。

薅完人参菜，天已擦黑。铲了两棵莴笋，撕去叶子，肥嘟嘟的，酷似纺锤。刨丝清炒，青翠如水，就着两杯红酒吃完，感觉这莴笋似在心里长出来，直往上蹿，其情其景如诗如画。想到"章"字本身，原指优美的音乐，又指红白相间的花纹。顺了理了，自在、和谐，就美。

· 读吴伯箫

我读书容易动感情。

读《大堰河——我的保姆》,读《小团圆媳妇之死》,主人公都是童养媳,都死得早;我母亲也是童养媳出身,死得也早,少时受的苦比腰还深。每次读到这两篇作品,就会想起母亲,总是泪眼婆娑。

读孙犁《亡人逸事》,读到结尾,被夫妻深情所打动,也是热泪盈眶,几至失声痛哭:

> ……我在北平当小职员时,曾经买过两丈花布,直接寄至她家。临终之前,她还向我提起这一件小事,问道:
>
> "你那时为什么把布寄到我娘家去啊?"
>
> 我说:
>
> "为的是叫你做衣服方便呀!"
>
> 她闭上眼睛,久病的脸上,展现了一丝幸福的笑容。

近两年半时间,因为种菜,读过《菜蔬小语》《瓦尔登湖》《一个人的村庄》《菜田杂草图谱及其化学防除》等书。我都喜欢。不过我从没使用过除草剂,我并不想节省时间与体力,还有,我对自己侵占杂草的领地心存愧意,凭什么还对它们使用暴力!

如果就单篇作品而言,我最喜欢的,却是吴伯箫的《菜园小记》。

黑塞说过:"世界上的一切书本,不会有幸福带给你,可是它们秘密地叫你,返回到你自己那里。"可以说,《菜园小记》正是这样的文字。

最早读到此文,应该是在四十年前。那时我的母亲不幸突然离世,我是老大,才十一岁,我们兄妹仨,如失恃的雏燕,凄惨地乱飞。家贫如洗,两间草屋不蔽风雨,山墙外倾,用根杂树顶着,下面坠块石头,随时可能倒塌。斯时读到《菜园小记》,仿佛获得了精神的支持,于是自己种粮种菜,兼带捞鱼摸虾,最终渡过难关。时光荏苒,立马回首,感觉此文就像树与石头,把我的信念之墙支撑住了。

不妨摘录几句:

> 韭菜有宿根,不要费太大的劳力(当然要费些工夫),只要施施肥,培培土,浇浇水,出了九就能发出鲜绿肥嫩的韭芽。

> 最难得的是,菜地西北的石崖底下有一个石窠,挖出石窠里的乱石沉泥,石缝里就涔涔地流出泉水。

> 种菜是细致活儿,"种菜如绣花";认真干起来也很累人,就劳动量说,"一亩园十亩田"。但是种菜是极有乐趣的事情。

> ……在谈话间歇的时候听菜畦里昆虫的鸣声;蒜在抽薹,白菜在卷心,芫荽在散发脉脉的香气:一切都使人感到一种真正的田园乐趣。

文中所叙的种菜经验和乐趣，我能理解，感同身受。读着这些文字，仿佛遇到知音，与作者遥相呼应。于今，有些人的心，就像油菜抽薹，一蹿老高，不能吃苦，也静不下来，读读《菜园小记》，定会获得劳动的乐趣与生命的乐趣。

·种菜也是修行

卷心菜越长越高了,似大油菜。总共二十四棵菜,有两棵菜叶片略卷,像绿色的蜡烛,其他的,叶片四面展开,像巨大的芭蕉。想起去年此时,那些卷心菜根茎短缩,叶片挺括,每天向里翻卷,向里翻卷,渐成叶球。我每天早晨进园,所做的事,就是在露水未干之时,捉住叶片背面的大毛毛虫,把它们扔进蚕豆地里。

卷心菜是二年生蔬菜,去年冬天栽的,初夏可以收获。可是,浇肥、锄草,盼望了几个月,生菜都包成球了,它们还是这个样子。上网搜索,有这么一段话:

> 卷心菜在未结球以前,如遇低温条件,或在幼苗期就满足了它的春化要求,栽植后一旦遇到长日照条件,就可能出现"未熟抽薹"现象,叶球形成受阻造成减产。

这是不是就是抽薹现象呢?去年冬天,据说是几十年不遇的暖冬,我穿着棉毛裤就过了冬,一点也没有感觉到寒冷。是不是由于"长日照"的原因呢?——暂不管它们了,让它们自由生长,且做别的事情。

种菜的好处,比园里的树叶还多:有有机蔬菜吃,有悦目的蔬菜看,可以锻炼身体,可以怡情养性。挖地要肯流汗,薅草不怕腰酸,浇粪不能怕臭，搭架不怕麻烦。和杂草、泥土、大粪相伴，不能怕脏；菜地的时光又过得快，太阳像忙着赶路似的，一晃就没有了，所以经常摸黑；又时常是独自劳作，只有几棵树、满园菜的陪伴，没有个说话的人，因而还要能够耐得住寂寞。这算不算修行？

照我粗浅的理解，所谓修行，就是面对、放下、安静、感恩。这些元素菜园都有。比如"阳春布德泽，万物生光辉"，满园菜花自然欣喜，可是劳累、孤寂也要接受，卷心菜不结球，毛豆得了白霉病，山芋只跑藤不结块根……你也不能着急上火；一个人一生中吃的蔬菜成山，它们供养人的身体，悦人眼目，虽不自矜，也不表功，但生而为人，应该懂得感恩。

苏轼《筼筜谷》曰："汉川修竹贱如蓬，斤斧何曾赦箨龙。料得清贫馋太守，渭滨千亩在胸中。"他是写给表兄文与可的，说做太守的与可爱吃竹笋，把千亩的竹子都吃到肚子里了。与可不是白吃，吃了竹笋以后，"成竹在胸"，成为画墨竹的高手。

可惜，我是个庸才，胃都吃成了菜地，却写不出蔬菜的美丽和神采。

欣慰的是，近日读到特级教师褚树荣的散文《扛着锄头进城》。褚老师自谓出身清贫，少时寒暑假上山砍柴，常一个人在山路徘徊或在山冈独坐，要么就到滩涂上截港挖洞，摸鱼捉蟹。没有呼朋引伴的热闹，只专注于对每一棵树的审视、对每一声潮的谛听，对草木极有感情。——我对蔬菜就怀着感激之情。他还引用吕叔湘的话，以为语文教学像农业，语文教师像农民。我正好是语文教师，那么我这种菜，倒是有利于教学。

待在菜园的最妙之处，是可自说自话，可以胡思乱想：鲁迅在《藤

野先生》中提到的"胶菜"是什么菜呢?"糠萝卜"的"糠"字用得多形象啊!糠是碾米时落下的稻壳齑粉,堆头大,分量轻,没有营养,没有味道,猪都不喜欢吃,糠萝卜自然也不好吃了。有副对联,叫作"纵有千年铁门槛,终须一个土馒头",谓人不管贫富贵贱,结局都是死亡,那么,人还要不要奋斗呢?

这样想着,天又擦黑,卷心菜还是大叶招展,像猪八戒的招风耳朵。俗话说:"耳大有福。"卷心菜应该是有福的了。

·莴笋冒薹

现在，四月中旬，是菜地最荒凉的时期。可以吃的，只有莴笋、生菜；韭菜、青蒿也有，但是长得都慢，割过一茬，半个月也长不起来。豌豆初结荚，蚕豆才收花，茼蒿、苋菜刚露了脸，人参菜、菊花脑都只几片细叶，毛豆、土豆都才发芽，芹菜是有的，老得全是丝丝，嚼不动了。草莓呢，正在开花。

最近几天，顿顿莴笋，或凉拌，或清炒，昨天烀了咸肉；想到小时候，母亲还在世时，她会腌莴笋的，可我不会，所以只得加紧吃，当饭吃，兼送给亲戚朋友。莴笋原本像小胖墩，连日阴雨之后，突然冒薹，英俊挺拔，华丽转身，成了美少年。冒薹的莴笋，容易空心，不再水嫩，吃在嘴里像嚼泡沫，有的只是隐隐的苦。

生菜也天天吃，雨水过多，开始烂了。清炒居多，偶尔氽汤，有时生吃。生菜，就是可以生吃的菜，这也是它得名的缘由。你看那些煎饼、汉堡，夹的生菜都是生的。少时养鹅，用刀把生菜斩碎，拌以碎米，小鹅大口大口吞食，边吃边唱，"曲项向天歌"。人原本也有一副好肠胃，好到可以如樊哙生吃猪腿，如桑迪亚哥生吃海鱼，可是后来，生活越来越讲究，如今更是时时不忘养生，肠胃功能日益退化，每况愈下。

生菜又极好看。你找点空闲，细细读它，真是妙不可言。你选一片嫩叶，对着太阳凝视，菜叶就像透明的玻璃，太阳就像翠绿的玉；而叶片中间，那宽宽的叶脉，像浅浅的河流，又像给它系上了轻薄的蚕丝腰带，舞动、飞扬。我在挥汗如雨地挖地之后，在累得腰都直不起来之后，在把化粪池清理了之后，时常摘了最嫩的菜叶贴在眼前，朝着太阳远望，我发现，天空都是绿的！突然想起王安忆《长恨歌》里的王琦瑶们，窝在房间里炒白果、舂芝麻、说闲话、挑棚棚的情景，真是悠闲！

如果有谁写蔬菜志，我敢保证，我的蔬菜，是最真实的标本，我的菜园，是最真实的场景。我没有盖地膜，没有罩大棚，没有用化肥（只浇绿肥、粪便），没有喷洒生长剂——蔬菜以自己的脚步在走，在成长，像南极的雪自然堆积，像青藏高原月白风清。我不愿改变它们的生命历程。我不愿蔬菜早熟，也不人为控制它们成熟。我的蔬菜是货真价实的"时蔬"。想起早年读过一篇竺可桢的散文《大自然的语言》，记忆犹新："几千年来，劳动人民注意了草木荣枯、候鸟去来等自然现象同气候的关系，据以安排农事。杏花开了，就好像大自然在传语要赶快耕地；桃花开了，又好像在暗示要赶快种谷子。"时至今日，人们忘记了物候，种菜的人忘了节令，想什么时候种，就什么时候种，任性，随心所欲。

种菜技术提高了，物流商贸发达了，你到菜场看看，冬天可以吃到茄子、辣椒、黄瓜、冬瓜，夏天可以吃到嫩嫩的青蒿、香椿头——几乎都是来自大棚种植。就蔬菜而言，季节已经完全模糊甚至紊乱，想以蔬菜判断季节，肯定是要犯错了。我国古代强调天人合一，如今的蔬菜种植，偏偏追求反季节，走捷径，不守农时，逆向行驶。人的身心也跟着乱，无所适从，结果生病的多，医院人满为患；没生病的，又不快乐。

我的菜地，连农药都不用的，虫是有的，只趁着露水捉。有异味的茼蒿、韭菜、菊花脑（据说这是南京周边特有的蔬菜），虫避之犹恐不及；人参菜叶片青如翡翠，是去年新种的品种，虫子应该是没见过，就像人初见番茄，以为是有毒的蛇果一样，不敢贸然尝试；只有青菜、苋菜，是虫的最爱，如果虫子早起偷袭，留些虫眼也无大碍，我自产自销，自给自足，并不出售，不图卖相。

· 多劳少病

今天读完杨绛的《我们仨》,才知道她老人家写这本书,是要替女儿实现遗愿——女儿钱瑗想写,才开了头,便被病魔夺去了生命。老人家饱经沧桑,笔端哀而不伤,像王安忆的《长恨歌》所写到的王琦瑶们,炒栗子吃,炒瓜子吃,炒白果吃,谈栗子的甜糯、瓜子的浓香,白果的苦味一笔带过。

在《我们仨》中,我印象深刻的,有很多处,比如杨绛、钱锺书和钱瑗都酷爱读书,终生不辞劳作。比如钱锺书与钱瑗读书时,每每读到开心之处,都会捧腹大笑。还有两节关于蔬菜的叙述,深情款款,其景如在目前:

> 一次店里送来了扁豆,我们不识货,一面剥,一面嫌壳太厚,豆太小。我忽然醒悟,这是专吃壳儿的,是扁豆,我们焖了吃,很成功。
>
> ……
>
> 锺书叫了汽车接妻女出院,回到寓所。他炖了鸡汤,还剥了碧绿的蚕豆瓣,煮在汤里,盛在碗里,端给我吃。

看起来,我跟这家人有些相像。我读到好玩的地方,也是笑得前仰后合,看完之后,就是走在路上,想起来了,还是要笑。今年(2017年)4月11日,是王小波去世二十周年祭日,我重读他的《体验生活》《盛装舞步》《肚子里的战争》《一只特立独行的猪》等篇,虽然有些忧伤,依然忍俊不禁。

关于扁豆与蚕豆瓣的细节,我更是感同身受。关于种菜,两年多的时间里,我写了二十万字,已几乎可以形成蔬菜志。但是我停不住笔,就像怀揣梦想的年轻人,控制不住激情与脚步。菜园每天都是新的,每天都有新的喜悦,都会产生新的感受。

下午进园,就见到番茄开花,两三朵,金黄色的,六个花瓣,像没见过生人的女孩子,怯怯的;几株留种的老茼蒿,也开出艳丽的花朵,却像见过大世面的艺考生,展示着娇艳与热情。

土豆发出很多新芽,麻麻的叶,像花;人参菜发出很多新叶,洁净如孩子的笑靥,像花;菊花脑一簇簇的,新叶尖如小猫的耳朵,也像花……我仿佛走进"花间词"窄巷里,悠长、幽美、静谧、愉悦;又像走进韦庄《菩萨蛮》的佳句里,"春水碧于天,画船听雨眠。垆边人似月,皓腕凝霜雪",心如黄莺,飞向园外,视野为之开阔,心灵澄碧如洗。

但看眼前,一畦白菜,收尽最后的灿烂的黄花,开始结荚,摇身变为风姿绰约的少妇。蚕豆那如蝴蝶似的花朵,也渐渐收缩,在那蔫了似的花托处,生出蜡笔似的豆荚来,过些时候,将有"碧绿的蚕豆瓣"吃。嫩豆瓣漂鸡蛋汤,就是一道好菜,黄绿相间,如同美丽的水彩画。紫菜薹正收花结籽,等菜籽收上来,即可试种紫菜,如果长起来,会给菜园增添新的色彩。

芹菜老绿，老得不能吃了；莴笋冒薹，急着开花，孕育果实；生菜秀气，烂掉不少，它们能够经受霜雪，却怕过多的雨水，禁不住过高的气温。蔬菜们也渴望生息繁衍，也经历生老病死，也都有欢乐与痛苦，也会纵情大笑，抑或向隅而泣，一如人类，只是我们关注太少。我们的眼睛被花花世界所吸引，心思被功名利禄所牵扯，实在顾不上菜。

我老师的爱人胡大姐，今年六十岁，也爱种菜，挖地、浇水、薅草、上肥一应事务，都是亲力亲为，像辛勤的蜜蜂，在泥土上飞来飞去，乐此不疲。她的园里，蚕豆也该结荚了吧。老师看她辛苦，劝她少忙一些。她说："多劳少病。"我觉得这四个字言近旨远，耐人寻味。

·雨生百蔬

气温像爬楼似的升高,爬着爬着,谷雨就到了。萝卜花白过,油菜花黄过,蚕豆花紫过,婆婆纳红过蓝过,而茼蒿花正开,莴笋花含苞欲放。这是春季最后的节气,也是最后的春天。如果说春天是一只孔雀,那么谷雨就是它的艳丽尾巴。

古书上说,谷雨有两个意思。

1

一曰雨生百谷。

俗话说,"清明断雪,谷雨断霜",谷雨的到来意味着寒潮天气基本结束,气温回升加快,谷类作物勃勃生长。

这也是种菜的好时节。我在菜园转悠,把蔬菜盘点盘点,叶类的,有青菜、茼蒿、韭菜、生菜、菊花脑、人参菜,都可以吃;茎类的,有青蒿、莴笋、蒜薹,也可采食;豆类的,豌豆可摘,蚕豆结荚,毛豆叶片碧绿,四季豆绿藤缠绕,豇豆刚刚出苗,块根类的,土豆叶绿,山药发芽,袅袅娜娜,暗香浮动,像香椿头;瓜类的,有黄瓜、苦瓜,都已出芽;番茄开花了;草莓结出麻雀蛋似的红果,同时开着淡绿的花朵。

萧红在《回忆鲁迅先生》里说到鲁迅家里的餐桌:

来了客人，许先生没有不下厨房的，菜食很丰富，鱼，肉……都是用大碗装着，起码四五碗，多则七八碗。可是平常就只三碗菜：一碗素炒豌豆苗，一碗笋炒咸菜，再一碗黄花鱼。

有豌豆苗，有笋——看来写的就是这个季节。鲁迅爱吃豌豆苗，我也爱吃。鲁迅眼里揉不得沙子，我也喜欢豌豆的纯粹与清气。

四季豆搭了竹架，等着它往上爬；山药地挖了三锹深的沟，浇足了粪，随时可以移栽。四季豆听话，黄瓜、苦瓜也都听话。也有不听话的，比如包菜，还没打包，又名鸡心包，可哪像鸡心啊？——它们肥大的叶片，伸展，伸展，伸展，仿佛要把整个菜园覆盖，真是淘气！我不知道它们到底要长成什么模样！蔬菜又称"时蔬"，有保质期，会烂，会老，比新闻联播都新鲜，此时相遇，也是缘分。

我劳动时，喜欢哼哼尉金莹演唱的歌曲《好山好水好梦》，特别是这几句："春种秋收百姓人家，有情有爱有梦发芽；山高水远天大地大，水润万物种豆种瓜。"水润万物，种豆种瓜，多自在啊！

关于土豆，以前写过《把土豆种进土里》。土豆好吃，可吃多了，也难受。高杨在博文《土豆——为友人新书序》开头写道：

对吃最深刻的印象，是我跟妈妈住在一个叫三原的小县城里，从陕北来看望我们的舅舅扛着一麻袋土豆。那个月里，母亲把那一麻袋土豆，做成了几十种菜。煎炒烹炸拌，亏得母亲一双巧手，那一麻袋土豆变化成各种丝儿、片儿、块儿、面儿，进了我的小肚子。

读书的时候，总能遇到土豆，仿佛书本就是泥土，而土豆就种在里面，长在里面。不过，土豆是朴素的，埋在土里，不事张扬，就像所有好的文字。

我国古代，把蔬菜叫作"蔬"。《小尔雅》(汉代)曰："菜谓之蔬。"《说文新附》(宋代)曰："蔬，菜也。"《明史·海瑞传》有言："布袍脱粟，令老仆艺蔬自给。"顾炎武《复庵记》有言："有松可荫，有地可蔬。"——这里的"蔬"解作种菜。所以，谓之"雨生百蔬"，也有出处。

2

二曰仓颉造字。

前几天到巢湖开会，游鼓山寺，得《惜字集》。远古此日，仓颉造字。仓颉"面长四目，天生睿德"，造字完毕，夜深人静。忽然，"天雨谷，鬼夜哭"，意思是说，天地之间，轰隆作声，天空哗哗下起大雨；可是落下的并不是雨滴，而是一粒粒小米。四面八方，哭声阵阵，鬼怪们伤心不已。

可是，为什么天会"雨谷"，鬼要"夜哭"呢？

原来故事是想说明，文字给人智慧，文字对人类的贡献，就像天上白白地掉馅饼；而人们获得了智慧，就不会再听从鬼怪们的愚弄，所以他们要哭。

如此说来，谷雨不仅生出百蔬，而且生出智慧。

人应该怎样行走世间呢？

有人说，人一定要想清三个问题：第一，你有什么；第二，你要什么；第三，你能放弃什么。对于多数人而言，有什么，很容易评估自己的现状；要什么，内心也有明确的想法；最难的是，不知道或不敢放弃什么。

网上有句话说，如今人们的忙碌，不是源于工作，不是源于生活，而是来自欲望。就像六祖惠能大师所说："不是风动，不是幡动，而是心动。"也确实如此。简单的人，一杯茶也会品出云淡风轻，一朵花也能自成一处风景，活得清澈，走得宽阔疏朗。他们不会负重前行，而是在内心修篱种菊。

所以要读书，在书籍中安顿灵魂，找到出口。我们对着镜子，照到的是自己；我们对着烛光，照亮的也是自己。书是镜子，也是烛光。好的书籍引领读者而不迎合读者。木心说，文学是人学，文学背后，有两个基因：爱和恨。他还说："我是怀着悲伤的眼光，看着不知悲伤的事物。"王小波说，智慧、有趣和性爱，是人生最美好的三件事；人的一切痛苦，本质上都是对自己无能的愤怒。掷地有声，振聋发聩。

在我看来，人要努力，只要走得比别人更远，就能看到别人看不到的风景。每个成功的人都很努力，你只看到他们光鲜的一面，没有看到他们背后的艰辛。成就越大，付出越多，他们的工作时间是以分钟计算的，甚至精确到秒。人也要放下。"窗外日光弹指过，席前花影坐间移"，好风景需要用时间来品。

3

我觉得，谷雨应该还有第三个意思，即雨生百感。

古书又说，谷雨时节，物有三候："第一候萍始生；第二候鸣鸠拂其羽；第三候为戴胜降于桑。"我居小城，虽然种菜，却少至乡间，不知道浮萍何时生；我也没看到桑树，没看到戴胜，不过我看到过有人卖桑葚。至于"鸣鸠拂其羽"，是说斑鸠。没想到，在这园里，我竟然害死了斑鸠，颇为自责。

园里有树，有好几棵。听妻子说，小桂花树上，有个斑鸠窝。昨天中午，我到园子，低头察看前几日种的花生是否出芽。忽然，一道黑影从我眼前闪过，且听到扑通一声。我忙止步，抬头看树，树杈中间，乱叠着些许极细的枯枝败叶，上面有两枚白白的蛋，橄榄似的。再看树下，是豌豆地，白花将尽，豆荚可人，在藤叶里，隐约现出黑黑的羽毛，像鸟的翅膀或尾巴。我急忙悄悄退出。我想，斑鸠是在孵蛋，受了惊吓，从树上落下来，把头埋在藤蔓间了。

我的菜园有两块，不在一起，中间隔着几间房子。我到另一块菜园薅草（三棱草跟韭菜挤在一起，一个模样，太难分辨），又挖沟浇粪，"汗水湿透衣背"。心里挂念斑鸠，不知道它飞回树上没有。

结束时，再看豌豆地，黑翎还在；再看树上，蛋也在。我试探着拎起黑翎，结果拎出一只斑鸠——身体软软的，可已经死了。想到那扑通一声，应该是撞在墙上了。怎么会撞墙呢？慌不择路？这是它熟悉的地方啊！我把斑鸠带回家，拔尽羽毛，洗洗干净，留着给孩子吃。心里可怜那两枚小小的蛋。

黄昏又到园里，浇青菜、茼蒿、番茄、人参菜、瓜豆秧。又去看那两枚蛋。心想：斑鸠会不会像人一样成立家庭，夫妻俩共同养育后代，或者像人一样有些亲朋好友，来接着孵化呢？离树老远，踮起脚望，在那巢上，居然有只灰白的鸟！

——原来那只黑斑鸠，是有意撞墙，以死保护鸟蛋，保护它的后代，免得人心怀歹意，时时窥探。它不相信人！

· 最美的遇见

近期央视播出的《朗读者》栏目，着实火了一把。在我看来，火的不是朗读水平，而是朗读者的经历和感受。首期节目主题词为"遇见"，董卿有几句话，直击人心：

从某种意义上来说，世间一切，都是遇见。
就像冷遇见暖，就有了雨；
春遇见冬，有了岁月；
天遇见地，有了永恒；
人遇见人，有了生命。

董卿的话，具有广泛性，自然也适用于我。不过，我要说的是，自从遇见了蔬菜，我的人生变得充实、快乐、美好而有意义。

菜园里永远都有新鲜的菜。即便是同样的菜，昨天与今天也不重样。哲学家说，人不能两次踏进同一条河流。菜没有一刻停止生长，每分每秒都有变化。

比如茼蒿，可以掐着吃了。小青菜也可间着吃了，不间反而会挤、会老。所谓间，就是拣稠密的地方拔，让小些的继续生长。韭菜、青蒿、豌豆荚、菊花脑皆郁郁葱葱，豌豆荚胀鼓鼓的，让我想起安徒生作品中豌豆公主的故事。大蒜抽薹，蒜薹（又叫蒜苗）可以划了，也要抓紧拔出。

划蒜薹是个细活，不能图快。今年的大蒜，由于粪肥充足，根根挺拔，结实如竹。每根大蒜，都保留着七片叶子，又长又宽，叶柄犹如竹节，腰箍似的，铁硬。蒜薹从茎中间抽出，被层层的皮紧紧裹住，像被抱在怀里的孩子，想抱走可不容易。如果抓住蒜薹末梢硬拔，很容易断，没蒜薹吃事小，重要的是，蒜薹留在茎里，蒜头就长不大了。

我弯着腰，左手拉着蒜薹末梢，把它理直，右手拿着纳鞋底的锥子（这是妇女用的工具，渐渐少了，用小刀也行），由上往下直直地划，一直划到底，遇到叶柄，稍稍用力；再拉着蒜薹轻轻地往外拽，轻轻地拽，一直拽到根部，把它扯断。新划出的蒜薹，像初生的孩子，又长又白又嫩又挺（过小半天就蔫了），断茬在不断地渗水，渗出青气。划过蒜薹的地，要多浇水，如同给刚生产过的母亲增加营养。

就想到莫言的小说《天堂蒜薹之歌》，小说1988年出版，至今快三十年了。我是在2012年莫言获得诺奖以后，才找他的作品来看的（我也是个跟风的人）。小说以"蒜薹事件"为经，以高羊、高马、金菊、方四叔、方四婶的生活经历为纬，多角度地描写了农民的生存状态，以及由此引发的悲剧故事。每根蒜薹都要经过他们的手，一畦蒜薹划完，身体僵如烧熟的虾。我以自己划蒜薹的经历看，真要好好地关注农民。

又想到母亲。她是有闯劲的人，在1970年代前期，居然把一亩自留地全部排了大蒜。只是那时肥料不足，抽出的蒜薹像豆芽菜似的细。

我种菜时，时常想到书籍，读书成了种菜的延伸，书籍成了别样的菜园。读书也是遇见。五月天的新歌《如果我们不曾相遇》，有几句

词挺好:

  如果我们不曾相遇,我会是在哪里;
  如果我们从不曾相识,不存在这首歌曲。
  ……
  那一天那一刻那个场景,你出现在我生命;
  从此后从人生重新定义,从我故事里苏醒。

  歌曲唱的是爱情。其实所有的爱情故事中,那些爱恋的对象,都可换成蔬菜,换成书籍。

· 人参菜

人参菜就是人参菜，不是比喻，不是说某种蔬菜具有类似人参的营养功效。

实际上，人参菜就是土人参的茎叶，柔软多汁，质地细嫩。它极像猫耳菜，同样的碧绿，同样的气味，同样的滑腻；可清炒，可涮汤，生吃估计也行。也有块根，就是土人参，也能食用；但我去年春天才种，迄今也就一年，根是有的，像粉笔似的细。

人参菜的种子极小，像苋菜籽，像韭菜籽，像荠菜籽，像初春的蚕蚁，像用水笔在纸上戳的墨点。我的弟媳妇把包着人参菜籽的纸包给我时，如同把一件祖传的宝物移交给我，神色凝重。我把地挖好，把土打碎，把种子拌了细土，均匀地撒在地里。天朗气清，万物萌发，我撒了籽，撒下希望。

之后，一日看三次，看得叶初生，看得花儿开，看得枝叶枯，一切归于寂静，仿佛什么也不曾发生。冬天里，我在只有枯根的空地上，浇过无数次粪，我期待井喷似的疯长，就像莫言小说《红高粱》中的那种旺盛的生长。

今年，一个月前，枯败的根上，发出红艳的细芽，像红米，像雀舌，像一星炉火。春风呢，仿佛一把团扇，扇啊，扇啊，细芽长大、变绿，光洁、肥厚，一丛一丛，把泥土覆盖。特别是在雨后，我凝视洁净的叶片，像平静的深潭，像一尘不染的长天，像饶有趣味的女子，简直移不开步，舍不得捎。

"黑暗正从天空下降。"这是乔伊斯的小说《一个青年艺术家的画像》中的一句话。我在人参菜前流连的时候，天不擦黑不离开，眨眼间，黑暗那巨大的幕布，哗啦抖开。当然，发现也多。比如今天下午，我就发现去年落在地上的种子生出叶芽，暗红，两片，像苋菜，像马齿苋，匍匐地面。它们像拉力赛中的第二方阵，要追上来了。

人参菜与猫耳菜还是有不同的。但看叶片，人参菜略尖，像心脏，猫耳菜略圆，像猪腰，像长命锁。如果看花，则是迥然有异：人参菜修茎红花，茎像玩杂技的撑竿，花像爱俏的村姑；猫耳菜是白花，如素雅的村妇。女人花，女人花，人面桃花，难分彼此。女人们故事多，蔬菜们故事也多。

我时常把园外的世界说给人参菜听，说给蔬菜们听。比如日趋紧张的东北亚形势，正在部署的萨德反导系统，纷纷自首的潜逃海外的腐败分子，飞向太空的"神舟一号"货运飞船，红透网络的《人民的名义》《我是范雨素》，等等。蔬菜们是懂的，它们的叶片在微风中摆动；就是不懂也没关系，我也是说给自己听。外面的世界很精彩，也很无奈，能有这份安定与宁静，也是福分。

"人参"与"人生"谐音，吃人参菜，容易想到人生问题。比如《我是范雨素》讲述草根的艰难生活，字字都是血泪凝结。范雨素从废品收购站买了一千多斤书，有的塑封都没打开。她说："一本书从来没有人看过，跟一个人从没有好好活过一样，看着心疼。"我心戚戚，感同身受。

我在同学微信群发消息，误把"遐想"写成"瞎想"。没想到，有同学居然认可，并解释说："先闭上眼睛，然后用心想，思想有了翅膀，飞得高阔辽远；所以，瞎想符合逻辑思维，有过程，有细节，有深度，外化于行，内化于心，意化于神。"——当然是游戏之词。至于我，抠破脑门，也想不到这么多。不知道蔬菜们意下如何。

·生菜与鹅
——兼读《一个青年艺术家的画像》

今天读完爱尔兰作家詹姆斯·乔伊斯的自传体小说《一个青年艺术家的画像》。乔伊斯写道:

> 走过斯蒂芬的,也就是我的菜园子,想起了那天夜晚克兰利所说"我们的宗教"的发明人原是他的同胞,而不是我的同胞的那番话。

掩卷遐想,斯蒂芬的菜园子里,会有些什么菜呢?可能有萝卜、胡萝卜、土豆、豌豆。都是作品里写到过的。特别是这句:

> 不幸在我说话的中间,我忽然做了一个革命的手势。我当时的神态一定像一个抓着一把豌豆往空中乱撒的家伙。

但看我的菜园,萝卜开着白色的花,很像琼花;胡萝卜是找不到踪影了;土豆正在长叶,叶面如麻;豌豆已经结荚,不过现在略嫩,正好烀着吃,想要往空中乱撒,估计得过半个月,等它老才行。

眼下几乎是菜园的全盛时期,各种蔬菜加起来,怕有几十种。最

多的是大蒜、生菜，各有两畦；青菜、茼蒿、苋菜、韭菜、青蒿、人参菜、菊花脑都不少；蚕豆荚肥，指日可摘。

一个园子的菜，就像一个村庄的人，总能攀上亲戚，至少也是朋友。"绿树村边合，青山郭外斜"，聊聊桑麻喝喝酒，没有泯不掉的恩仇。

我吃了太多生菜，清炒，氽汤，下面条，蘸大酱吃。酱要煸炒：把油烧热，打个鸡蛋，再倒些酱，烧熟即可。我把自己吃成一只鹅了。或许某天早晨，我掀开被子，脖颈拉长，双臂成翅，真成了鹅，飞出门外，跳进池塘，"白毛浮绿水，红掌拨清波"。

格里高里变成了甲虫；成名之子变成了蟋蟀；《聊斋》中的尤物，一会儿是人，一会儿是花，再过一会儿，又变成了树或狐；至于孙悟空，可以七十二变，想变什么就变什么。我虽是个老实的人，不会奇思妙想，然而，在日新月异的时代，什么奇迹都可能发生。

犹记少年情景，放学回来，总是挖猪菜、喂鹅喂鸭，还要烧火做饭。鹅最爱吃的是生菜，叶片碧绿，浆如奶汁，好吃，好看；其次是割生菜、莴笋叶子，反正都是有浆的。生菜可以剥叶，剥过就长，剥过就长，茎也上长，长到最后，像笔细的莴笋。莴笋的叶子人是不吃的，给小鹅吃。割生菜，顾名思义，割了还长，像韭菜似的。前年我种过油麦菜，大概与它们同宗。

或者变成"绿袖"，一任烟雾似的长袖，在天空飞舞；或者变成绿岛，连接天空与大地，接通古代与现代，把小小菜园虚化，一眼望不到边际。而我，立于菜园，仿佛独立宇宙之间，竟似有了数我风流的阔大胸怀与豪情。

生菜虫子不吃，怕浆粘牙。韭菜、大蒜、芫荽、茼蒿、青蒿、菊花脑、人参菜，虫子也是敬而远之，有味，太冲。就蔬菜而言，它们可谓物以类聚。菊花脑更独特，据说是南京特产。鲁迅在《藤野先生》中写道："大概是物以稀为贵罢。北京的白菜运往浙江，便用红头绳系住菜根，倒挂在水果店头，尊为'胶菜'。"所以外地人来，都要点菊花脑吃，颇有"越是民族的，越是世界的"这么个意思。

说到独特性，就想到最近读到的一篇文章《我是范雨素》。范雨素来自湖北农村，与余秀华同省，在北京做育儿嫂，在整个城市都困得不行的时候，她的文学的灯光还在闪亮。作品首句就是："我的生命是一本不忍卒读的书，命运把我装订得极为拙劣。"她也是一个自己。

还是回到《一个青年艺术家的画像》吧。乔伊斯生于都柏林，大部分时间在国外度过，1920年定居巴黎，专事写作。在这部作品中，他借主人公之口说出了以下的话，可谓"个性主义宣言"，掷地有声，振聋发聩：

　　我不愿意去为我已经不再相信的东西卖力，不管它把自己叫作我的家、我的祖国或我的教堂都一样；我将试图在某种生活方式中，或者某种艺术形式中尽可能自由地、尽可能完整地表现我自己，并仅只使用我能容许自己使用的那些武器来保卫自己——那就是沉默、流亡和机智。

· 苦菊

前几天，在北墙根那畔几近荒芜的菜地里，无意中发现一蓬蓬苦菊；今天傍晚，我用小铲子铲了几蓬摆上餐桌，妻子说：好吃！

不能不承认，有些时候，人的思维是有惯性的。比如说到蔬菜，由苦瓜是苦的，而想到苦菜是苦的，苦菊也是苦的。其实呢，苦菜不苦。春天油菜起薹之时，它也起薹，掐了腌渍，清香扑鼻，还有嚼劲。它名字中有一"苦"字，或许是因它的生长环境不好而起——它长在田埂野地自生自灭；或许是因冯德英的小说《苦菜花》而起，小说里面的几个女人命运很苦。苦菊不仅不苦，还有点甜。就像现在流行的话，所谓"微信只能微信，不能全信"，一不小心就会上当。

苦瓜的苦也不是真苦，是淡淡的清苦，其苦大概是源自内心的孤独。它的皮质晶莹，绿如翡翠；它的瓜瓤绯红，灿如桃花。可是有些人盯着它皮上的瘤皱，并称之"癞葡萄"。它有了怨气，积怨而苦，像刺猬竖起了刺，流浪狗龇开了牙，用以保护脆弱的自尊。我爱吃苦瓜，夏天里，隔三岔五地吃。切片，焯水，撒撮儿盐，滴些麻油就行。感觉每片苦瓜里面都有人生的滋味。据说苦瓜可以明目。我想我的视力很好，都过了天命之年，不知眼镜为何物，就着月光都能看书，抑或是得了苦瓜的恩赐。半盘苦瓜之中，若加两片黑木耳、几片胡萝卜，那简直就是人生至味。

眼下已过春分，油菜泛金，菠菜、芫荽抽薹，莴笋、生菜噌噌噌地蹿高，像少年爬楼似的快。甘蓝呼呼地长，茎细腿长。这可不是好事。因为甘蓝不能长高，它的蜡质叶片，需要横向伸展，然后渐渐上抬，相互拥抱，直到抱成淡绿色的扁球。我去年种过甘蓝，结果没抱起来，后来砍倒了事。估计今年也是收获无望。我不明白育种人及经销商为什么要生产、销售这些假菜种。他们毁掉的不仅是菜，也不仅是时间，还有种菜人的希望以及对于世道人心的信心。

幸亏有苦菊，它们不啻黑暗中的光。在我深感失望的时候，它们出现了，颇有"悠然见南山"的美意。它们夹杂在荠菜花、车前草、猪秧秧草、婆婆纳等杂草里，几被屏蔽；但是，它们的青翠之色，显出生命的高贵。苦菊我以前在饭店吃过，觉得不错；去年冬天买了一小袋种子，撒在空地里，"一日看三次，看得花也谢"，没见它们发芽，以为又受了别人的骗，就没去管他们，任凭杂草侵蚀它们的领地。现在猛然看见，真是喜出望外，想到《滕王阁序》里，"失之东隅，收之桑榆"的名句，确有道理。

据说苦菊分布在南欧以及中国南京等地，为菊科、菊苣属的草本植物。我住南京郊区，算是有福之人了。不过在我看来，苦菊并不像菊。在地里时，它像一丛青蒿，一朵青蘑菇，一只毛茸茸的小狗；铲起以后，用它的细叶，掸掸粗糙而显沧桑的老脸，犹如春风拂面，心旷神怡；剪去菜根，放水漂洗，它像美丽的珊瑚树，在海底放飞梦想；把叶子撕开，又像一只只幼鹿，在无际的山野奔跑跳跃；或许某个晴好的天气里，它们会乘风而起，扶摇向天，像飞旋的草帽或者飞碟，像来自天外的小王子。

苦菊吃法最简单了，就是生吃。在清水里过两遍，盛碗碟里，浇点生抽、醋、麻油，即可享用。脆、嫩，丝丝的甜，满满清气。它无苦味，但不辩白，让人自悟；它掩在草丛中，低到尘土里，朴实低调，不事张扬；它的种子最多可以存放十年，之后照样生长，别人抱屈，它不着急。

第二辑:

夏

夏自立夏起。每次邂逅立夏,总感觉夏天像一个弯腰薅草的人,突然站立起来。唐代诗人高骈《山亭夏日》曰"水晶帘动微风起,满架蔷薇一院香",宋代诗人杨万里《夏夜追凉》云"竹深树密虫鸣处,时有微凉不是风",如果他们是在菜园里,会有更美的发现。

·搭起豆架是立夏

如果你来我的菜园,一定乐不可支。园门开处,迎接你的,不是迎宾小姐,而是迎宾老太。她们梳着民国的发髻,穿着民国的旗袍,神情肃穆,仪态端庄。——其实就是一畦蒜地,却排出兵马俑的队列!于是你迈开方步,不敢言笑。

今天划完最后几根蒜薹,比水笔芯子还细。就想,大蒜也有公母吗?为何有的蒜薹粗壮,有的细脚伶仃,瘦得可怜?上网查阅,或说有,或说没有,众口不一,莫衷一是。我把几株大蒜并在一起,打成一个结,便于蒜头生长。于是,老太方阵出来了,整整齐齐,步调一致。

又摘豌豆。豆壳还是绿的,豆米已经变成弹球了。每株豌豆的藤,都有一米多长,除了豆荚,还有白花。我把藤子拉起,理直,像牵起一根绳子,那些豆荚立时从地上爬起来,拽着绳子往上猴呢。就想到孩子,刚才还在地上打滚,你拿出玩具,他们就爬起身来,踮起脚尖,高举小手:"我要!我要!"

又摘蚕豆。仿佛回到从前,母亲用线穿起蚕豆来,炸熟了,挂在手腕或者颈上,像玛蒂尔德的假项链。可煮罗汉豆,像鲁迅《社戏》里的那种。可煮茴香豆,像孔乙己吃的那种——前年我去绍兴,买了两斤,味道平和,如同萧红《回忆鲁迅先生》里的鲁迅翁。

关于蚕豆,略做赘述。曾有孩子问我:"什么植物长得最快?"我回答说:"春笋,每天能长90厘米。其次是莴笋,也直蹿。'笋'字有趣,像一把锹的造型,又像挖地的人。"现在,我想纠正,次于竹笋的,可能要算蚕豆。也就半个月,它的茎冒得比我还高。

据说,全球4000多万种植物中,只有八种开黑色的花。因为,黑色花吸收热量的能力强,可吸收太阳的全部光波,使花内组织产生高温灼热,难以生存。朋友,你是否注意到蚕豆?它的花也是黑的,藏身叶底,静观世事,安稳生活。

又掐人参菜(可能很多人都没见过),像猫耳菜,但是比猫耳菜好吃,也比它好看!尤其是在雨后,那些茎,碧绿,那些叶,饱满,美到极致,举世无双。在它们面前,我突然感到语言的苍白无力,并且认为世间所有的美需要重新定义。等到仲夏,它会抽出数枝细薹,开满粉红碎花,像女学生脸蛋上的酒刺,散发出青春的活力。

还掐了茼蒿,不掐就要开花了。还掐了菊花脑,就像菊花的嫩叶,素面朝天,清香扑鼻。这是南京特产,外地没有。还拔了生菜,绿如翡翠,薄如绢花。还拔了小青菜。老菜籽都割倒了,铺在地上晒。

在我的菜园,生命的轮回,是真实的存在。

转眼已是立夏。古人云:"孟夏之日,天地始交,万物并秀。"新荷乍露嫩绿,后园初发幽篁,还有樱桃的红,梅子的青,新麦的翠。但看菜园,四季豆、豇豆(又名一点红)、黄瓜、番茄、山药等,藤蔓都起来了,像野孩子,漫山遍地地乱窜。我赶紧搭起竹架,把它们往上面赶,且用晒干的茅草把它们松松地绑起来,引导它们向上攀爬。它们都很听话,都有上进的心。

今天,天气晴好,艳阳满天,照亮菜地和心情。罗纳德·邓肯有篇散文,叫《好天气》,写了一个盲老头的故事。他坐在门前,耳听八方,精骛八极,他比有些耳聪目明的人看得还远。他说:"看看那些剽悍的大白马,看看它们随风飘动的鬃毛,看看它们由雷电驱动的双翼。"又说:"朝天上看,刮东风时,云总是像马群越过榆树林,不是吗?"

透过豆架,我看到夏天俊秀的身影,越来越近,渐至眼前。

·一茎山药爬上来

山药的生长,可用"上天入地"形容。

山药如线,向上,可以无限延伸,如同爱跳舞的女孩,扬起小手,上举,上举,佐以手指的屈伸,像竹笋似的节节攀升;向下,也可以无限延伸,犹如南海姑娘,扇动鸭蹼似的双脚,下潜,下潜,探寻深渊的底。

山药似要成为宇宙中的立轴,让所有的云雾、星辰,以及世间的俊男靓女,相聚此处,环绕起舞。它有这样的大志向,就像年仅三十九岁的马克龙,成为法国最年轻的总统;就像电影《摔跤吧!爸爸》中的女孩,最终成为世界女摔的冠军。

不过,"一茎山药爬上来"这个意象,就像"半个月亮爬上来"的情景,多么富有诗意啊!我甚至听到了窸窸窣窣的声音。我陶醉在这美妙的旋律与节奏中,闭起眼睛,摇头摆尾,把世间所有的嘈杂都屏蔽。

其实,一年以前,我还分不清山药、山药蛋,就像分不清诺娃、娜塔莎、喀秋莎,或者玛丽、露西、珍妮。偌大世界,气象万千,每个人拥有的知识仅似沧海一粟罢了。可是,作为种菜的人,作为经常讲到"山药蛋派"的教师,不了解山药蛋,实在不应该。人生在世,总要有些追求,不可以搪塞自己,更不可以糊弄自己。

现在,我知道了,山药和山药蛋是一家的。山药这种植物由块根与藤蔓构成，块根就是我们常吃的山药，在地下长，不是像竹鞭似的横长，而是像钻探似的下探；藤蔓往空中发展，顺着竹架盘旋而上，过些时候，会有花开，会结出或圆形或椭圆形、跟麻雀蛋似的果实，圆溜溜的，但不是灰白色，而是黑褐色——这就是山药蛋，像毛豆、番茄、辣椒、茄子、苦瓜、黄瓜，挂在藤蔓之上，像山药下的蛋。

为什么要长藤叶呢？这是因为，植物的生长离不开光合作用，而光合作用又离不开藤叶。至于茎细叶小，那是为了节约水分。例如仙人掌、仙人柱、仙人球，为了省水，把叶片都缩成刺了。

又为什么要长块根呢？这与山药的出生有关系。它原生长在干旱地区，水比金子金贵，它只能向地下长，像打一口深井。它用块根储存水分，供应茎叶，做幕后英雄，这跟用胃装食物、用蓄电池蓄电差不多。山药是持家的人，会过日子，今天省点，明天省点，把米缸蓄满，把口袋蓄满，以备不时之需。

我还知道，山药可用块根育苗，就像土豆；也可以用"山药的蛋"育苗，像种豆子、花生、玉米。一个月前，我种下"山药的蛋"，半个月前，它们破土而出，如今，细细的藤或东或西地乱攀，摸不着北，像孩子找妈、游子找家。我赶紧搭了竹架，铺了道路，不叫它们迷失。

而马铃薯呢，山西及周边诸省，也叫山药蛋，大概是因为它的形状像蛋；又叫土豆，意思是"土里的豆子"。可是有这么大的豆子吗？所以至今犹有疑问，在以赵树理为领袖的"山药蛋派"中，山药蛋指的是山药的果实呢，还是马铃薯？

我在写这篇短文时，听到《爱尔兰画眉》的音乐。山药藤蔓袅袅，画眉的歌唱悦耳动听。不过，两个版本的歌词，差别也太大了。你看这个版本:"在莎莉花园深处,吾爱与我曾经相遇。她穿越莎莉花园,以雪白的小脚。"再看另一个版本:"有你在的溢满柔光的家,有你在的平凡的每一天,漫溢的绿清澈的水,还有你在,仅仅这样就很幸福。"难道翻译可以像山药似的上天入地,随意生长吗?

·洋辣子

判断一块菜地的好坏,极简便的方法,就是低头看看有没有昆虫。

如果是块好地,菜畦上,肯定有虫。

会有蚜虫,俗称密虫,就像虱子,比芝麻还小,比菜籽还多,能把豆苗的茎包得像竹筷,能把豆叶盖得看不见天。它们吸食汁液,就像一群小猪崽,拼命吮吸猪妈妈的乳汁,结果把猪妈妈吸得精瘦。

会有青虫,小青菜上、大包菜上都有,跟菜叶同色,你看不见它们,但能看到菜叶上密密麻麻的虫眼。

会有瓢虫,又叫金龟子、花大姐,小小硬壳,色彩很艳,可在茄子叶上、辣椒叶上飞来飞去。不过,它们更喜欢吃蚜虫,也算是为民除害。

等收过蚕豆、莴笋、油菜籽、萝卜籽等,得翻地了。你用铁锹,或者用四指耙,把泥土翻过来,土层下面的虫更多,简直就是一座虫城。白蚁一窝窝的,蜈蚣到处爬,土狗子缩在土里不动,大眼亮亮晶晶,两只触角极长,跟雁翎似的。

还有蚯蚓,粗的细的,青的红的都有,如果给它们分类,怕有数十种吧。它们"上食埃土,下饮黄泉",钻出若干小孔,吐出一堆堆泥。土地就通过这些小孔吸进氧气,呼出浊气,从而变得松软、潮湿,攥在手心,像一团面。蚯蚓是地里的宝贝。土地也是有生命的,像人,假如身体僵硬，命也绝了。

你见过从地下爬到地上的虫吗？也是有的，比如螺蛳。它们从深土里不喘气地爬上菜叶尖子，然后停在那里，吧嗒吧嗒地吃着早餐，扬扬得意地鸟瞰世界。论体型呢，大如蚕豆，小如绿豆，也有不少种。有一阵子，小青菜上有好些虫眼，像筛子似的，却不见虫屎，不见虫。原来是螺蛳干的！它们像勤劳的清洁工，天不亮就起床干活，等你上班，它们下班了。

还有一种，就是洋辣子。

我小时候吃过不少苦，被洋辣子蜇着，也算。我上树摘桑葚，摘枣子，有时摘枚苍耳，或者下田摘豌豆、蚕豆，都受过它们的气。现在，蚕豆成熟了，饱满，散发出清气。我摘蚕豆的时候，又遇洋辣子，地上、叶上、花朵上，到处都是。它们怕光、怕热，喜欢躲在蚕豆荚子底下。

洋辣子，其实是个小名，另有小名"毛毛虫"，就像阿毛、二丫、狗蛋，就像小红、小明。小明，是母亲给我起的小名，明亮的明。母亲早不在人世了，陪伴我的，只有这个名字了。洋辣子的学名，叫作褐边绿刺蛾。这是它们身份证上的名字，是它们行走江湖的大号。

洋辣子颜色各异，形体有别，它们的身份证号也没有重的，因为不从众，所以出众。

就想到汉语词汇，真是魅力无穷。比如我朋友的诗句："两只姐姐。"这个"只"字用得太妙，一个字，就让全诗立起来了。于是想到欧阳修的《醉翁亭记》，居然用了二十一个"也"字，每个"也"的站姿都不相同，就像朱自清《荷塘月色》中的荷，"肩并肩密密地挨着"，"送来缕缕清香"。不信,你细细品读,"环滁皆山也",多么沉稳!

被洋辣子蜇了以后,皮肤疼痛,火烧火燎,严重的,又红又肿,甚至溃烂。可用牙膏或浓肥皂水涂抹患处,最彻底的办法,是用胶带粘住受伤部位,用力一撕,把刺入皮肤的细毛带出来。不过,我是不怕洋辣子了,它们浑身的刺毛,对我不起作用——我可以直接拣起它们,没有感觉。它们曾使我害怕,又磨炼了我,是对手,又是朋友。

为什么地上地下都有虫呢?因为这块地,没有打过农药,没有用过除草剂,也没喷过植物生长剂,连化肥都不用(浇的是粪便),它是健康的。健康的土地能孕育万物。

·小满

如果再有个孩子，我将叫他小满。

小满是个节令，属于热情的初夏。"小满小满，麦粒渐满"，但有些嫩，有些稚气。可是，"晴日暖风生麦气"，悠长的麦香，金黄的麦浪，古朴而又深沉，把大地和季节敷衍成诗。连欧阳修都赞叹道："最爱垄头麦，迎风笑落红。"

《周书》上说："小满之日苦菜秀。"秀，从禾，从乃，是会意字。秀的义项很多，有抽穗扬花、草类结实，等等。在我们这里，田间地头，如今已是黄花尽脱，籽荚饱满。《本草纲目》上注："（苦菜）久服，安心益气，轻身、耐老。"或许是说，苦菜籽可当茶饮。

我的菜园里，芹菜籽、萝卜籽、芫荽籽、菠菜籽、茼蒿籽、莴笋籽都将成熟；豌豆、蚕豆都摘完了；生菜、人参菜正在抽薹；辣椒、四季豆嫣然花开；青番茄千朵万朵，把茎坠成弯月；毛豆、花生、土豆，叶片碧绿；山药、黄瓜、丝瓜，藤蔓婀娜。小满是个孩子，笑靥如花，于菜畦上跳跃，起舞。

周末，我参加了骑行，沿着村村通的公路，在季节里穿行。有些路段，铺着云片似的塑料皮，上面是晒得焦黄的大油菜秸；空田里都贮满了水，白水清清亮亮，像打扫干净的庭院，等待秧苗小姐的降临。栀子花开，把庭院熏得喷香。

有俗语说："小满动三车，忙得不知他。"三车是指水车、油车和丝车。水车是往田里车水用的，油车是榨菜籽油用的，丝车呢，用来把蚕茧纺成蚕丝。它们曾是旧时代的骄子，都娶着一房漂亮媳妇，可惜现在很委屈地住进了农展馆，成为农耕生活的木乃伊。

小满名字好听，让人浮想，直入梦里。《月令七十二候集解》说："小满，四月中。小满者，物至于此小得盈满。"小得盈满，就是小满，不是丰满、饱满，不是圆满、美满，也不是志得意满、骄傲自满。人生哪有完美的事啊。生活、事业、爱情、婚姻，以及出身、身体、自然环境、人际环境，差强人意就行，得过且过就好。

突然发现，"小满"是个很受宠爱的名字。

孙犁的小说《铁木前传》中，有个女孩就叫小满，十九岁，天生美丽，"走动起来，真像招展的花枝"，虽然是有夫之人，也招来不少小伙狂热的目光；别的女子，例如九儿，也认为小满是一个"长得极端俊俏，眉眼十分飞动的女孩子"。

电影《万物生长》中，男主人公秋水的初恋情人也叫小满。这个小满只有十七岁，比孙犁笔下的小满还小两岁，但是，她对爱情和新生活充满渴望和憧憬，让人心存怜爱。所以，作家肖复兴说："小满象征着美好的初恋。"

小满还是恋爱游戏《AIR》中的角色，也是少女，连居所都没有，却总是充满活力。这款美少女游戏，推出十多年了，但是玩家众多，乐此不疲。这说明什么呢？说明爱情是人们心中永恒的主题。

如此说来，小满就是一个为女孩子量身定做的名字。女孩子好。如果有人问我对于女孩子的希望，我希望她善良、健康、朴实、知足，热爱读书，拥有"小满"的心态和性格。

还是回到种菜吧。

两年多来，我躬身菜园，种菜之乐，可谓天大海深。可是，称不上完美。比如今夏，就有两个小小的遗憾：一是蒜头结得太小；二是圆白菜最终也没包圆，蜡质的厚大的叶片，斜飞向天，如嫦娥奔月。我怜惜地把叶片割倒，扔到鸡的跟前，你猜怎么着？鸡都不吃。然而，这并不影响我的快乐心情。

——小满就好。

·把老蒜编成辫子

早上跑步,过镇淮桥,在廊柱上,读到"妇姑荷箪食,童稚携壶浆,相随饷田去,丁壮在南冈"几句,题为"收获"。知其出自白居易的诗《观刈麦》,描写麦收时节的辛劳。抬眼远望,麦穗金黄,麦芒上泛着迷人的光芒,晨风中,传来麦子的细语轻吟。——午季(即夏季)来临,麦地就要开镰。

看看我的菜园,也进入了隆重的收获季。菜地就像祖母,就像外婆,你什么时候来,都不缺吃少玩;然而,现在,她把收藏很久的礼物拿出来,像把一枚祖传的戒指,小心地套在你的手指上,把一块铜锈斑驳的银圆,郑重地放在你的掌心。

我说的是蒜头。蒜茎皆枯,已到起蒜头的时候。从去冬排蒜,到今夏起出,仿佛历经了半个世纪。每枚蒜头,都是日月精华的积聚,都是天光云影的浓缩;把它掰开,每瓣都是独特的个体,都有独特的豪情。蒜头横空出世,就要行走江湖。它可以把一个人走成一支队伍,做江湖的独行侠;也可以走进广场,与众人跳起《小苹果》《最炫民族风》,以及极富深情地吟唱《风吹麦浪》。

蒜头是人生的老年,老辣,而又宽容。它有过美丽的年轻时光,也有过年轻的名字:大蒜、蒜苗。我们掐蒜叶吃,炒茎梗吃,炒蒜薹吃,腌蒜苗吃,腌蒜头吃,或作佐料,陪伴我们过完夏天,走进秋冬,走进食道和灵魂。离开了它,生活就会显得平庸乏味,如深山里的深潭,平静无波。蒜的一生,是奉献的一生。它是名副其实的中国好人。

我把起出的蒜头,就着枯茎,编成辫子(编它的时候,像面对孩子,又像面对老人),挂在阳台。烧菜的时候,吃饺子的时候,随手揪两枚下来,鱼啊,饺子啊,立马生动起来。虽然很冲,颇似钟馗,不招人待见,但是有用。它还被我切成片片,放入醋里浸泡,据说吃了可以降低血压。我吃了,也不知道可有效果,可那种酸溜溜的感觉挺好。它还被我用潮湿的白线缠住,扔进土灶里烧过。我小时经常肚子疼,听说烧蒜头吃可治,结果辣得胃疼,捂住肚子,汗如雨下。它的杀伤力真强!但那以后,好像的确很少拉肚子了!

现在,走到阳台,就看到蒜瓣子了,每次都会想到女人(其实它挂在哪里,都像一个女人,且把那里变成家或庭院,满满的烟火气息)。女人从小就编辫子,光麻花辫,就有好多种式样,年轻时,灵巧翻飞的手指和心思,闭月羞花,沉鱼落雁;可是,不经意间,粗黑的大辫子,细了,白了,小女孩变成了小妇人,又变成了祖母或者外婆。

驻足凝视,那垂下来的蒜辫子,就是慈眉善目的老妇人啊。你还可以想象出她的曾经健壮的臂膀,她的曾经丰满的乳房。现在,她的臂膀似已无力,她的乳房已经干瘪。她给孩子带孩子,老了也不下岗。

高尔基在小说《童年》中,写到他的祖母,我每次读到时,眼里都湿湿的——

她今天样子很凶,但当我问起她的头发为什么这样长的时候,她还是用昨天那样温暖而柔和的腔调说:

"看来这是上帝给我的惩罚。上帝说：给你梳这些该死的头发去吧！年轻的时候，我夸耀过这一把马鬃，到老来，我可诅咒它了！你睡吧！还早着呢，——太阳睡了一夜刚起来……"

"我不想睡！"

"不想睡就不睡好了。"她马上表示同意，一面编辫子，一面往沙发那边瞧，母亲就在沙发上躺着，脸朝上，身子直得像一根弦。

"你昨天怎么把牛奶瓶子打破了？你小声点说！"

前天下午，我在文化馆举办讲座，闲聊本地端午节风俗。本地在吃食上有"四红四绿"的讲究（"四红"指的是苋菜、黄鳝、虾子、咸鸭蛋；"四绿"是指黄瓜、青椒、蒲芹、莴苣，多是时令蔬菜，我的菜园也有），另有吃绿豆糕、烀蒜头蛋的习俗——就像煮茶叶蛋，只是把茶叶换成了蒜头，说食之可杀菌消灾。还说到挂艾叶、菖蒲和蒜头的习俗。都有蒜头。

想到《爱你就像爱生命》，是王小波与李银河的书信集，他俩用20年的专心与执着，诠释了天长地久的爱情。蒜辫子，也是我的爱情。

·芒种驿站

芒种说到就到了。

芒种的字面意思是:"有芒的麦子快收,有芒的稻子可种。"晨跑时,闲看得胜河两岸,麦子已黄,尖细的麦芒,像无数的金针;水田里,禾苗稀稀拉拉,如同初生婴儿的毛发。

农历是一条关于种植的路,二十四个节气是路边的驿站,芒种是第九站。在这驿站,我看到麦子、禾苗,看到枇杷、樱桃、杨梅;还看到"一骑红尘妃子笑",荔枝成熟,红艳艳的,甜丝丝的,空气里弥漫着水果的香气。

在我的菜园辞典里,芒种就是摘黄瓜,摘西红柿。都是头茬。黄瓜带着嫩刺,带着花儿,一咬,咔嚓,清气四溢,齿颊留香。西红柿呢,拳头大小,像元宵节的灯笼,像老屋里的磨盘,像不施粉黛的表妹,像正在劳作的爱人。还有青椒,隐在叶子底下,发际别着秀气的白花。它很低调,不愿依靠网络推手,或博出位哗众取宠。它相信,只要坚持,会渐渐红起来的。

芒种的第二个义项,就是"忙碌之中"。小满以后,就没下雨了,地干得发白,山药叶子、黄瓜叶子、四季豆叶子、西红柿叶子等,都蔫蔫的,奄奄一息。虫却活跃起来,洋辣子到处爬,还有蚱蜢,从茄子上蹦到辣椒上,又蹦到毛豆、人参菜上。

我打开院子后门，从院外池塘里拎水，把所有的菜都浇透，像给它们冲凉似的。又用尿瓢舀粪，给山药施肥。又薅杂草。草不怕热，勃勃地长，像进城的农民工，顶着太阳扫马路、砌楼房，干一切粗活、累活。

院门太紧，开关费劲，于是请了朋友来修；尿瓢用了两年了，竹把嘎地折断，于是蹲下来修。汗水流下来，眼咸得睁不开，裤子都湿透了，就想到两句老歌："你是不是像我在太阳下低头，流着汗水默默辛苦地工作……"但是我想，有事情做，总是幸福的。

高尔基说："我们世界上最美好的东西，都是由劳动、由人的聪明的手创造出来的。"他还说："只有人的劳动才是神圣的。"我喜欢这两句话。我从心底反对那些不劳而获的人，我甚至鄙视那些挣钱挣得太容易的人——他们的收入与他们的付出不对等，相当于侵害了别人。

饮过水的蔬菜太美。它们坚强、豁达，安静、美丽。黄瓜的藤一路向上，那些花儿迎风歌唱；山药的藤节节攀高，叶片就像孩子们的"绿领巾"，在风中飘扬；西红柿像蔬菜中的公主，但看她那被阳光照亮的腮红，恐怕是最完美的滤镜也无法呈现的小女儿情态。

因为爱，我对蔬菜的了解渐渐增多。我知道蔬菜的叶片正反面的颜色并不相同。正面朝阳，含有叶绿素多，颜色浓些；背面叶绿素少，颜色略淡。我知道现在栽培的黄瓜，皆由野生黄瓜培育而来，瓜柄处残留着糖苷，略有些苦。野生黄瓜是很苦的，目的是保护种群，它们怕被动物吃了，没法繁衍。我还知道西红柿到了成熟期，所含的叶绿素逐渐减少，它内部的番茄红素则不断增加，所以越来越红；辣椒也是，到了成熟期，叶绿素渐少，内部的黄色素和叶红素相应增多，于是变成黄色或红色。

过几天就要高考。高考也是驿站,是人生的驿站。于是想到2015年北京高考作文题:

> 《说起梅花》(指苏菲的散文)表达了作者对梅花"深入灵魂的热爱"。在你的生活中,哪一种物品(植物、动物或器物)使你产生了"深入灵魂的热爱"?

如果我是北京考生,我肯定选择蔬菜。相比日益繁华的虚拟世界,我更爱菜园,更爱蔬菜,我感觉到它们的温暖与实在。

·芒而不茫

  下午骑车下乡闲逛,见麦子都割完了,长长的麦桩,闪着金黄的白光;禾苗皆已转绿,像是从清亮亮的水田里长出的诗,而白鹭的清唱如同禾苗的绿。傍晚时分,下了一场雨。雨打在瓜豆架、山药架、番茄架上,打在茄子、辣椒、人参菜上,打在毛豆、青蒿、空心菜上,像初开春的池塘,春草萌发,葳蕤生光,鱼戏莲叶,喁喁有声。

雨落在菜上，总是令人遐想。蔬菜高低不同，叶片疏密有异，厚薄不同，或糙或光，平仄相对，抑扬顿挫——我听到众声的倾情朗诵，且能分辨出每位诗人的独特声部。

比如人参菜上的雨声，应是庄姜。《诗经》中描写她说："手如柔荑，肤如凝脂，领如蝤蛴，齿如瓠犀，螓首蛾眉，巧笑倩兮，美目盼兮。"人参菜，赏心悦目，就是这样动人！

落在山药藤上的雨，淅沥窸窣，犹如垂泪。这是蔡文姬。她初嫁河东卫仲道，夫亡无子。汉末天下大乱，她被董卓军队强迫西迁长安，被南匈奴军所虏，在匈奴度过十二年。后被曹操赎回，却与两个儿子生离。

李清照是黄瓜，年轻时是黄花嫩叶，误入藕花深处，南渡后花谢叶败，凄凄惨惨戚戚。

朱淑真是芹菜（留着收籽的），茎老如管，芳香依旧，正合"月上柳梢头，人约黄昏后"的意境。

晚上陷在沙发里看电视，无意间看到电影《柳如是》。我知道她的身世，苦命，罪受到腰深。没有想到的是影片开头，有行字幕："1639，芒种。"——今天正是芒种，隔着378年的时光，我与她隔空对望，仿佛是命中的约定。我觉得她最像番茄，果实红艳，叶片却辛辣。她读辛弃疾的《贺新郎》，"我见青山多妩媚，料青山见我应如是"，自号"如是"。在我看来，这个"如是"极有深意。我见蔬菜多妩媚，蔬菜见我是何感觉？

唉，我总是想入非非。或许，这是因为我不以种菜为营生，我不是纯粹的种菜人。德国哲学家齐美尔说："金钱是一种介质，一座桥梁，而人不能栖居在桥上。"他提醒人们，人需要挣钱，但是不能把挣钱看作人生的终极目标，因为钱只不过是实现最终价值的介质之一。我想，我的种菜也是如此。种菜是我的需要，然而更重要的，是它可以引发我对于生活、人生、世界的思考。在这个意义上，菜地也是一座桥梁。

现代诗人卞之琳在《断章》里写道："你站在桥上看风景，看风景的人在楼上看你。"桥是看风景的地方，是谈情说爱的地方，例如《魂断蓝桥》《廊桥遗梦》，以及白娘子与许仙相会的断桥，再有薄薄的雪，则更浪漫。与桥相关的故事，举不胜举，可以编一百卷图书。但是，这些故事都是"桥段"，都是通向某个目标的过渡，而不是完整而完美的人生。人应该有自己的生活。

我当然不是否定蔬菜的智慧。黄瓜开出艳丽芬芳的花是为了引诱昆虫，让它们帮忙传授花粉，以结出果实，繁衍生息。番茄果实甜美多汁，是为了吸引鸟雀啄食，那些消化不掉的种子，随着鸟雀粪便散落各处，很快便会长出植株。在这里，给予也就是获得。人能否学学蔬菜的智慧，也把眼光放得长远些？

所谓芒而不茫，就是这个意思。

·绿瓠子

清明时节种瓜豆。如今，瓜啊，豆啊，都已玉树临风，或者亭亭玉立了。

苦瓜、黄瓜、南瓜、冬瓜不停地开花，都是金黄，都像喇叭，一朵比一朵大。它们都是大地的歌手，是夏日的留声机，而花朵是它们的语言。

瓠子、葫芦也开花了。它们素面朝天，不事张扬。在自媒体的时代，在人人抢着说话、急于表达的时候，它们安静、守拙，显得格格不入，甚至有些古板。

我仔细观察过瓠子，简直就是个毛孩子！叶片上、藤蔓上、花托上、果实上，都披着一层细密的茸毛，极像纤细的汗毛，颇有"草色遥看近却无"的味道。晴好的天气里，这些茸毛随风摆动，而阴湿的早晨，它们伏下身子，如同溪水中油油的水草。

瓠子的果实，呈圆柱状，粗细匀称，表皮青绿。"瓠迷"们把它们做成瓠子气球，在各种庆祝活动或者节日中，摇来摇去。也有不规则的，弯如弓箭，或者头大尾小，照着葫芦样子长，追着葫芦喊爸爸。极少数的，表皮长满斑点，颇有成为另类的快感。这都是变异或者串种的缘故。

我不知道瓠子何时出生，老家在哪儿。或曰："原产非洲，但是七千年前我国已有栽培。"此说缺少依据，也不合理，我很怀疑。我所知道的是，汉武帝写过两首《瓠子诗》（《史记·河渠书》和《水经注》都有记载）。这说明，瓠子至少有两千岁了。我们年年种它，但它比我们资格都老。

说到汉武帝，我从内心痛恨他，他摧残司马迁的恶劣行径，暴露出他的流氓本性。但他这两首《瓠子诗》，记录堵塞瓠子河决口的过程，表现出对老百姓的关心，在某种程度上，减轻了他的罪行。

到了北宋，黄庭坚写《同尧民游灵源庙廖献臣置酒用马陵二字赋诗》，追忆汉武帝治水的往事："忆昔武皇来，系璧沈白马。从官亲土石，襁负至鳏寡。空余《瓠子诗》，哀怨逼《骚》《雅》。白圭自圣禹，今谁定真假。"臧克家说："有的人死了，他还活着。"为什么有的人虽死犹生呢？我想，这是因为他做了于人民有益的事。

明代王象晋曾在《群芳谱》里介绍瓠子的吃法："可煮食，不可生吃，夏日为日常食用。"在我看来，瓠子最好切片清炒，配两片红辣椒，白里透红，与众不同；或者切段氽汤（段子就像美食节上经常见到的粉笔长的年糕），荤素皆可，撒几粒葱花，一清二白，如同历代清官。

同样生活在明代的姚可成，在《食物本草》里写到瓠子的功效："主利大肠，润泽肌肤。"这大概是真的。瓠子味淡，肉细，水分充足，以它佐餐，夏天仿佛变身为着绿衫的小姑娘，给人清爽的感觉，我仿佛都嗅到了清新的气息和淡淡的体香。

如果吃到苦的，吐出即可。这是苦瓠子，里面含有碱糖甙毒素，是它的自我保护。多数瓜果蔬菜，把自己整得香甜可口，希望鸟雀来啄，以便传播种子；苦瓠子却不然，它愿意自然地老去，让成熟的种子，就地生根开花。这就像人，各有性格，没有对错。

几年前，台湾亲民党主席宋楚瑜应邀在清华大学演讲。校长顾秉林赠给他一幅书法作品，写的是黄遵宪的诗《赠梁任父同年》：

寸寸河山寸寸金，瓠离分裂力谁任？
杜鹃再拜忧天泪，精卫无穷填海心！

这首诗把乡间朴素的瓠子，带进了高深的学府。瓠子又名"夜开花"。我不知道它夜里是不是真的开花，在大学里能否开出花来。

每次摘瓠子，都会想到《绿袖子》。这是一首极为抒情的英国民谣，也是一段唯美的爱情故事。你看啊，一根根青绿的瓠子，真像一条条舞动的绿袖啊！可是，舞袖的人在哪儿呢？

·一抹胭脂

如果单以颜色来论，放眼菜地，最引人注目的菜，非苋菜莫属。所有叶菜、瓜豆都是碧绿，唯有苋菜彤红，如同美丽的鸡冠花。假如您再仔细一些观察，就会发现，它的红色也一直在变化，出生时淡红，少年时绯红，青年时艳红，到了老年，变成铁红、紫红，一副"不管风吹浪打，胜似闲庭信步"的样子。

苋菜别名很多，例如云天菜、老少年、三色苋、雁来红等。所有事物的别名，都指向其特点。比如"凫葵"，谓其种植历史悠久。就是现在，凫葵也多，与苋菜相比，茎略老些，叶片糙些，猪很爱吃。

人吃的苋菜，约一拃长，嫩如豆腐。洗的时候，手脚稍微重些，菜汁就把水染红了。要是任其生长，一畦苋菜可以长成一片树林。茎秆与叶柄夹角处，生出毛茸茸的花，及纤细羞涩的花蕊；像金麦娘，一串串的，种子就藏在里面，又黑又亮，比油菜籽还小，如淡水虾的眼睛。我留过几株苋菜种，都长到半人高，所以叫它们"云天菜"并不夸张。称之"三色苋"，也很贴切，菜叶并不全红，而是绿边红心，像俏女子脸上涂的胭脂。

我最喜欢的苋菜别名，是"老少年"。苋菜到老都红，越老越红，像杨朔的《香山红叶》，像《感动中国》里的老科学家、老艺术家、老教育工作者、老医学工作者，"老骥伏枥，志在千里；烈士暮年，壮心不已"。特朗普七十岁当总统,不算什么;被誉为"中国肝胆外科之父"的吴孟超院士,九十岁不离手术台;杨绛先生九十多岁时,写出《我们仨》,满纸眼泪,洛阳纸贵。

要是让我给苋菜起个别名,我会叫它"一抹胭脂"。胭脂多和妆粉配套,涂抹于腮。那年轻的腮,恰如桃花盛开,鲜活、美丽。

我每次看到苋菜,心就走回少年。在那缺吃少穿的时代,最受孩子们青睐的,是韭菜、苋菜。韭菜味重,下饭;苋菜汁红,兼有蒜瓣的鲜味,拌了饭吃,也很下饭。旧时孩子单纯,容易糊弄。我母亲那时才三十几岁,独辫及腰,年轻、漂亮,她也照着老样糊弄仨孩子——现在想来,那时日子虽苦,却很温暖。

吃苋菜也是故乡风俗。每逢端午,故乡都有吃"四红""四绿"的习俗。"四红"指的是苋菜、黄鳝、虾子、咸鸭蛋。苋菜排在第一。其实,各地风俗中,都看重红色。孩子出生穿红,喜蛋染红;年轻人结婚穿红,铺盖全红;活到一把岁数,寿终正寝,丧家发给亲朋好友的祭品中,也有一段红布;至于春节贴春联、工程奠基或者落成,更是离红不成。有种老苋菜红,是种粉末颜料,畅销得很,当是搭了风俗的便车。

苋菜为什么这样红?自有说道。传说古时有位村妇,名叫"牛棚四娘",专干坏事,危害乡邻。玉帝狠心惩罚了她,把她变成了狗。可她依然故我,破罐破摔。有天傍晚,她溜到菜地,见人家的苋菜青枝绿叶,心生嫉妒,咬断许多苋菜梗。她的儿子却是孝子,赶紧奔到菜地,咬破手指,用鲜血把断苋菜梗一根一根接了起来。从此,苋菜就"红"了。

以上所言,都是红苋菜。但有人爱吃白苋菜。唐人孙元晏诗中就有"紫茄白苋以为珍,守任清真转更贫。不饮吴兴郡中水,古今能有几多人"几句。还有人爱吃老苋菜梗,在老卤中泡几天,亦臭亦香。但我从来没有吃过。

苋菜的原产地,或曰中国。谓甲骨文中已有"苋"字,宋代苏颂的《图经本草》中,也有提及。至于李时珍的《本草纲目》,有记载曰:"苋并三月撒种,六月以后不堪食,老则抽茎如人长,开细花成穗,穗中细子扁而光黑,与青葙子、鸡冠子无别,九月收之。"倒也详细。或曰印度。也有可能。四大文明古国中,就有印度。

现在,苋菜已老,叶红果抽穗,铜干铁枝。几株老苋菜守着菜畦,就像已是知天命的我守在岁月里。犹记苋菜的一抹胭脂,那是少女的腮红、母亲的面影。

· 清丽如斯菊花脑

菊花脑是南京周边地区的特产，不是菊花新品，而是一种蔬菜。

菊花脑的名字中虽有"菊花"两字，但与菊花相差很远。它像小灌木，从根分枝，半木质化，高及人腰，而菊花多是独茎；它的叶子碧绿、光洁，尤其雨后的早晨，如少女洁净的脸，而菊花的叶片上面，敷着浅浅的茸毛；它也开花，金黄无边，比春日的蒲公英明艳，比梵高的向日葵灿烂，但它的花朵跟五角钱的硬币差不多大。它是野菊花的近缘植物，是各种名菊的远房亲戚。

至于菊花脑的"脑"字，只是记音。家住南京的舅父母及俩表妹，都叫它"菊花挠""菊花劳"。但我还是觉得"菊花脑"比较好。菊花脑是有脑子的。它生于房前屋后，就是屈身于破瓦罐破脸盆中，也能长成一片气象。在我的菜园里，它从不占整畦的地，而是长在菜地边缘的砖缝瓦砾里。它皮实，生命力强，你浇水浇肥当然好，忘了浇了，它也照样生长。它不计较得失，它奉行极简主义。

菊花脑春天发芽。一声春雷响，老根就发了青；两场春雨动，散落在地上的种子，都有了浅浅的绿意。之后，每次进园，"我朝东边望了望，我朝南边望了望，我朝西边望了望，我朝北边望了望"，都能望见"菊花脑在那里绿着"。它纯净、淡雅、清扬、秀丽。它是园中的清唱，是故乡的民歌小调，清新脱俗，自成风景。我像采茶的少女，掐它的嫩头,在清水里捞两遍,清炒或者氽汤。夏天有了它,暑气顿消,神清气爽,天山共色,风烟俱净。

我要特别说说菊花脑的吃法。

我喜欢在厨房的方寸之地,创制新法,施展独门绝技。比如上周烧过青椒煎豆腐,前天又烧腊肉茄子汤,妻女是一时欢喜一时抱怨。而对于菊花脑,皆遵祖训,恪守传统,只是更重细节。比如清炒,把油烧辣,把菊花脑扣进锅里,快速翻炒,断生即可。颜色碧绿,清气扑鼻。不能加蒜米,会败味的。比如氽汤,就是把水烧开,放入菊花脑,把鸡蛋搅拌均匀,撒在菊花脑上,开锅即食。汤色碧绿,犹如春水;鸡蛋却白,一如帆影。消暑有"四蔬",即丝瓜、瓠子、冬瓜、菊花脑,而数菊花脑最好。

菊花脑因含挥发油,香气浓郁,不招病虫,无须喷药,是天然绿色蔬菜。如今,对于吃腻了大鱼大肉、担心"三高"及肥胖的人来说,其清爽和去脂的作用,尤为可贵。然而,即便好的食材,也需要好的厨艺,才能做出美食佳肴。其做法简单,无技术含量,但忌讳一个字,就是"过",即不能烧得太熟。过犹不及,甚至比"不及"还坏。行事如此,烧菜同理。

人类吃菊花脑的历史,应该很长,从记载看,可追溯至清代。相传,同治三年(1864),曾国藩率领清兵攻打太平军,南京(当时称天京)城被围,粮草殆尽,居民寻找野菜充饥,发现菊花脑嫩茎细叶清香可口,渐渐开始引种。

清秋时节,菊花脑花盛开,满园流金,就像汪峰的成名曲《怒放的生命》。蜂蝶飞舞,我也驻足流连。妻女采花,烘制成茶,一粒粒的,因有绿色花托,就像猫眼玉石。我想起《梅花三弄》,中有《梅花烙》《水云间》,我喜欢陈德容扮演的杜芊芊,用情至专,讨厌马景涛扮演的梅若鸿,疯子似的,画不出来就不画呗。

菊花脑又名菊花郎。男有郎朗,女有郎平,文才武将,都不得了。

·小白菜

小白菜，青翠水嫩，四季可种，但夏天最难种，以眼下动辄30℃以上的气温，歇一天不浇水就蔫。青虫爱吃小白菜，就像熊猫爱啃竹子，看不见虫卵，只看见虫屎，一堆一堆，颜色青黑；还有虫眼，像筛子眼。眼见着小白菜一天天地黄瘦。这时候，必须喷洒农药，它就像生病的人，扛是扛不住了。

小白菜最需要水，简直是靠水养着的，像鱼，离了水，只剩下喘气的份儿。小白菜怕虫——就像有些女生，一只蜘蛛、一只蟑螂、一只老鼠、一只苍蝇……都会让她们大叫，甚至一只蚊子，也会使她们受到惊吓；但它不怕霜冻，不怕冰雪——也像女生，就是冰天雪地，照样穿裙露腿。看似柔弱，却很坚强。

《红楼梦》里，讲到木石前盟的故事，说林黛玉本是仙山上的绛珠仙草，而贾宝玉原是神瑛侍者。一天，神瑛侍者看见了快要枯死的绛珠仙草，于心不忍，便用仙水精心灌溉它，把它救活。而绛珠仙草得了仙水的灵气，投胎转世，就是林黛玉。所以贾宝玉第一次见到林黛玉，就有似曾相识的感觉；而林黛玉因为贾宝玉上辈子有恩于自己，决定这辈子要用眼泪来偿还。

小白菜水灵，城里人称鸡毛菜，下面条馄饨，用以衬在碗底，烫烫就熟。当它还是小女孩时，羊角辫子朝天，而后抽薹开花，变身少女,经风为媒,蜂蝶为妁,结荚生了。午季时割菜籽,茎都空心了——它把心血都给了花朵和种子。白菜的一生,是每个女人的一生。种菜的女人,不用看电视剧,就能明白自己的三生三世。

小白菜自然美丽。多年前看过电视剧《杨乃武与小白菜》,讲述的是清代的一桩"奇案"。具体情节记不清了,只晓得是个冤案。有哪些人物也记不清了,但是记得豆腐坊葛小大之妻毕秀姑。她容貌甚美,爱穿白衣绿裤,绰号叫"小白菜"。小白菜就是美丽的代名词。

就想到老家村里一个叫白菜的姑娘,长得雪白干净。早些年,父亲托媒人为我提亲,被她的父母婉言拒绝。我家里是太穷了。最近读到格非的小说《望春风》,当中写到春英给"我"介绍对象未果的细节,感觉说的就是我的经历。经济影响爱情、婚姻,这是事实,没有对错。可见发展经济的重要性。当然也有"愿意跟你去讨饭"的爱情,也有"杜小双"下嫁"卢友文"的婚姻,然而都是小概率的事件。

小白菜还有性格。前面已经说过。其实很多蔬菜都有性格,有小情绪。比如正在疯长的四季豆,刚刚起出来的马铃薯。四季豆的豆荚中,含有一种叫皂素的生物碱,如果不烧熟就吃,可能会引起恶心、呕吐、腹痛、腹泻;当然,烧熟了吃就没问题了。根据我的经验,四季豆服荤,加肉红烧,豆荚又面又香。

从上次栽马铃薯苗,到前几天起马铃薯,约莫过了八十天。当初一个个滚刀块,在土地里暗暗生长,变成了婴儿拳似的块根,光滑,又嫩。有几颗成熟早些,皮已泛青,顶芽以及腋芽开始萌发,像初春的柳芽。它们的青皮里边,含有龙葵精,有毒,吃了也会呕吐、腹泻。

度过夏天,小白菜就容易长了,叶子更绿,菜茎发青。不管是"碧云天,黄花地,西风紧,北雁南飞",还是"忽如一夜春风来,千朵万朵梨花开",它们都"我自岿然不动","胜似闲庭信步"。等到来年春天,在杨柳风杏花雨中,它们像孩子长个子,眨眼蹿高、起薹,眼见就要开花、结荚。

春意阑珊,菜花将开之时,房东把菜薹都掐了下来,先用盐水腌渍,再放锅里蒸熟,晒干,如是者三,便有了又甜又香的霉干菜。它像日记,留住了小白菜的春天。

· 冬瓜

冬瓜不是冬天结的瓜，而是夏天上市的瓜。

在炎炎夏日，冬瓜光是名号，就有很好的价值。它如同"雪碧""冰红茶"，如同望梅止渴的"梅"、画饼充饥的"饼"，如雷贯耳，给人安慰。我就想到，名号不仅是人的衣裳，也是蔬菜的衣裳。

冬瓜确实具有消暑的作用。你看它的青皮，上敷白粉，"疑是地上霜"，手贴在上面，像贴在冰袋上。它可清炒，也可烧汤，白里透青，颇有凉意，如果撒点葱花，就像落下几片青绿的雪花。它的皮也可以吃，切成细细的丝，加三五根红辣椒丝，把油烧辣，清炒装盘，似有"千里莺啼绿映红"的意境。

我吃过红烧冬瓜块，谓之红烧肉；也吃过烤鸭烧冬瓜汤，把好端端的清凉感觉烧得精光，简直是胡闹。至于名菜冬瓜盅，把冬瓜当作盛放馅料的容器，用笼屉蒸熟，与冬瓜同吃，汤里有冬瓜的清香，冬瓜肉里有馅料的味道，还在青皮上雕刻着精美的图案，自然是好。不过，这是高大上的工艺，不属于老百姓的餐桌。

菜地里，冬瓜的藤子像螃蟹似的横爬，叶子又大，好像西湖六月的荷叶；叶柄粗长，空如水管，水就在管里流动，也像荷叶的直茎；花是白的（也有黄的），是冷色调。冬瓜把果实藏在叶子底下，像默默守护着产下的蛋；它不像老母鸡咯咯地叫，要让天下人知道。等你找到果实，往往会感到吃惊：怎么这么大啦！

林海音的小说《城南旧事》，写到秀贞的女儿小桂子，又叫妞儿，经常被养父毒打的事。她这个养父的理由是："不揍她，我怎么能出这口气！捡来的时候还没冬瓜大，我捧着抱回家，而今长得比桌子高了，可是不由人管了。"我估计这个养父没种过冬瓜，甚至没见过完整的冬瓜，否则他不会说"没有冬瓜大"。他不知道冬瓜能长多大。

在我种植的各种瓜中，比如苦瓜、菜瓜、瓠子、葫芦、丝瓜、甜瓜、西瓜、南瓜（又叫北瓜），冬瓜的个头最大，十几斤、几十斤不在话下。2013年金华浦江村民种出的冬瓜王，长140厘米，重164斤，与十岁的孩子差不多高，但比孩子重多了。

每次看到冬瓜，就会想起大枕头，想起大石磙子。在炎热的夏夜里，如果枕着冬瓜睡觉，大概很容易进入梦境；收了黄豆，铺在场上，推着冬瓜轧场，或许也行得通——我母亲在时，我见过村人用石磙子轧老黄豆的情景。

冬瓜安静，像佛。它吸纳暑气，长成凉爽的身体，像大自然中的生物空调。它也没有火气，不急不躁。它不甜不苦，不涩不冲，就像盐融化在水中，然而令人回味。它有极大的包容心，也像佛。宋代郑清之《冬瓜》诗曰："剪剪黄花秋后春，霜皮露叶护长身。生来笼统君休笑，腹内能容数百人。"

冬瓜还给奋斗者以信心。你想啊，一颗比指甲盖还小的籽，一根如同麻绳的藤，却能结出几个十几斤、几十斤重的瓜来，这是自信的力量，也是坚持的力量。

莫言能够获得诺奖，很大程度上有赖于他的坚持、他对写作方法的不懈探索；马云能够引领时代潮流，离不开他对时势的把握，更离不开他对自己的信心。

——说到底，他们能成功，正是发扬了冬瓜精神。

冬瓜产量极高，人是吃不完的。虽可储存，但时间也不能长。有的人家用它喂猪。有次我看到本地一家食品厂登出大量收购冬瓜的广告，特地跑去参观。他们把皮削净，把瓜肉切块放大铁锅中熬。你猜熬出了什么？冬瓜馅！这是做水果味月饼的必备材料！

·瓜豆过夏

最近在看电视剧《人民的名义》，发现剧中的副省长、省政法委书记高育良每临大事，都会走进园子，种花，种菜，挖地。土地接纳种子，也接纳他。土地也真是神奇，挖个地窖就能贮藏食物，挖个窑洞就能延续生命。落在地里的种子，到了春天就会萌发——它们似乎也有记忆。我正在阅读格非的小说《望春风》。难道蔬菜也知道望春风吗？

所有的新生儿，是不是也是从土地里悄悄长出来的呢？

这个时节的菜地里，物产丰富，有山药、青蒿、苋菜、秋葵、碰碰香、空心菜，但最多的是瓜豆。瓜有苦瓜、黄瓜、瓠子、冬瓜等，黄瓜正处生长旺季，像鲫鱼怀了一肚子的子，不断地下，把果实挂满竹架。豆有毛豆、豇豆、扁豆、四季豆，像赶集，像赶庙会，你追我赶，吃着吃着就老了。

毛豆播种持续时间长，从春到夏都可种植。有经验的农人把地分成若干块，隔十天半月种一茬，所以从立夏前后开始，直到秋天，天天都有毛豆吃。也因此，在古今诗文中，皆可见到锄豆人的身影。毛泽东也曾关注豆子，他在《七律·到韶山》中写道："喜看稻菽千重浪，遍地英雄下夕烟。"菽，就是豆子，五谷之一。不过，这里说的不是毛豆，而是黄豆、青豆——毛豆老了，就是黄豆、青豆。他关心豆子，其实是关心粮食。

每次凝视豆子，都会看见往事。躬身锄豆的母亲，在脱粒机前忙着喂豆秸的母亲，犹在眼前。那时是人集体。每到黄豆上场，生产队都会组织群众连夜脱粒，即用脱粒机把豆子打下来。到了后半夜，会有人端了雏鹅烀黄豆来，犒劳大家，在座的人每人一碗。母亲也分到一碗，但她舍不得吃，总是叫醒熟睡中的我，全部给我吃了。鲁迅在《社戏》中说过，某晚的蚕豆最好吃，几十年来，我再也没吃过那样好吃的黄豆。

虽说题目是"瓜豆过夏"，但有两种花朵，我还想记录下来。我们见过很多蔬菜的花朵，包括极细小的毛豆的花、极不显眼的苋菜花，可

是多数人可能没见过蒜头开花、洋葱开花、山芋开花、马铃薯开花。

5月里，蒜薹都划了，6月初，蒜头都从地里起出来。有几棵瘦小的大蒜，蒜薹太细，就没划了，蒜头也没起出。未曾想，到了六月中旬，蒜薹上端的薹苞部分外壳绽开，里面钻出兰花指似的白色花朵，随即结出小瓣蒜头。我就想到齐白石的画作《荷花》，水上一朵，水下一朵，两相照应，相映成趣；又想到歌曲《月之故乡》："天上一个月亮，水里一个月亮；天上的月亮在水里，水里的月亮在天上。"

洋葱也开花。它们从中心抽出一支长茎，上结一个花球，像绣球，又像海狮顶球。洋葱有独特的防御机制，当它受到机械伤害，如切、剥等情形时，它所含的酵素（蒜氨酸）会转化为催泪的化合物，人的眼角膜受到刺激，就会忍不住地流泪。但是，它的花球很美。

马铃薯也开花，秀气得很，不注意你看不见。山芋也开花，但是要等到秋后，那时藤子都已割断，所以很少见到。我的朋友有本诗集，书名是"我知道所有事物的尽头"。在蔬菜这里，她可能会受到挑战。

画家黄永玉说，我作画就是为了开心过瘾，没有那么多的意义可讲。我种菜、写菜也是如此。据说《华盛顿邮报》评选出十大奢侈品，我觉得其中的两条，我已完全拥有，这就是：一颗自由、喜悦与充满爱的心；享受真正属于自己的空间与时间。

人们普遍敬畏古树，这是因为古树是时间的一个具象符号；蔬菜也是要敬畏的，因为生长期短，更显出生命的宝贵。我愿意像瓜豆、像蒜头花、像洋葱花一样，安静地度过自然的夏天和人生的夏天。

· 蔬菜的口哨

最近看小说《人民的名义》，接着追完电视剧，印象最深的是反贪局局长侯亮平的口哨。办案很累，风险也大，但他优美的口哨，使剧情节奏和缓，也使观众稍稍轻松。

其实只要有风，蔬菜也是会吹口哨的，风越大，它们的口哨越响。我在它们中间，聆听天籁，感受自然之美，心如蜻蜓飞翔。

蔬菜皆开花，黄白为主；兼有红色，如豇豆；还有黑色，如蚕豆。花的颜色，取决于花青素，花青素能根据土壤的酸碱度和温度适时呈现不同的颜色，有时一日多变。我看蔬菜的花朵就像看人。比如漂亮的豌豆花，就像女子，眼大眉弯，脸皮细白，嘴角有颗豆儿大的黑痣，更添几分俏丽。

山药是藤蔓植物。它在藤上开花，结出大鸡头米似的果实，而地下的块根同时在长，像金刚钻越钻越深。马铃薯在茎上开花，却看不见果实，它在地底下长成圆滚滚的小胖墩。花生呢，在地面上开花。花朵向下俯身，向土地折腰，渐渐地扎进土壤，在土壤中长成果实。读过许地山的散文《落花生》，更多一分感动。花生是低调的植物。

大蒜中有植物抑菌剂，叫大蒜素，其杀菌力几乎等于青霉素的一百倍。使人拉肚子、感冒的各种细菌，不管如何肆虐逞强，只要被大蒜汁遇到，眨眼就被消灭。大蒜味冲，从蒜茎到蒜苗到蒜头都冲，犹如良言，但是防病治病。大蒜似不入流，不招人待见，然而于人有益。像大蒜一样做人也蛮好的。

空心菜、瓜类的茎是空的，藕里有孔，都是为了呼吸。从莲叶吸引来的空气，经过空心的长叶柄，进入藕体。现在的人似乎都忙，忙得晕头转向，以致不知道为什么忙，忘记了回家的路。我们是不是也要空出一点时间，把过去的事梳理梳理，把未来的日子思量思量，算是进行精神的呼吸？

苦瓜之所以有苦味，是因为体内含有两种物质：一种叫苦味素，另一种叫野黄瓜汁酶。它们施用苦肉计，以防止被啃食、被糟蹋，便于物种的繁衍生息。其实黄瓜、瓠子也苦，或涩，只是程度不同。卡夫卡说，写作就是理解。我们自然要理解瓜果，更要理解人，尊重每个人。幸福的人是相似的，不幸福的人或有难言之隐。

反过来，有些蔬果，比如番茄、黄金瓜甜美多汁，是为了吸引动物为它们传播种子。这些种子在肚子里难以消化，随着动物粪便落在各处，粪便中又有养分，所以种子很快长出植株。

蔬菜的叶子，正面细胞排列整齐、紧密，包含许多叶绿体，称为栅栏组织；而背面细胞内叶绿体少，排列就松，称为海绵组织，它比正面轻。正面重于背面，故而飘落时，背面常常朝上。

爬山虎有卷须，且分枝多，其顶端有圆而凹的吸盘，吸盘边缘可分泌黏液。当吸盘接触墙壁时，黏液会将吸盘密封起来，形成内外压力后，吸盘就可产生吸力。这与瓜类藤蔓相似。

你是否注意过落叶飘零？是否观察过瓜蔓的攀缘？

蔬菜喜欢音乐，像艺术家。有节奏的声波音乐，对植物产生机械刺激，能使细胞内的养料受到振荡而分解，从而更好地输送，加速细胞的分裂，促进植物的生长发育。——对其说话也可以吧。

蔬菜像人，经常生病。叶子在受到病毒感染后，体内水杨酸的积聚量显著增多，会很快地枯黄陨落，进而使整棵蔬菜水分散发量大幅减少，温度迅速上升，以致发烧而死。每当这个时候，我的心就一下一下地往下沉。

除了种菜，我的爱好是读书。

读杨绛的回忆录《我们仨》，书中写到"文革"开始后，钱锺书和杨绛都被打成"牛鬼蛇神"。后来，他们夫妇被下放到干校，杨绛被安排去种菜，钱锺书担任干校通信员。每天钱锺书去邮电所取信的时候，就会特意走菜园的东边，与杨绛"菜园相会"。翻译家叶廷芳回忆说，杨绛白天看管菜园，就利用这个时间，坐在小马扎上，用膝盖当写字台，看书或写东西。

读《从文自传》，当中写到表弟和同事在菜园打架的事，也有意思：

> 在另外一个夜里，与一个同事说到一件小事，互相争持不下时，就向那人说："您不服吗，我两人出去打一架！看看！"那人便老老实实同他披了衣服出去，到黑暗无人的菜园里，扭打了一阵，践踏坏了一大堆白菜，各人滚了一身泥，鼻青眼肿悄悄回到住处，一句话也不说。第二天上饭桌时，才为人从脸目间认出夜里情形来，互相便坦白地大笑，同时也就照常成为好朋友了。

最近读格非的小说《望春风》，里面多次写到菜地。如王曼卿的菜地，薛工程师的菜地，春琴的菜地。在儒里赵村的所有土地被征用而未及开发之时，五十多岁的春琴在池塘边新开出来的大片空地上，种上了菠菜、苏州青、水芹、芋头、芫荽、黄花菜，还有一溜丝瓜和扁豆。在经历多方磨难之后，她从这些蔬菜身上，又找回了生命的活力。

我想作家也都热爱蔬菜，听过蔬菜的口哨吧！

就想到近期的三个小成就：一是用茶缸煮鸡蛋；二是红茶冲奶粉；三是学会了用百度识图手机版，这下蔬菜的名称难不倒我了。世间所有的风景都是邀请，花啊叶啊都邀请你了，你却不知道她的名字，多不合适。当我搜索到某种蔬菜的名称，进而了解到它的故事，我是多么欣喜！我傻呵呵地笑，我的双手在快乐地颤抖。

英国诗人兰德在七十五岁时写道："我和谁都不争，和谁争我都不屑。我爱大自然，其次是艺术。我双手烤着生命之火取暖。火萎了，我也准备走了。"不知道他是否听过蔬菜的口哨。我想他应该是听过的，艺术是要表现自然的，而蔬菜是自然的一部分，少了蔬菜，艺术必然大打折扣。

·青青子衿

二十四岁以前,我没见过嫩丝瓜,也没吃过。我只见过老丝瓜,像纺锤,像棒球棒,吊在墙上或者树上,也不吃它,取里面盘绕的丝瓤,用来涮锅(作用类似于清洁球),或者洗澡时搓背。老丝瓜里的丝比《西游记》里蜘蛛精肚子里的丝还多。

结果在女朋友家出了一回丑。

那年夏天,放了暑假,我到女朋友家去玩。她家住在林场,一家人都在林场上班。那年毛竹园遭了虫灾,几乎每片竹叶上都爬着虫。她一家人都去治虫,留着我在家里做饭。我从小就站锅台,烧几个家常菜不在话下,也想趁机表现一下。没承想,遇到两根青竹竿似的东西,皮像我见过的老丝瓜,却又不完全一样,一时束手无策,抓耳挠腮。那时没有"度娘"可问,也无书籍参考,但是我仗着胆大,对自己的厨艺有信心,于是果断地切成滚刀块,加酱油、糖、醋红烧。看上去很美,却难以下箸——丝瓜要刨皮的,可是我是连皮烹制。

或许是看中我的勤快,抑或念我本是手不离书的人,女朋友宽容地接纳了我,把自己变成了小妇人,住到学校里来。年轻时工资低,生活艰苦,我们在宿舍东边开荒种菜。我特地在梧桐树下撒了几粒丝瓜籽——丝瓜的籽形状像南瓜子,不同的是,南瓜子是白色,它是黑色。

"春雨惊春清谷天",丝瓜出土,像小猴子似的往树上爬,那些极嫩的触须，紧紧抓住树皮，一路爬上树顶，沿着枝杈四散开来，叶片迎风招展，如猴子的尖耳朵；"夏满芒夏暑相连"，金花怒放，向天而歌，枝柯交接，丝瓜垂挂，像碧绿的荧光棒！风吹过来，丝瓜摇晃，像书房里的风铃，清音滴翠，胜似肉味。

闲暇时光，我喜欢凝视丝瓜：笔直，纤细，像山药；青皮，清秀，像《白蛇传》中的小青。有一次，摘下一根长丝瓜，我拎着瓜蒂，直竖起来，居然超过我的肩膀。我就想到《诗经·郑风·子衿》：

青青子衿，悠悠我心。
纵我不往，子宁不嗣音！

这首诗描写一个女子等候她的恋人的情景，大方，美丽，有点小脾气，闹点小情绪。诗中以恋人的衣饰借代恋人。子衿，是周代读书人的服装。子，即"你"；衿，即"襟"。你看这些斯斯文文的丝瓜，是不是更像清俊飘逸、手不释卷的书生？

后来曹操《短歌行》中引用此句，表达对人才的渴盼之情：

青青子衿，悠悠我心。
但为君故，沉吟至今。

再后来，读到白居易的《琵琶行》，最后两句是"座中泣下谁最多？江州司马青衫湿"。着"青衫"者，正是一个书生气十足、浑身都是诗的读书人形象啊！

丝瓜肯结，今天摘完，明晨又是满树，颇似大方之人，要把他仓库的宝物都搬出来，与人分享；也似书生，知无不言，言无不尽，把他诚挚的心袒露在世人面前。丝瓜可以烧蛋汤、炒鸡蛋、炒毛豆，消暑生凉，清气四溢。我最喜欢的，是烧蛋汤，把水烧开，放进丝瓜，再放搅拌均匀的蛋液，水开即可。汤清蛋白，清气扑鼻。——当然，都要先刨去皮！

丝瓜挂果时间也长，由夏至秋，都有的吃。记得那树丝瓜，一度藤渐枯竭，叶渐萎缩，待浇些小便，浇些淘米水，又活过来，焕发生机，只是丝瓜粗细不均，尾粗且屈，如人届中年，大腹便便，形象大打折扣。最近读到周华诚《草本滋味》，说于每根丝瓜之下挂一瓶矿泉水，可使之细长。我没试过，时近晚秋，即使坠个瓶子，怕也不能奏效了。

·毛豆宴

夏天,毛豆上市了,街上到处都是卖毛豆的人,一块五一斤。周末到乡下去,远远地就能看见地里硕大的或黄或绿的油布伞下,人们把毛豆萁子割倒,坐在那里抢摘豆子的情景。秧苗皆绿,白鹭漫步,青蛙的叫声,大白天里,也十分清晰。

又到了大嚼毛豆的季节。毛豆可以独当一面,也可担当配角。读到一个帖子,提到"毛豆宴",觉得挺有创意。毛豆虽然常吃,可是毛豆宴还真没见过。

在我看来,毛豆的吃法就两大类,带壳吃,或者剥豆米吃。两大类中,到底能分多少种小类,从古至今,怕也未能穷尽。

带壳吃的,有盐水毛豆、凉拌毛豆、酱毛豆。都是把新鲜毛豆用水冲洗干净,放入少许食盐,搓去豆壳上的细毛,之后倒入煮锅,上水,放进八角、生姜、盐,敞着锅煮。等到有的毛豆侧缝微微裂开,说明毛豆已熟,即可食用。这就是盐水毛豆。如果加冰即凉拌毛豆,加豆豉即酱毛豆。有人把豆壳两端剪去,便于入味;没有时间的话,不剪也行。要点是,不能盖锅盖,否则把壳焖黄,少了看相。

剥出豆米烹饪,分为荤素两种。素的如蒸毛豆、小菜炒毛豆、丝瓜炒毛豆、藕片炒毛豆。蒸毛豆最简单,即把豆米洗净,加入蒜头、生姜,放在饭锅头或笼屉里蒸,饭熟豆子也熟。最好与猪肉一起蒸,香。

丝瓜炒毛豆这道菜，我前两天在我的高中同学家初次吃到，味道挺好。屈指算来，高中毕业已有三十七年，同学当中，已有三人离世，生者真应爱惜身体，过好每个二十四小时。

藕片炒毛豆可能是我的独创，反正网上搜不到；我做得也不错，因为连我的妹婿都说地道——他可是闻名乡里的厨师。炒这道菜的关键是先把毛豆炒到七八成熟，再放入藕片，加醋、兑水翻炒。装盘时，用冷色调碟子，藕如玉片，豆似翡翠，大美！

荤的搭配就多了，几乎无所不能，如毛豆炒虾仁、毛豆炒鸡丁、毛豆啤酒鸭、毛豆蒸肉饼等。

令我终生难忘的是舅舅烧的毛豆红烧鸭。

我小时候，每到快放暑假时，父亲就会买几十只鸭雏带回家给我放；到下学期开学时，鸭子长到三斤重，就可以卖钱了。整个夏天，我跟鸭子在一起过。雏鸭爱跑动，步子直划，两翅张开，追都追不上；又爱嬉水，时常凫在菱叶中不肯上岸。

所以放鸭是很辛苦的事。我拿着一根长竹竿，指挥或者管制它们。有一次一着急，把一只鸭子翅膀打拖下来，晚上检查，断了。恰巧第二天我要到南京舅舅家去，我母亲去世早，舅舅一家人对我极好，我总不能空着手去啊——于是捉了断翅膀的鸭子，拔了一把毛豆荚子，上了汽车。舅舅见到我，就像史老太太见到林黛玉似的，又是欢喜又是伤感。

后来杀鸭、剥豆子，红烧麻鸭。记得那次，舅舅倒了一整瓶酱油，没放盐，慢慢炖，慢慢炖。那种香气，迄今为止，闻所未闻。

不管什么烧法，最重要的是毛豆要烧熟。有的资料说，毛豆含有有毒的蛋白质，会令血液凝结，容易导致腹泻，甚至中毒死亡。

爱吃毛豆的人，必有一副上好指甲，不长，不秃，好剥豆子，好做家务。鲁迅的小说《祝福》中，祥林嫂的儿子阿毛，是在门口剥豆时被狼叼走的，我猜想他应该是有不长不短的指甲。据说慈禧太后留有三根特长的指甲，垂帘听政，不下厨房；杨丽萍十指尖尖，模仿孔雀长翎，自然十指不沾阳春水。

十年前，盛夏时节，我到西安一游。在大唐芙蓉园，邂逅啤酒节，听到赵传的歌，至今如在耳畔："我很丑，可是我有音乐和啤酒；一点卑微，一点懦弱，可是从不退缩。"好听！

眼下，小暑将至，吃毛豆宴，喝冰啤酒，自是乐事。

· 霉干菜

我慕名到绍兴玩过，买过鲁迅著作，买过霉干菜。

绍兴有"三乌"，即乌篷船、乌毡帽、乌干菜。乌篷船时常出现在鲁迅小说里，桨声起处，水花溅起，似正往赵庄看戏去。乌毡帽也经常在街上移动，像是道具，假如缺它，闰土就不是闰土，阿Q就不成其为阿Q。鲁迅也写过吃，写过茴香豆、臭豆腐，写乌干菜只是一笔带过，大约是因为乌干菜做起来比较麻烦，且最好佐以猪肉，穷人哪能吃得起？

乌干菜，就是霉干菜，又名梅干菜。

商务印书馆《现代汉语词典》第7版有"霉干菜"词条，其解释为："以雪里蕻等为原料加工成的盐渍干菜。也作梅干菜。"

雪里蕻茎粗叶稀，冬天成熟，是用来腌小菜的——它好像专为腌渍而生。方便面里配送的雪菜包，小吃摊上的雪菜肉丝面，差不多都是雪里蕻。我母亲在世时，年年都栽雪里蕻，就是留着腌小菜的。现在，人们生活条件好了，很多人都不在家吃早餐，所以雪里蕻也少了。词典里"雪里蕻"后面的"等"字，扩大了霉干菜的取材范围。《越中便览》里说得明白："乌干菜有芥菜干、油菜干、白菜干之别。芥菜味鲜，油菜性平，白菜质嫩，用以烹鸭、烧肉别有风味，绍兴居民十九自制。"我没有查到成书时间，但从霉干菜曾经纳入绍兴"清代八大贡品"之列推测，应该不会晚于清代。

绍兴人视霉干菜为其特产。

当年鲁迅生活在外地时，爱吃霉干菜。1935年3月15日，鲁迅先生自上海寄给他母亲的信中说："小包一个，亦于前日收到，当即分出一半，送与老三（指周建人）。其中的干菜，非常好吃，孩子们都很爱吃，因为他们是从来没有吃过这样的干菜的。"

周恩来祖籍绍兴，他也爱吃霉干菜。1972年美国总统尼克松访华来杭州，他在杭州楼外楼宴请尼克松，宴会上，就有一道干菜焖肉，尼克松吃后连声称赞："OK！OK！"

在古今文学作品中，吃家乡菜，往往用来表达思乡之情。晋代张翰在洛阳为官时，写有《思吴江歌》，即此例：

秋风起兮木叶飞，吴江水兮鲈鱼肥；
三千里兮家未归，恨难禁兮仰天悲。

鲈鱼是张翰故乡苏州的特产。宋朝诗人辛弃疾在《水龙吟·登建康赏心亭》里引用了张翰的典故："休说鲈鱼堪脍，尽西风、季鹰归未？"

现代作家、教育家叶圣陶的散文《藕与莼菜》开篇写道："同朋友喝酒，嚼着薄片的雪藕，忽然怀念起故乡来了。"

扯远了，回头继续说霉干菜。其实霉干菜很多地方都有。去年我到高淳老街游玩，也有，买了一斤，至今还没吃完。但说我的菜园，春天里，小白菜吃不完，都起了薹，朋友（我在朋友的院子种菜）掐下菜薹，先用盐腌几天，放笼屉里蒸熟，晒干，就是霉干菜了。我配了五花肉红烧，味道极好。最近，豇豆正盛，根根豆子垂挂下来，就像师傅做的挂面，吃肯定是吃不完的，也准备做成霉干菜。

霉干菜吃法很多，可做烧饼（以屯溪烧饼最为有名，用霉干菜和肉丁做馅，芝麻撒面，放入特制的炭火炉中贴壁烤制，有"好再来""周济烧饼""救驾烧饼"等老字号）、肉包、扣肉，干嚼也行，又甜又咸，还非常香。

我有位朋友，在图书馆上班，喜欢读书，会做霉干菜。她做霉干菜不蒸，直接晒干。今晚散步的时候，我就问她，霉干菜与梅干菜，哪个名称更好。她说：

"'梅干菜'好，梅雨时节做的，也有诗意；'霉干菜'也行，小菜腌到此时，不晒的话会烂，晒干等于延续了它的生命。"

· 忧伤的黄瓜

　　黄瓜是我们的好伙伴。以前种过,现在每个夏天要种两至三茬。生吃、炒着吃、腌着吃皆可,还可烧汤;夏天就拿它当水果吃。我和妻子到太阳河钓鱼,总揪两根黄瓜带着。前年国庆,我们夫妇和同学执华夫妻俩,自驾游大别山,也带了几根黄瓜。吃完之后,瓜蒂扔在了天堂寨。

　　在各种吃法中,凉拌黄瓜最为普遍,简单、清爽。可以刨丝、切片、拍段,切片可以是斜片也可切成圆片,可以撒些虾米、豆腐皮。拌黄瓜,最重要的佐料是蒜头,一定要有,否则黄瓜的清味出不来。

　　有专家说黄瓜丁与煮花生米拌吃,容易引起腹泻。我持怀疑态度。我多次吃,没有问题。现在网上的帖子真假难辨,有些所谓的专家,夸夸其谈,或标新立异,或故弄玄虚,若论其学问,可能不如一个地道的菜农。

　　如果是给孩子吃,皮要刨的,因为黄瓜的皮涩嘴,孩子怕不愿吃。我有时很不明白,现在的孩子爱吃五毛钱一包的辣条、毫无营养价值的假火腿肠,却不愿吃有点异味的茼蒿、芫荽、枸杞头、菊花脑,更不用说味道更重的韭菜、大蒜、黄瓜、苦瓜了。

　　其实,好黄瓜都涩嘴。它生长的时间相对较长(从瓜芽到成熟采摘总有六七天),皮上积聚了一种叫作丙醇二酸的东西,据说可以抑制糖类物质转变为脂肪；好黄瓜的瓜蒂都苦，因为含有较多的苦味素，据说具有抗癌作用；好黄瓜都略弯曲，顶端的花都已凋谢，有微微戳手的硬刺。没有这些特征的，大概都喷洒了太多的生长剂、防腐剂，直、嫩、无味、有害。就像速成的鸡鱼鸭猪，不吃想吃，吃了伤身。

据说钱锺书出名以后，有位外国记者想采访他。钱锺书打比方说，你觉得鸡蛋好吃就行了，为什么还要认识那下蛋的母鸡呢？在我看来，如果认识了母鸡，对鸡蛋的营养价值可能认识更到位些。你要是到我的菜园，看到美如绿瀑的黄瓜架，看到快乐攀岩的黄瓜，你的脑中恐怕也会涌出这样豪迈的诗句："黄河之水天上来""飞流直下三千尺""千里莺啼绿映红"——红的是瓜架下的番茄；还会想起宋代诗人潘阆的《酒泉子》：

长忆观潮，满郭人争江上望。来疑沧海尽成空，万面鼓声中。

弄潮儿向涛头立，手把红旗旗不湿。别来几向梦中看，梦觉尚心寒。

如果我是张艺谋，我会导演一部《印象黄瓜架》！

黄瓜种植历史悠久，对人有益而又随和，很受诗人宠幸。最出名的是宋代苏轼的词：

簌簌衣巾落枣花，村南村北响缫车。牛衣古柳卖黄瓜。

酒困路长惟欲睡，日高人渴漫思茶。敲门试问野人家。

黄瓜也受影视剧导演宠爱。有部中国电影叫《黄瓜》，描写底层百姓老陈与小陈的曲折人生；还有部英国电视剧也叫《黄瓜》，叙述的是四十七岁的保险公司职员亨利的离奇故事。读过卡夫卡的《变形记》，就知道外国的保险公司职员，工作压力究竟有多大。

黄瓜还是新女性的最爱，除了充当晚餐，还占领了她们的美丽脸蛋。据说新鲜黄瓜中含有的黄瓜酶能有效促进机体的新陈代谢，扩张皮肤的毛细血管，促进血液循环，增强皮肤的氧化还原作用，具有美容的效果；又含有丰富的维生素，能够为皮肤提供充足的养分，有效对抗皮肤衰老。

那次，我们两家人同游天堂寨、燕子河大峡谷、梅山水库、金寨革命烈士纪念馆。在农户门前，吃当地的特色菜：吊锅。来去都是执华开车。去年夏天，他生病手术，今年6月，旧病复发。吊锅的炭火还在，黄瓜的涩味未远，人却化为轻烟，奔天堂而去。

·掏空菜瓜做笔筒
——兼读海饼干《我知道所有事物的尽头》

菜瓜是个很霸气的名字。

夏季瓜类品种很多,有的专门用作食材,比如冬瓜、南瓜、丝瓜、苦瓜。可是,只有菜瓜,居然敢叫"菜瓜"。

近读明代王世懋《学圃杂疏》,才算了解其得名缘由。书中介绍:"瓜之不堪生啖而堪酱食者,曰菜瓜。"

其实菜瓜可以生吃,我小时候就经常吃;但是不怎么甜,不好吃。菜瓜上桌,多是凉拌。切成薄片(薄得像玻璃片),拍两瓣蒜,脆生,微甜,兼有蒜香。菜瓜还可"酱食",就是用盐腌过,晒到半干,由于容易腐烂,须埋在豆酱里保存。

最近三个夏天,我栽过三季菜瓜。今年终于挂果了。藤蔓曳曳伸展,茎如游龙,叶如兔唇,瓜果肥嘟嘟的,棒状,浅绿色,卧在藤蔓下面,像月子里的宝宝。我选了一根直的,拦腰切断,掏空瓜瓤,削平尾部,用平碟盛着,立于书案之上,仿佛是只绿色笔筒。不过我不用它插笔,只留着看。

每看菜瓜笔筒,就像看多棱镜,过去、现在、未来全在里面。坐对菜瓜笔筒,读书、思考、写作,生活简单而又快乐。

有首《五律·小满》,里面写到菜瓜:

小满天逐热，温风沐麦圆。

园中桑树壮，棚里菜瓜甜。

雨下雷声震，莺歌情语传。

旱灾能缓解，百姓盼丰年。

此诗对于农民的关切之情，充溢字里行间。从古至今，农民都很辛苦，如今状况虽然大为改观，可是还有少数贫困户在。所以对于目前的"精准扶贫"政策，我是举双手赞成的。

台湾作家林清玄写过菜瓜。他有篇散文《瓠仔也好，菜瓜也好》，说是种了"瓠仔（台湾方言，葫芦，个大值钱）"，收获的却是"菜瓜（台湾方言，形状像菜瓜的丝瓜，个小不值钱）"，用以形容一个人倒霉透顶。

林作家从佛教思想出发，提出"在真实的生活里，瓠瓜也好，菜瓜也好，只因人的分别心才产生贵贱"的观点。让我感到欣慰的是，在我的菜园，我看所有蔬菜的眼光相同。我认为它们都是生命，它们的生命没有贵贱，人不能以其价格高低来断定它们的地位高低，甚至"菜"格高低。看人，也应该取这种态度。

在这里，我要摘引几段我的朋友海饼干的诗集《我知道所有事物的尽头》中的话。我喜欢她的生活状态，如同菜瓜，意味深长：

我的视线长久停留在 / 屏幕上。食物和水安静地陪伴着我。(《工作的夜》)

云朵 / 形状的模仿者 / 天空温暖的孩子，它携带 / 一切的美，包括我忽略的。大大小小的 / 孩子 / 互相追逐，他们

风铃般清脆的笑声／透出泉水的甘甜。(《空气质量好的一天》)

我们远离虚伪的掌声和喧闹的／名利场，我们把意象的耳朵铺展在土地／阔大的隐喻上，倾听万物欢唱。(《写诗的我们》)

蛙鸣陆续从硕大的叶片后／跃出。神和盘托出繁茂的五月，我看到自己／舒展着触角，如坚韧的丝蔓向上攀升。(《雨》)

人们砍伐真理，蔑视生命／真正的意义，热衷于在利益的藤蔓上／疯狂攀爬，黑水塘／映出贪婪的人性。(《在人性的丛林里》)

作家刘震云在北大演讲，提到他的"两个特别好的导师"，一个是他的外祖母，一个是他的舅舅刘麻子。外祖母割麦总是比别人快，因为她一旦下到麦趟子里，从不直起腰来，从而赢得了时间；刘麻子是个木匠，他打木箱的速度很慢，精雕细琢，他的木箱可以传代。

菜瓜就像个笨人，只知道慢慢长，不要滑头，不取机巧。海饼干读书、写诗、努力工作，与菜瓜无异。

·辣椒树

辣椒原产于墨西哥。15世纪末，哥伦布发现美洲之后把辣椒带回欧洲，并由此传播到世界其他地方。辣椒传入我国的时间，估计是在明末。明代高濂撰有《遵生八笺》，曰："番椒丛生，白花，果俨似秃笔头，味辣色红，甚可观。"

辣椒兵分两路来到我国。一是陆路。辣椒骑着马或骆驼，沿着丝绸之路东行，经过西亚进入新疆、甘肃、陕西等地，在西北落地生根。二是水路。它们登上海轮抑或邮船，由马六甲海峡进入我国南部，在云南、广西和湖南等地开花结果。现在我们倒过来走，走成了极具魅力的"一带一路"。

一般所称的"辣椒"，是指辣椒的果实，品种繁多，我知道的，就有樱桃椒、圆锥椒、簇生椒、灯笼椒等。吾县有台创园，每年秋天举办蔬博会时，各式各样的辣椒新品像彩灯似的，把展馆装扮得流光溢彩。有种满天星，若置于案头，读书疲惫或者倦怠之时，揪一枚嚼嚼，一定可以提神。

辣椒既可担当主角，也可伴歌伴舞。四十多年前，我才八九岁，便开始学着煮饭烧菜。父母都在生产队劳动，早出晚归，披星戴月，我是家里的老大，得分担些家务。我的印象中，总是蒸辣椒吃，撕碎，攥掉辣水，放一团酱，倒点菜油，饭煮熟了，辣椒也熟了。有时揭锅煎饼，切成菱形，倒些酱油，撒些辣椒丝；或把黄豆炒熟，加些咸小菜炒，也撒些辣椒丝。我是伴着辣味长大的，不怕辣。

成家以后，我会做两道辣椒菜，都还不错。一是煎辣椒瘪子。就是把青椒洗净，揪掉把子去籽，整个儿放油锅里煎，火不能大，怕煎煳了；也不能小，怕煎皮了。待辣气散尽，撒盐滴醋即可享用。也可在辣椒肚里塞些肉末，但不能多，怕熟不了。再是辣椒煎豆腐。就是把辣椒整煎，把豆腐炕出硬壳，再加佐料煸炒，加点糖，香甜可口。每每吃得额头流汗，嘴巴直吸气，就是舍不得放下筷子。

辣椒是个急性子，吃着吃着就紫了、红了。可以剁成辣椒屑子，蒸吃、烧菜都行。有道叫"剁椒鱼头"的菜，少不了它。很早时候，我的高中同学德成，每到秋末冬初，总会送我两瓶辣椒屑子，加上剁碎的蒜米，色味俱佳。后来我自己开了块菜地，也栽了辣椒，便自己剁辣椒屑子，结果剁得双手火辣火燎，又红又肿，天天泡在冰水里，还是疼痛钻心。德成笑话我说："呆子，戴上塑料手套剁才行。"我感叹道，有些时候，少了体验，便不知道友情的深浅。

不知道北方人剁不剁辣椒屑子。他们好像喜欢把辣椒风干，挂在门口，寓意红红火火。还把蒜头、蘑菇、玉米棒子辫起来或串起来，把日子打扮成诗的模样。

辣椒还是个火爆脾气。近看新闻，无锡有座"辣府"，是连锁店，有个小伙子吃了十枚辣丸子，被送进医院，昏迷两天。据不久前的中国网报道，世界上最辣的辣椒"龙吐气"横空出世，只吃一颗就能丧命。

爱吃辣椒的人，敢于尝试的人，性格也辣，外向，激情四射。《红楼梦》里有个"凤辣子"，湖南有个"辣妹子辣"，外科医生胆大叫作"手把子辣";明代文化名人杨继盛,因抗御强暴、反对权奸严嵩,而惨遭严嵩杀害,他在临刑前写下名联:"铁肩担道义,辣手著文章。"

  写过小说《饥饿的女儿》的作家虹影,2012年出过一本散文集,书名叫作《当世界变成辣椒》。她写的是美食,更是与美食相关的人和故事。她说:"食物让朋友更亲密,让家庭更温馨。能做酒肉朋友,也是一种福气。"我只是不能理解,当世界变成辣椒,会是什么样的景象呢?

  我的菜园自然少不了辣椒。我从小就栽辣椒,一直栽到现在。我看着它们长大,它们看着我变老。今年添了新品尖椒,结实得像一株小树。种子是房东老余的战友从湖南寄来的。老余每每触景生情,说起从军的经历,兼及战友的今昔。辣椒就长在他们的日子里,是用时光和情感浇灌的树。

·蔬菜的小暑

已是小暑,俯仰之间,2017年的路,已走了一半。

天气立马变化。好像打开"热国"的门,就连风儿,都是热的。你一抬脚,汗水就跟着你走。"一候温风至,二候蟋蟀居宇,三候鹰始鸷。"小暑时节,风中总是携着热浪;因为炎热,蟋蟀少在田野活动,而是到庭院墙角以避暑热;老鹰因地面气温太高,更愿意到清凉的高空活动。

如果《月令七十二候集解》的作者元代吴澄喜欢种菜,想到以蔬菜为物候,他会怎么写呢?

空心菜有半尺高了,茎如吸管,中通外直,又如天线,越抽越细;叶片挺大,软塌塌的,像猪耳朵。我掐了一把,很嫩。想到老电影《雁翎队》里,游击队员吸根芦苇或顶片荷叶潜水前行的情景。空心菜的底下,是不是也潜伏着一支什么队伍呢?

番茄满茎,果实鲜红,在满园的绿中,分外明亮,有些开了裂。菜园是以绿色主打,红色只有草莓、辣椒、番茄几种,萝卜也红,菠菜根也红,但都躲在地下,看不见的。有些蔬菜可以生吃,比如黄瓜;最可口的,还是番茄,甜中带酸。房东给花点过红,就像特别关照过,结果今年结的果实就多。

辣椒像头母猪,结了一窝又一窝,把枝杈坠成弯弓,挨着泥土。每次给辣椒浇水,就会想到一头母猪带着十几只猪崽奔跑的样子,仿佛它们真的会在某个时刻,跑到园外游逛,或者跑到广场跳舞,或者跑到蔬博会秀一把(吾乡盛产蔬菜,以辣椒为吉祥物),或者跑到首都乘坐地铁远行(北京地铁广告,有辣椒形象)。

也可能跑进某本书里躲藏起来。比如格非《望春风》中的儒里赵村,春琴和王蔓卿的园里都有辣椒;李佩甫《生命册》里的吴梁村,辣椒都挂在了虫嫂的脖子上:

> 搞"运动"的时候,虫嫂还多次游过街。大队治保主任押着她,脖子里挂着玉米,还有偷来的蒜和辣椒,甚至白菜萝卜,红红白白,一串一串的,像是戴了项链似的……

虫嫂是个矮小的女人,嫁给腿有残疾的丈夫,生了三个孩子,日子过不下去,想到了偷,偷生产队的玉米、红薯、黄豆、西瓜,被逮住了,就脱裤子解决。她不仅遭到游街、批斗等处罚,还被满村子的女人殴打。她是一个不幸的女人。

黄瓜像母鸡,蛋下枯了,七弯八扭,少了看相。但是花还在开,瓜还在结。黄瓜实在,不像有些人投机耍滑,而是鞠躬尽瘁,死而后已。

每每读到"无边落木萧萧下,不尽长江滚滚来",读到"寄蜉蝣于天地,渺沧海之一粟",总不免慨叹人生的短暂和无奈,时常产生秉烛夜游的遐想。黄瓜却不同,它们态度积极,"生命不息,奋斗不止"。

在另一畦地上,刚栽了二茬黄瓜,再过几天,又将花开果熟。菜瓜有三枚,卧在叶底,舍不得摘。

豆子有豇豆、四季豆,最多的是毛豆。毛豆种了几茬,有的已可摘，有的才结果，有的开着花，有的正在发叶。每茬相隔十天半月，可以吃到秋天。毛豆是菜园不败的风景。还有韭菜、丝瓜、生菜、人参菜等，不一而足。或许是因为太多，难以取舍，蔬菜在"七十二候"中才少了一席吧。

关于小暑给人的感受，古代诗人有过很多描述。元稹写有《小暑六月节》，对"三候"做了诗意的阐释：

倏忽温风至，因循小暑来。
竹喧先觉雨，山暗已闻雷。
户牖深青霭，阶庭长绿苔。
鹰鹯新习学，蟋蟀莫相催。

白居易写有《销暑》。他是怎么"销暑"的呢？但看颈联，大有深意，耐人寻味：

何以销烦暑？端居一院中。
眼前无长物，窗下有清风。
热散由心静，凉生为室空。
此时身自得，难更与人同。

· 玉牙似的米

植物的神奇总是令人惊叹。

三个月前，把一颗比半个指甲还小的玉米粒丢进清明的泥土里。如今，玉米秸秆已经与我比肩，宽大的叶片迎风招展，流线型的玉米棒子活色生香，顶端的玉米花四散开来，使我想起战斗片中报务员背着的发报机。

玉米本是杂粮，但是如今，已经进入主食行列。我在家里，一日三餐，时常佐以蒸玉米、烀玉米，有时干脆以玉米粥当作早餐。据说美国前总统里根也曾以玉米粥作早餐，于是我的潜意识里，因为能与总统吃一样的食物，有了满满的幸福感。前几天逛超市，又买玉米屑、生玉米片、玉米窝头、麻辣玉米片。或许过了夏天，整个人都要变成玉米了。

玉米也可算作蔬菜。在饭店里，玉米如同当红明星，频频走上餐桌的红地毯。我吃过的，就有三丁玉米、三色玉米、排骨玉米汤、玉米土豆蘑菇汤、玉米杂粮粥、香菇玉米粥，等等。多以嫩玉米粒作食材，也有连同嫩玉米棒子一起烧的。我自己呢，经常从菜园掰下玉米棒子，把嫩玉米粒抠下来，配小元宵、辣椒丁清炒，就着啤酒，笑傲苦夏，惬意自在。

每次看到玉米秸秆，总会想起英俊而又热情的少年，接着想到民歌《花儿与少年》，那是多么美妙的时光。而啃玉米棒子或抠玉米粒的时候，看着排列整齐的玉米粒，会把它们看成玉米的牙齿，或玉牙似的米。它们散发光芒，并发出金属般的脆响。既有牙齿，而且这么好看，那就是人了。

玉米的吃法还有很多。比如摊玉米煎饼，蒸玉米发糕，压榨玉米油，或者充当饲料，喂鸡喂猪，通过家禽家畜的身体，间接游走于人们的肠胃和灵魂之中。

玉米与人的联系极其紧密，与人的生活息息相关。它们有时是食物，有时是人的活动舞台，有时变成人物本身；而玉米地总与风流激情联系在一起，像莫言小说中充满激情的高粱地。

我读过毕飞宇的小说《玉米》，它描述了玉米、玉秀、玉秧三姐妹不同的人生轨迹和她们之间剪不断理还乱的奇特关系。一把米养百样人，生活原本就是这样。又读过周大强的诗歌《玉米地》："玉米，倒伏的皇后／秋收，双腿竞走的野兔溜出田野。"诗人视玉米为皇后。玉米哺育人的肉体和精神，也真是皇后呢。

近读李佩甫的小说《生命册》，感觉就像走进了玉米地，那些形形色色的人物，就是一棵棵从土里长出的玉米。比如美女梅村："她的声音像玉米粒一样。"比如副省长范家福，原是留美博士，最大的兴趣是研究玉米，最自得的成就是培育出了"玉米五号"。他在被"双规"、被判刑入狱后，一次次大声地喊道："报告政府，我想申请二十亩地，回去种玉米。"

《生命册》中，还多次写到蔬菜。例如大队支书蔡国寅对初上讲台的吴志鹏说："你一旦站在台上，台下的都是白菜，一地的扑啷头大白菜。"当支书的感觉真是好啊!又如写蔡国寅的老婆的句子:"生了第二个孩子后,她的乳房干瘪得就像是晒干了的两只老茄子,再也没有了往日的挺拔。"作家观察真仔细,想象真是丰富。

　　玉米除了可当作食材,充当饲料,还是酿制工业酒精和烧酒的主要原料。秸秆呢,可用于造纸和压制墙板;苞叶呢,可作草艺编织材料;穗轴呢,可作燃料,也可用来制工业溶剂;至于嫩茎叶,也可用作牲畜饲料(我小时吃过嫩秸秆,微甜),还是沼气池很好的原料。一个人如果能够长成一棵玉米,也不枉此生了。

　　有人曾经考我:一棵玉米有多少片叶?在哪片叶上结棒子?这我知道。您知道吗?

· 披星戴月

夏天侍弄蔬菜,必须起早打晚,用成语说,就是披星戴月。"六月精阳",不避开高温,人受不了,蔬菜也受不了。

早上多是薅草。人怕热,草不怕热,它们抓住这个时机疯长。毛豆地里,韭菜地里,田沟里,杂草萋萋,犹如水稻分蘖、出秀、结穗,要赶在立秋前成熟。

晚上暑气渐消,才可浇水。所有的蔬菜都要浇水,它们热得不行,要水解渴、散热。我打开菜园后门,从池塘里拎水,往苦瓜上浇,咕咚咕咚;往黄瓜上浇,也是咕咚咕咚;往番茄上浇,往辣椒上浇,往豇豆上浇,往韭菜上浇,往人参菜上浇,往山药藤上浇,都是咕咚咕咚。它们就像牛饮水啊。

在曹雪芹笔下,林黛玉前世乃绛珠仙草,我想,蔬菜们前世都是女子。女子离开了水,就像花儿离了阳光,必定枯萎;就像鱼儿游上了岸,必将憔悴。

薅草浇水之外,也有其他的事。比如今天,割倒了茄子的老茇子,浇足粪便,以待秋天重新发叶、开花、结秋茄子。老茇子上还有几只白茄子,掰开都是红红的硬籽,不能吃了。又拽了四季豆藤,上面挂着的老豆子,可以剥开煮粥,也可以留种。还割了一把韭菜,掐了一把马齿苋,摘了两根苦瓜,揪了几只红辣椒。

说起来，上面提到的种种蔬菜都是我的老朋友。它们来来去去，且多次出现在我的文章中，像枝上的花朵、夜空的星星，把我朴素的文字照亮，使我简单的文字散发芳香。比如茄子，去年割过，立秋之后老树开花，结的秋茄子像汽车嫩模。比如人参菜，从春天开始掐嫩茎叶吃，一直吃到现在，结果越掐越发，越发越密，没来得及吃的纷纷抽薹开花，急着怀孕做妈妈。前几天，妻子只得割倒半畦，以便萌发新茎新叶。

下面特别说说韭菜与马齿苋。

韭菜又叫懒人菜，种一次，能割几年。不过，人们喜欢吃的是春阳韭，并引杜甫的诗《赠卫八处士》"夜雨剪春韭，新炊间黄粱。主称会面难，一举累十觞"为证——自然也是友情的见证。夏天的韭菜却少有人吃，谓之太冲。也确实冲。但我觉得，不该"因冲废食"。这是"文明的代价"。

便想到以前读过的"韭菜宴"的故事。说有位朋友去拜访某穷书生，穷书生家里穷得只有一把韭菜一只鸭蛋了。他很难为情，生怕怠慢了朋友，情急之下，根据杜甫诗意，做了三菜一汤，讵料别有风味。诗曰：

两个黄鹂鸣翠柳，一行白鹭上青天。

窗含西岭千秋雪，门泊东吴万里船。

穷书生是怎么做的呢？先把鸭蛋煮熟，切成两半，再把蛋黄、蛋白掏出，蛋白一半切丝，一半剁碎；韭菜切段，清炒，一分为三，分别装盘。接着，分成两半的蛋黄铺在韭菜上，谓之"两个黄鹂鸣翠柳"；蛋白丝一字排列在韭菜上，谓之"一行白鹭上青天"；细碎的蛋白屑撒在韭菜上，谓之"窗含西岭千秋雪"；最后，鸭蛋壳漂在韭菜汤上，谓之"门泊东吴万里船"。

马齿苋，是草本植物，茎伏地铺散，像树木无限分杈，叶淡绿色或暗红色，像厚厚的嘴唇。全草可供药用，有清热利尿、解毒消肿的作用。据说还可提取什么物质，具有很好的美容效果。

李时珍《本草纲目》中说："其叶比并如马齿，而性滑利似苋，故名。……其性耐久难燥，故有长命之称。"

我从小就认识马齿苋，有浆，猪喜欢吃。据说它曾救过太阳的命，所以太阳晒不死它。可用开水焯过，用青灰揉，晒干存放。不过如今，人们似爱吃新鲜的了，清炒，或者凉拌，味道略酸。俗话说，生活如麻，酸甜苦辣。甜有番茄，苦有苦瓜，辣有辣椒，酸呢，就是马齿苋了。现在，"四美"相聚，不知它们可爱搓麻或者掼蛋。

·苦尽甘来

我是第二次写苦瓜。

第一次写苦瓜,我的感受是,苦瓜的苦恰如生命的状态,恰如人生苦短,无常、复杂。

这次,我想作点补充,苦瓜老时,外皮金黄,红籽红瓤,而且特别甜,也像生命的状态,就是苦尽甘来。

我年轻时不吃苦瓜,似乎那样便可以拒绝生活中的苦。中年以后,能吃一两筷子,现在呢,不仅爱吃,而且种植。苦瓜的苦是清苦,我从中品尝、体验禅意,并从中汲取身体与精神的营养。

苦瓜也是清明播种,与黄瓜、丝瓜、瓠子、葫芦、南瓜、冬瓜等是同学,而且同届同班。但是它与它们不同。南瓜、冬瓜藤长叶宽,像螃蟹似的横爬,如不加以限制,能把整个菜园占领;黄瓜、丝瓜、瓠子、葫芦要搭竹架,茎粗叶密,犹如绿瀑,花朵硕大,赛喇叭;苦瓜呢,藤细叶疏,花儿也小,偏安一隅,眉眼向下。它不张扬,亦无奢求,像过去年代里大户人家的妾。

今天我到菜园,给苦瓜浇肥浇水,无意中发现嫩绿之下吊着一截金黄,像一只受了惊吓的黄鼠狼。驻足凝视,原来是根漏摘的苦瓜。我把它摘下来,托在手掌上,软软耷耷,如同包饺子时揉成的长条状的面。轻轻掰开,瓜瓤和籽居然全是绯红颜色,比绸缎还滑溜,比玫瑰还艳丽。

猛然想起林清玄的散文《白玉盅》，他其实写到了苦瓜的红，可惜我以前没有在意。文中写道：

苦瓜俗称"锦荔枝""癞葡萄"，白玉苦瓜表现了形相的美，但是我觉得它还不能完全表现苦瓜的内容以及苦瓜的味觉。苦瓜切开也是美的，它的内部和种子是鲜红色，像是有生命流动的鲜血。有一次我把切开的苦瓜摆在白瓷的盘子里，红白相映，几乎是画笔所无法表达的。

妻子问我：苦瓜跟癞葡萄差不多，又称癞葡萄，可癞葡萄能吃，这老苦瓜能不能吃呢？

我不知道，但是我想，应该能吃吧。于是撕了一块尝尝：乖乖，还这么甜！那一粒粒籽上裹着瓤，也非常甜！便想到我小时候的经历，由于母亲早逝，苦头吃尽，然而今天，日子是越来越好了。又想到世上有些历经磨难的人，他们把人生的辛苦尝遍，把所有的挫折打败，继而进入人生的美妙境界。

晚上坐在席子上看《奇葩说》第四季，是四位导师与四届奇葩王的表演赛。反方四辩罗振宇总结陈词，他引用了加拿大诗人莱昂纳德·科恩的名言作为结束语："万物皆有裂痕，那是光进来的地方。"

罗振宇的意思是，没有十全十美的人生，人要学会接受自己的不完美；不要惧怕自己的不足，那是进步的开始。我想，假如把苦瓜的苦当作它人生的不足，那么，假以时日，经过磨砺，它最终会收获快乐的明天。

·诗和远方

我喜欢种菜，骑行，看电影。

韩国电影《诗》给我留下很深的印象。影片的主人公美子，年逾花甲，患有轻度老年痴呆症，除照顾上初中的孙子外，还在一户人家当钟点工。但她报名参加了诗歌学习班，并写出一生中唯一的一首诗："是告别的时候了……"

《诗》是一部探寻美的电影。用美子的话说，"爱诗就是去寻找美丽的东西"，而写诗，自然就是探索美的历程。电影的最后，当参与轮奸女同学并致其自杀的孙子被警察带走时，人性中最基本的善恶观念和对生命的尊重化成了诗，成为美子苦苦追寻的美好。

骑行延伸了我的脚步，拓展了我的视野。我借助自行车的两只轮子，走遍周边，环游巢湖，寻访徽州古道。又看骑行电影《转山》《破风》《轻音乐》《车轮滚滚》，神游西藏、台湾及海外，每每仿佛身临其境。

而在菜园，我也怀揣梦想，追求诗和远方。

近三年来，我种过许多蔬菜，写过许多蔬菜，有些写过不止一遍，但今天写的两种，是我没有种过但心仪已久的。它们是诗，也是远方。

先说秋葵。

我初次结识秋葵，是在吾乡的台创园。无论远看近看，它都像一株棉花：主茎直立，又生侧枝数条，木质；叶片心形，有巴掌大；花朵或黄或红，形似木铎，如同轻吟的《诗经》；果实立于主茎与杈枝夹角，像略略弯曲的羊角，像细长的尖辣椒，像春水春草颜色，外覆浅浅茸毛。

听朋友介绍，才知道它的俗名叫羊角豆，又叫洋辣椒，性喜温暖。原产地有两种说法，一是埃塞俄比亚附近以及亚洲热带；一是我国，《辞海》有记："黄蜀葵，一名秋葵，原产我国。"我不管它的祖籍，有用就好。

我也吃过，比如凉拌秋葵、清炒秋葵、秋葵汤，都有点黏；还在超市买过油炸秋葵，碧绿、松脆。听说也能生食，但没试过。

我一直想自己种，看它长高，看它开花，看它结出根根直立的果实；朋友也答应给我种子或者幼苗。但愿明年春天，我能实现这个美好愿景。

再说莲花姜。

去年国庆，我骑行到皖南，欣赏黄山美景，在屯溪老街吃毛豆腐、臭鳜鱼等，第一次吃到莲花姜。紫红色，像莲花，像生姜，像洋葱，像竹笋，有点辣，有点甜，就六块钱一斤。我从饭店老板那里买了两斤回来，用玻璃瓶腌着，吃了半个月。

就想到家住皖南的几位大学同学。当年相聚芜湖，同住四合院，在一起读书、闲聊，跟他们学吹口琴，学拉二胡，毕业之后各奔东西，接触渐少。到了皖南，吃莲花姜，想起远方，想起他们。我想种植莲花姜，也是为了种植友情和梦想。

偶然读到余秀华的诗《一颗玉米籽在奔跑》，非常喜欢：

快过一场秋风,快过一列火车

快过玉米棒子的追赶

不能阻隔于河流,和鱼的汛期

不能耽误于山坡,和一场红枫的事故

不能在一阵雁鸣里徘徊

是啊,这么小

世界多么大

要赶在天黑前跑到生命的另一头

要经过秋风的墓穴,经过雪,经过春天的疼

一刻不能停,一刻不能停

经过城市,经过霓虹和海水一样的失眠

经过古堡,和玫瑰的死亡

它时刻高举内心的雷霆,最朴素的一粒金黄

  这首诗歌传达出一种获得新生的喜悦之情。在我看来,诗人也像这颗玉米籽,在努力地奔跑。你看记述诗人生活的纪实电影《摇摇晃晃的人间》,也确实如此。我也是。

· 山药的蛋

今晚浇水，忽然看见山药蛋了。麻雀蛋大，巧克力色，一串串的，像桑树上的桑果，像枣树上的青枣，像少女发辫上的水晶，像佛教徒手上的佛珠。在我看来，它们是山药妈妈生下的蛋。

很长时间，我分不清山药、山药蛋，以为是一种东西。又因马铃薯俗称山药蛋，所以认为山药蛋就是马铃薯，以至每次讲到赵树理，讲到山药蛋派，心里想的都是马铃薯。

今年春节，我到乡下的老朋友家拜年。在他家里，我看到他种植的山药，像根枯竹，或圆或扁；又看到他留种的山药蛋，像鸡头果，说是长在藤蔓上的。我很虚心地请教种植方法，并带回一把山药蛋，出年以后，即在我的菜园种植。

先是育苗。这个简单，像种豆子似的种下，用塑料地膜蒙住即可。半个月之后，发芽了，茎细如针，看上去像豆芽菜。

接着挖宕子。我是挖了一条沟，有30厘米深，然后倒了几桶粪便，过几天，又倒几桶。等山药苗长到一拃高，将其移栽到沟里，在上面搭了竹架——就像豇豆架、黄瓜架，因为山药苗也有藤蔓。

之后时常浇水，时时察看，藤蔓越爬越高，叶片随风招展。我并没有看到花朵，却看到了小球形的果实。能吃吗？能吃。听朋友说，可以蒸熟，蘸白糖吃；还可油炸，外脆里面。据说，有的地区，冬天里有"山药蛋糖葫芦"卖,即把山药蛋煮熟裹上热热的糖稀,就像冰糖葫芦。

我对山药在地下的生长方式也很好奇。我见过一米长的山药。如果它们一直往下长,是不是太难了?所以,我想当然地认为,应该是横长,像竹鞭,像南瓜藤,像竹笛横吹。但是朋友告诉我,山药就是径直往下长,就像钻深井。因此种山药必须要深挖宕子,填入松土,等于优化它的生长环境。

由山药蛋,我想到高中语文课本中的两篇传统篇目中的名句。一是苏轼《石钟山记》中的:"事不目见耳闻,而臆断其有无,可乎?"二是王安石《游褒禅山记》中:"余于仆碑,又以悲夫古书之不存,后世之谬其传而莫能名者,何可胜道也哉!此所以学者不可以不深思而慎取之也。"

苏轼强调"目见耳闻",王安石重视"深思而慎取",对于今天的人们,依然具有启发意义。比如读书,须有思考,不可人云亦云,我读了东野圭吾《解忧杂货店》、李佩甫《生命册》,就感觉没有宣传的那么优秀;比如阅读微信,更要思考,个个言之凿凿,如果少了自己的判断,便会晕头转向。

对于事物的理解,对于观点的判断,还有一种直接的方法,就是实践。比如我通过种菜,知道了山药蛋不是山药,而是结在山药藤蔓子上的,知道了山芋也会开花,知道了世间真有黑芝麻(不是染黑的白芝麻),知道了芫荽的花朵会变颜色,知道了苦瓜老了表皮会变橙黄,而籽和瓤子变红,甜得要命。突然想到三十多年前的一句流行语:"实践是检测真理的唯一标准。"确实是句真理。

在《解忧杂货店》中，浪矢爷爷回复的最后一封咨询信中，有句话说："一切全在你自己，一切都是自由的，在你面前是无限的可能。"我想，如果你有疑惑，甚至迷茫，不妨种种菜，在实践中找找答案。

· 腐草为萤

今日大暑。晨跑半小时，汗流三四里。这是一年中最热的节气，连续几天，最高气温都是39℃，无风无雨。

太阳一出，即窝进书房读书。读完东野圭吾的长篇小说《解忧杂货店》，又读周华诚的散文小品《草木滋味》。

解忧杂货店的主人浪矢，先后为许多年轻人解除了烦忧。可惜他1980年代就去世了，否则我也要给他写封信，咨询如何消暑的问题。此店又因浪矢的去世，时间的钟摆戛然而止，时光永远停留在那个时刻。假如我们也有一间房屋，并且可以停在某个时刻，就像把小船停靠在某个码头，那么你将选择哪个时刻？

周华诚是我新近认识的朋友。他写果木、蔬菜，有些是我熟悉的，我感到亲切；有些我不熟悉，使我增长见识。在"秋葵四章"里，他写道，"三十岁的时候，我从一个小城市来到杭州工作"，"那一年，我学会了游泳"，"最近我在学画画"，他愿"像秋葵、芝麻、油菜和棉花一样（老了就炸开），保有对这个世界动情的能力"。

早早吃过晚饭以后，和妻子骑电动车到菜园去，看看我们的黄瓜、菜瓜、苦瓜、丝瓜、番茄、辣椒、茄子、豇豆、毛豆、韭菜、山药、芋头、人参菜、空心菜，还有草莓、青蒿、花生、田七——它们是菜园的现有居民，拥有居住权和用地权。我为它们浇水、浇肥、薅草、割草。在我心中，它们不仅是盘中食物，更是时时牵挂的朋友。

院子后面有口池塘，每次进园，我首先做的事，就是从里面拎水浇菜。我不知道拎了多少桶水，我把所有的菜都浇了一遍。我看到山药藤蔓上佛珠似的果实；看到头茬黄瓜叶败花落、二茬黄瓜爬藤开花；看到漏摘的苦瓜表皮泛黄，像香蕉似的分成几瓣，那些被红瓤包裹的籽正在降落；看到丝瓜像挂面似的抻长抻长、几近接地……

又为山药、丝瓜、新老黄瓜上肥。我不知道山药块根已经长到什么程度，我很好奇，我想它们需要肥力。周华诚在《甜夜录》中描绘父母"做米爆糖"（类似吾乡炆炒米糖）的情景时写道："为什么我们的生活变得缺少趣味？因为我们失去了那些门闩得紧紧的，悄无声息的，甜意充盈的，夜晚。"他的意思是人们少了好奇心，因而少了生活之乐。

至于薅草、割草，这是必需的。草不怕热，皮实、皮厚，趁机疯长，挤占蔬菜的生长空间，与蔬菜争夺养分。几年前，网上曾出现"长草"这个热词，意为购物的欲望如同野草蓬勃生长。例如："在网上看到一款包包，长草中……"又如："我下了班去逛街，看到好多喜欢的衣服，心里都快长出一公园的草了。"

在我柔软的内心，花儿总是弱的，经不起草的侵袭。所以，我的潜意识里，似有保护妇女儿童的意思。豆架底下、蔬菜中间的草只能动手薅，而田沟里的草太深太密，于是挥舞镰刀，把它们齐根割断，伤其元气。汗如雨下，不仅浃背，而且洇湿裤腰。一百年前，鲁迅写过《文学与出汗》，今天，我可以写篇《种菜与出汗》。在这暑日，出汗是最好的排毒方式，也是对身体最好的保护方法。

我国古书谓大暑有三候："一候腐草为萤，二候土润溽暑，三候大雨时行。"第一候是说，大暑时节，腐草将变身萤火虫，点亮夏日的夜空。我很佩服古人的探索精神和奇特的想象力。在今天看来，当然是错的，但是他们的诗意情怀值得点赞。第三候是说这个时候，时有暴风骤雨，如刘禹锡的名句："东边日出西边雨，道是无晴却有晴。"我渴望雨，但希望它们温柔一些。农谚说："伏里一天一暴，坐在家里收稻。"周华诚有三亩"父亲的水稻田"，他的体会更深。

· 蔬菜的尊严

近读周华诚先生《草木滋味·秋葵之三》，脑洞大开，继而汗颜：

> 秋葵呢，一种普通的菜蔬，吃法也最简单。但是现在秋葵似乎有些喧嚣了，说它是什么植物伟哥，什么男性荷尔蒙发动机。真是扯。
>
> 一个人吃青菜，吃萝卜，心术是端正的，甚至纯洁无比：他只是吃青菜，吃萝卜。
>
> 一个人吃秋葵，吃生蚝，吃羊肉，甚至吃韭菜，心术就不正了。好像在练气功，非要把那秋葵、生蚝、羊肉、韭菜的力量，汇聚到别的地方去。
>
> 我觉得这是对秋葵、生蚝、羊肉、韭菜的不敬。至少对秋葵们是不公平的。秋葵们何尝会要这样的假荣誉，它们都是有尊严的。我只是一个有黏液的秋葵。我只是一只滑溜溜的生蚝。我只是一块鲜美的羊肉。我只是一把适宜炒鸡蛋的韭菜。我就是我。

"它们都是有尊严的"一句入木三分，掷地有声，从中可窥华诚的大胸怀、大境界。之后看到他的博客，一直坚持到现在。他是一位能够坚守的人。我也开过博客，可是三年没打理了。惭愧。

不过，我对于阅读的热爱、对于蔬菜的热爱一如既往。我从小爱书，烧锅都捧本书，就着灶膛微弱而闪动的火光，穿越古今，神游万里。那清贫的生活因此变得有滋有味。而今，在提倡全民阅读的时候，"我读书少，你不要骗我"之说居然风行，实在堪忧。

业余种菜快到三年，比梭罗宅于瓦尔登湖的时间还长，除了上班，我的时间大都如同种子落在地里，与蔬菜一同发芽、长叶、攀藤、开花。我曾写过《蔬菜的性格》等篇，也曾在别的文章里提到蔬菜的品质。我发现，正如华诚所说，蔬菜确实是有尊严的。

就说眼下吧。白天的最高气温高达39℃，人窝在室内都汗流浃背，开了风扇还热得喘气，空调二十四小时不停机。

可是，你看茄子，被割了老茇子的根桩上，竟然发出了新叶；你看二茬黄瓜，苗绿花黄，像小号手，吹响动人的旋律；你看毛豆，叶片的边缘渐卷，有些像被烤焦，可是照样护着豆荚成长。

你再看辣椒、苦瓜、山药、韭菜，虽然地干得冒烟，硬得如同钢板，但是它们并不气馁，以弱弱的身体与高温抗衡。它们没有哀矜，没有傍富，没有自暴自弃，没有四处认爹。它们足可担当被物质的枪炮打得千疮百孔、被流行段子颠覆"三观"的现代人的心灵老师。

有些"网络写手"似乎正走在返祖的路上，一直返到茹毛饮血的年代，社会性征日渐减退，动物性征日趋明显。打开电脑，经常跳出色情画面，兼有污言秽语；搜查蔬菜的功用，也硬往补肾壮阳上面靠，吃菜不像吃菜，像是服药。

再看这个句子："无论早晚，花儿依旧会开，叶子终究会绿，人也注定会老去。——自然法则谁也逃避不了。能看到不败的花那是枯木，看到不败的叶那是标本，看到青春的人那只是时光留在照片上的那一瞬……"似是而非，使人沉沦。

还有这个句子："河流不走直路而走弯路，最根本的原因就是，走弯路是自然界的一种常态，而走直路是一种非常态，因为河流在前进的过程中，会遇到各种各样的障碍，有些障碍是无法逾越的……"这种有毒鸡汤，把挫折放大，把个人遭遇推至普遍，使人屈服命运，以至玩世不恭。

最近看"奇葩说"节目，有位女辩手自爆其在亲友群里发"有人想睡我吗，不睡我退群啦"表情包的猛料，而且沾沾自喜，真是自降人格，醉生梦死。她如果看到蔬菜，识得蔬菜的尊严，会不会惭愧？

· 种菜与出汗

早上沿河跑步。堤外，是大片的菜地，支着弓形钢管，张着沥青纱网。一对六十左右的夫妻，女的在拔小青菜，用剪子剪去菜根，放入塑料框里，一会儿拿到菜场去卖；男的在收塑料水管。

他们的地里，刚栽了芹菜、生菜，还有包菜、冬瓜。他们说，凌晨三点起床浇水，那时地不烫水也不烫，上午九点多钟，要把蔬菜遮盖起来，以防炙烤。他们满脸是汗，衣服全湿，脖子上挂着湿毛巾……

李绅说："锄禾日当午，汗滴禾下土。"其实，大暑时节，哪怕是早上，只要劳作，汗即如雨；如是中午，怕要热倒。以前，村里就出过有人因给水稻或者棉花打虫而倒在田里的事故。

整个夏天，我晨到菜地薅草，晚入园里浇菜，每次都是"汗水湿透衣背"。现在，我坐在电脑前写稿，电风扇呼呼地吹，浑身也是汗津津的。

九十年前，1927年，鲁迅写过《文学与出汗》，以"小姐出的是香汗""工人出的是臭汗"为喻，谈文学创作的人性与阶级性问题。就我而言，更愿意写工人的臭汗，因为他们的出汗于人有益。比如清洁工人、建筑工人，以及交通警察、防汛抗旱的农民、送快递的小伙子，在"光天化日"之下劳作，热汗淋漓，值得书写。

想起少时暑假，参加生产队里的劳动，坐秧马拔秧、插秧，用乌斗推稻、薅稻（就是拔除夹在禾苗里的稗草），割稻，挑稻把子，打稻（有时用脱粒机打，有时用庠桶掼），晒稻，晒稻草。——那时没有除草剂，没有收割机，所有环节都需要双手的参与。每天早出晚归，地上烫脚，水是烫的，稻田里热气蒸腾，黑衣服上结着厚厚的盐霜。如今想来，那样的生活令人回味。

如今人们的生活环境、学习环境、工作环境大为改善，我们学校有些教室装了风扇、空调、监控、多媒体。可是年轻人怎么样呢？七点早读，有的人还没吃早饭；八点甚至九点考试，还有人迟到。

近日，人民日报、共青团中央等微信公众号刊发文章《沉睡中的大学生：你不失业，天理难容！》。文章列举了种种现象，如上课睡觉、玩手机；考试时不给范围就不会考试，给了范围也只是复印同学准备的答案；专业课学技术不肯动手，学理论不肯动脑，修完了《计算机基础》，连个PPT都做不好；学计算机，热衷的只是游戏，讲大道理的时候口若悬河，实际动手能力为零……

不久前，看过马云的一个演讲。他讲的是电商问题，讲到电商从业人员的艰辛。他说其实每个人都不容易。这我赞同。没有付出就不应该有收获，轻松挣钱谈何容易？坐享其成堪称羞耻。

说到底，种菜也好，做其他工作也好，出汗是必须的。我写这篇《种菜与出汗》，无非是提倡务实、勤劳、敏于行的精神，反对夸夸其谈、游手好闲而已。

· 洋葱与西红柿

这是一年中最热的几天。大暑,热浪袭人,沥青粘脚。老舍在《骆驼祥子》中写过炎热的夏天,说店铺门口铁幌子似要晒化。如果现在也有铁幌子,肯定会被化成铁水,往下滴落。渴望轻风,吹皱水面,穿过柳枝,扑上脸颊。但是,梦想成不了真,只得窝在家里读书。

读书也好。我读的是美籍阿富汗裔作家卡勒德·胡赛尼的小说《追风筝的人》。小说讲述阿富汗两个少年阿米尔和哈桑之间关于友谊、亲情、背叛、救赎的故事,表达了对战争的控诉,对阿富汗种族问题和宗教问题也有深刻反映,是部优秀作品。

在这部作品中,第 N 次邂逅蔬菜:

> 爸爸和阿里在东边的围墙下辟了个小菜园,种着西红柿、薄荷和胡椒,还有一排从未结实的玉米。
>
> ……
>
> 妇女在厨房做饭,我闻到炒洋葱的味道,听到高压锅扑哧扑哧的声音,还有音乐声和笑声。

在苏联入侵阿富汗之前,在塔利班执政之前,阿富汗是宁静的,百姓生活还算安逸。小菜园恰如生活的乐园,而洋葱的味道正是幸福的味道。可是之后，战事连连，城市面目全非，生灵涂炭，随时可能丢掉性命。

掩卷沉思，能有一块菜地侍候，能够从容地谈论美食，真是一件幸运的事，也是遇到了美好时代。这几年，我到过平津关，到过嘉兴南湖，到过北京卢沟桥，步履所及，每每触景生情。听我舅舅说，他原籍北京，我外公在铁路局上班。日军侵入后，我外婆病逝，外公用箩筐挑着我母亲和舅舅跑反，沿铁路南下投靠亲友。舅舅至今还说一口京腔，似有"胡马依北风，越鸟巢南枝"之意。

我想，那时的外公外婆或许也想种畦蔬菜，过安稳的日子，可是哪能如愿？我那时十几岁，按照母亲吩咐，胡乱地栽些辣椒、茄子，点些豆子，地乱得不成样子。家里天天炒茄子、蒸辣椒，没有油水，弟妹们都不肯吃。

又读比利时作家莫里斯·梅特林克的六幕梦幻剧《青鸟》。剧本通过蒂蒂尔、米蒂尔兄妹俩寻找青鸟的故事，反映了作者对底层百姓的同情和对未来生活的乐观憧憬。奇妙的是，剧中各种有形和无形的物质，即各种动植物、各种思想情感、各种社会现象，甚至抽象的概念和未来的事物都被拟人化了。比如"光明"，身穿月白长裙，高束腰，双臂袒露；比如"时间"，穿着黑大氅，白花花的大胡子，手持镰刀和沙漏；比如"火"，穿红色紧身大氅，头戴火焰状羽冠；比如"水"，身穿海蓝色长袍，像水波荡漾的轻纱，头插鲜花、水草或芦苇；群兽穿着民间服装，树木穿着深浅不同的绿色长袍，但从树叶可以看出属类。

读完《青鸟》之后，再走进菜园，感觉蔬菜们皆变身为人，菜园成为世外桃源。不论叶菜、茎菜，还是果菜、根菜，它们发芽、长叶、开花、结果，恰如人的一生：长大，变老。你看油麦菜的叶子，就像人的耳朵；看黄瓜、丝瓜、苦瓜、豇豆的藤蔓，就像女子的长发；看苋菜的叶片，就像胭脂；至于各种各样的花朵，如同笑靥。还有性情、品德，人有千种分别，蔬菜就有万般特色。事实上，我也给蔬菜起过人的名字，比如我叫红萝卜"小红"，叫白萝卜"小白"，叫洋葱"洋洋"，叫西红柿"西西"。傍晚浇水时，我摘了两个"西西"吃，又酸又甜。

今天读到一联："精神到处文章老，学问深时意气平。"清代石韫玉所撰，九十余岁的林筱之所书。意思是，思想成熟，文章自然深沉老到；学问深厚，气质自然优雅平和。但我感觉写的就是蔬菜。蔬菜也是有精神有学问的，值得用一生来品味。

·菱叶菜

钓鱼的时候,看到漂浮的菱叶,便想,也是一道蔬菜。

而且是陪伴我们成长的一道蔬菜。

菱叶就是菱的叶子。

菱有野菱与家菱之分。野菱多生长在河道,靠近岸边,茎细叶小,早春发叶,可上大酒店的台面;但是菱角小而多刺,像昂刺鱼,香倒是香,不好下嘴。家菱是栽在水里的,之后发展成片,就像水稻,栽一棵苗,能分蘖成一丛;茎粗,叶大,菱角也大,两角或四个角,好掰又好咬。

如果打个比方,野菱就像小姐,细臂细腿,细心敏感,偶尔任性,或生闷气,就如《红楼梦》里的林黛玉;家菱犹如村妇,粗臂粗腿,磨盘屁股,高声大气,行走如风,像史湘云。"深处种菱浅种稻,不深不浅种荷花。"种菱要知水的深浅,遇人也要观察、了解。

我从小就打菱叶菜吃。菱叶菜吃的是茎,土话叫"菱豇泡子"。把叶子摘尽,反复搓洗,放开水里焯,去掉涩味,多放菜油,加蒜米、红辣椒炒食,味道挺好。也可腌渍,或生吃、蒸吃皆可,可以吃到来年春天。1974年中秋节前,母亲摘了一筐菱角,打了很多菱叶,点盏油灯,摘到夜里,准备次日腌渍。没有想到,在驻马河口送我和弟弟坐船去南京时,母亲骤然落水,竟成永诀。

嫩菱角剥去壳，烧肉，是一道好菜。

少年时代，我也受过菱的累。那时每年暑假都养小鸭。鸭子喜欢漂在水里，不肯上岸，我只得下水驱赶。可它们聪明，往菱中间游，我怕被菱缠住，丢掉小命，不敢追了，只好干等。有时意气用事，用土块往它们后头扔，想赶它们上岸，却不巧砸在某只小鸭头上，小鸭当场毙命，我也难过。夏天放一竿鸭子，指望它们长大卖钱，把鸭子都放光了，总不是好事。

吃菱叶菜，可能是水乡的旧俗，古代就有。

南北朝时，徐勉写有《采菱曲》：

相携及嘉月，采菱度北渚。
微风吹棹歌，日暮相容与。
采采不能归，望望方延伫。
倘逢遗佩人，预以心相许。

徐勉是南朝梁代政治家，居官清廉，不营产业，勤于政事。好人！
白居易写过一首《采莲曲》，里面提到菱叶：

菱叶萦波荷飐风，荷花深处小船通。
逢郎欲语低头笑，碧玉搔头落水中。

两首诗都与爱情有关，是劳动中的爱情，语言清新明快，非现在某些网络俗语所能比肩。情感也美，不是无病呻吟，无关肉的交欢。

写菱写得好的，现代有孙犁的《荷花淀》：

> 几个女人羞红着脸告辞出来，摇开靠在岸边上的小船。
> ……
> 她们轻轻划着船，船两边的水哗，哗，哗。顺手从水里捞上一颗菱角来，菱角还很嫩很小，乳白色。顺手又丢到水里去。那颗菱角就又安安稳稳浮在水面上生长去了。

画面很美，表现出的安逸生活也美。那些菱叶，原先长在语文课本里，我每次读到都很开心，仿佛回到过去的时光；新教材中却没了。

菱的一生，就是母亲的一生。

母亲就是一颗菱、一片菱。但我说不清是野菱还是家菱，或许兼而有之。

·南瓜花

园子里,南瓜藤满地跑,像蟒蛇嗖嗖游动,那些卷须如蛇信子,咝咝地响;金黄的花朵像燃烧的火炬,高高举起,像老式留声机的喇叭,婉转悠扬。

或许是由于种子问题,或是由于下了太多底肥,或是由于园墙遮挡无风,或是由于今夏高温无雨,南瓜藤子虽把园子西边四分之一的地域占领了,却没有瓜——结了瓜纽就落,结了瓜纽就落;但是藤尖和花长势旺盛,像印度电影《摔跤吧!爸爸》里的姐妹运动员。

对南瓜花,有解释说:

南瓜花,杏黄色,雌雄同株,单生。雄花花冠裂片大,先端长而尖;雌花花萼裂片叶状;柱头三枚,膨大,两裂。花柄长约30厘米。花托绿色,五角钟形。

但我辨不清雌雄。又有解释：

> 亦蔬亦药。可以清利湿热、消肿散瘀、抗癌防癌，对于治疗黄疸、痢疾、咳嗽、痈疽及结膜炎、乳腺炎等诸多炎症有辅助作用，且能有效地提高智商。

这可能是夸大其词。但我知道南瓜花可食，煎、炒、炸、蒸、氽汤皆可，可以清炒、炒鸡蛋、炒青椒、凉拌、裹面粉炸、做南瓜花饼等，不一而足。

今年估计收不到南瓜了。掐些瓜蔓尖子炒炒，摘些花朵吃吃，也算特色菜肴。前者，先要放开水里焯，再配红辣椒炒；后者，就是把南瓜花放在稀面粉里醮醮，放入油锅煎炸，等到金黄，直接装盘。所谓"失之东隅，收之桑榆"，朋友小聚，对这两道菜啧啧称赞，谓之减肥、降糖、养生，属于开发出的新品。

其实这两种吃法并非我原创，而是跟母亲学的。她四十多年前便做过。

如果游走网络，问问度娘，南瓜花就不单单是花，还是故事、生活、社会、时代。

比如谷怀写过青春小说《南瓜花》，以赵永锁与小兰、吕爱武、杨春梅三个女性之间的情感纠葛为主线，展现里下河水乡的旖旎风光、风土人情。

再如以色列作家马蒂·弗里德曼写过《南瓜花》，主要讲述一群年轻人的故事。他们守卫着一处篮球场大小的名为"南瓜山"的阵地，为此付出了生命的代价。

我的朋友老魏（魏振强），几年前写过散文《南瓜》，把南瓜的生长习性、南瓜似的人物，以及南瓜的种种吃法写得活色生香，把其农村生活经验、对乡间的热爱之情以及受到的深刻影响淋漓尽致地展示出来。他特别写到清秀的嫩南瓜和磨盘似的老南瓜，笔力轻盈而又饱含深情，好像它们是他的太太和故旧。但他没写南瓜花，留点空隙给我涂鸦。

吃南瓜花时，我胡思乱想：是不是花朵都可以食用呢？

就我的观察，每种蔬菜都会开花，就是毛豆，也有碎红的花。而多数花儿，又大又艳，比如黄瓜的花、茼蒿的花、葫芦的花、芫荽的花，是不是皆能食用呢？园中树木也都开花，如桂花树、含笑树。

但我只知道南瓜花、韭菜花、桂花、菊花脑花可以食用或作茶饮，刺槐花可以炒鸡蛋，新疆雪菊可降"三高"。我是凭的经验，此外不敢尝试。乐天知命，安稳守拙，并无创新的魄力。

老魏还写过一篇短文叫《一朵花的重量》，是个故事：

> 1925年，主持发掘埃及图坦卡蒙陵的霍德华·卡特打开国王的金棺，他惊讶地发现，那具年仅十八岁的国王木乃伊的前额上放着一个小小的花环，那是年轻的王后送给亡夫的。

他接着议论："一朵花的重量，其实正是一颗心的重量。"而在我的潜意识里，母亲炸的南瓜花，是贫穷日子里的花朵，美丽了孩子们的生活；是黑暗生活里的灯盏，点亮孩子们的天空；也是心的重量，而且很重，很重。

· 一路歌唱

今天下了两阵雨。上午11点一阵，下午3点一阵，跟着微风来了，云儿飘动叶儿摇，最高气温降到35℃。蔬菜们神情大变，丝瓜的花儿更艳，空心菜叶子更绿。蜻蜓漫天飞舞，就像阅兵式上的飞行表演。

如果你经常买菜，你会发现这个时节蔬菜品种不多，也就青菜、苋菜、豇豆、菜瓜、黄瓜、冬瓜、油麦菜、娃娃菜几样。气温太高，很多菜都长不起来，青菜、苋菜能活下来实属不易，需要凌晨浇水、白天遮盖，耗费很多辛苦。

盛夏是蔬菜的荒季。蔬菜娇嫩，如同妙龄的女子，不怕寒冷，最怕酷暑。我自己园子里，没青菜、苋菜、茼蒿、生菜了，走到别人家的露天菜园，移步观察，也很荒芜。

最皮实的，还是丝瓜。我散步，或钓鱼，或骑行，见到最多的就是丝瓜。藤蔓伸展，叶片嫩绿或者老绿，花朵繁密，像撒米后从水底升起的鱼泡，咕嘟咕嘟，或顺瓜架攀缘，或沿着横伸的树枝、横拉的绳子游走，一路歌唱。偶有蓝色的牵牛花一路相陪，时有缠绵，感觉就是情歌对唱。

沧海横流，方显英雄本色。丝瓜就是菜地的英雄。

丝瓜纤细，垂挂下来，好像是要亲吻土地。它的表皮粗糙，似一辈子侍弄土地的老汉。我在乡下教书的时候，在平房东面开出几分地，零零碎碎地种过几年蔬菜。菜园边上，有株白杨树。春天里，在树下丢一把籽，一场雨后，便发出几株芽。青绿颜色，微微打皱，淘气的马蜂歇在上面时，晃晃悠悠的。过些时日，不经意间发现，丝瓜的苗以细细的触须囚住树干，攀缘而上，爬满树枝。——那时树叶只有几片，丝瓜的苗得到充分的阳光，又有充足的底肥，像我的孩子，见风长。

我在白杨树和平房之间拉了两道铁丝，过不多久，也被爬满，远远看去，如绿色的帐篷。夏初，丝瓜叶子大了，在微风中曼舞，花也开了，在阳光下歌唱。晴好的日子，蜜蜂整日嗡嗡；轻雨的天气，叶子吧嗒吧嗒响。不论阴晴云雨，都有一番动人景象。

丝瓜可吃的时间很长，可以一直吃到秋天，甚至初冬。到了末期，你看到丝瓜的叶子满是虫眼，丝瓜的藤子几近枯死，以为它不行了；可是，你再浇点淘米水，再浇点尿，它照样开花，照样结丝瓜。霜都很重了，满地的白，丝瓜依然青绿。我在丝瓜藤下，照过数张照片，时过境迁，每次翻看，总是支颐遐思，重回往日的好时光里。

丝瓜长得也长。给它一周时间，能长到一米多，就像木心写的《从前慢》："从前的日色变得慢／车，马，邮件都慢／一生只够爱一个人 从前的锁也好看／钥匙精美有样子／你锁了人家就懂了。"慢，也是一种哲学。而很多菜，生长迅速，花开得快，果实结得快，十天半月就没有了，像下枯了蛋的母鸡，又像挣得快花得也快的"月光族"。

丝瓜经历春夏，眼看入秋，跑藤开花，一路歌唱。丝瓜也是有故事的。如果丝瓜可以说话，把所见所闻说给大家听听，应该也有路过的人、难忘的事，也有微笑、哭泣、拥抱和分离。现在，我们时常谈论"世界"，其实世界有时就在丝瓜上，明白了丝瓜便明白了世界。

·割草

二茬黄瓜已经结了,短小,粗细不均,顶上枯萎的花将落未落。我摘两根,用水洗净,抹去毛刺,咔嚓咔嚓嚼着,满嘴清气。

山药蛋(山药藤蔓结出的果实)渐渐长大,有的由圆形长成腰果形。我拍了两张图片,发到朋友圈,很多朋友说是初次见到,大长见识。林红告诉我说,山药原名薯蓣,唐代李豫做皇帝后,为了避讳,改名薯药;到了宋代,赵曙做了皇帝,又要避讳,改名山药,结果完全抹去了特征。做个山药也不容易。

韭菜地里,马齿苋稠密,三棱草更密,且长成韭菜的模样,跟韭菜挤在一起,冒充发友或者闺密。

人参菜割了两次,即把花茎割去,便于发权长叶。昨天难得的雨,像是给它们喂了营养奶,叶片齐整、翠绿、厚实。炒吃、氽汤都行,味道像猫耳菜,估计它们是近亲。

苦瓜挂果期长,现在还有,挂在嫩绿的藤蔓之下,像一只只橄榄似的棒球。也像音符,哆来咪发唆拉西,风吹麦浪啦啦啦。有只老的,像只香蕉,瓜梢裂开了,露出软软的红色。吃苦瓜时,我时常想起关于人生的哲学问题。

辣椒长势极好,结了很多,像老母猪饱胀的奶头。上次割过的茄子,老茇子根上已长出丛丛新叶,估计秋天有茄子可吃。毛豆、花生都很茂盛。丝瓜还在结，似生二孩三孩。芋头像滴水观音，叶面老绿，叶尖滴水，吧嗒吧嗒。番茄的生命已进入尾声，剩几枚果实，惨淡的红，了无生气——番茄的2017已经过完。苋菜已老，像小灌木，叶子老红，像人生的秋天。

这就是眼下的菜地。我像《欧也妮·葛朗台》中的老葛朗台，他每晚把他的金子摆出来观赏，把眼睛染成金黄颜色；我呢，早晚身处菜地，以蔬菜为伴侣，"幸福着它们的幸福，忧伤着它们的忧伤"，与朋友聊起蔬菜时，如数家珍。我的眼睛恐怕是绿的，就像炒股大师希望看到的大盘。

现在，我要做的事情，依次说来有三件：割草，挖地，秋种。农谚说，"七十二行，庄稼为上"，"笑脸求人，不如黑脸求土"，"春争日，夏争时，误了季节后悔迟"，"头伏芝麻二伏豆，三伏还可种绿豆"，我都牢记于心。我热爱蔬菜和土地，且常怀着感恩的心。

干了个把月，持续高温，蔬菜生长艰难，杂草乐不可支。不仅菜畦有草，沟里也是，把沟填得严实，使原先条块分明的菜畦，连成了片，像绿色草场，就差一群羊、几头牛来啃食了。这简直是对蔬菜的迫害，对菜地主人的蔑视！打狗要看主人，怎么能欺侮我的蔬菜？

我弯下腰，左手搂草，右手挥镰，一条沟一条沟地割。之后又用锄头挨着锄了一遍。都是禾本科的草，诸如狗牙草、蟋蟀草、棒头草、无芒稗、狗尾草、看麦娘、千金子、两耳草、升马唐，等等，茎长得高，根扎得深，而且草籽就要成熟了。我的汗水湿到了腰，眼睛给汗水腌得生疼，但在我的脚下，杂草颓唐倒下，根茎缩进泥土，再不敢昂首挺胸，耀武扬威。

杂草倒下，菜畦就露出来了，像落潮后的沙滩，像九成宫的方格，韭菜是韭菜，辣椒是辣椒，豆子是豆子，苦瓜是苦瓜。菜地像篇散文，段落之间，如此清晰。我抓握镰刀，像解牛的庖丁，"为之四顾，为之踌躇满志"；我检阅菜地的方阵，犹如大将，指挥若定。

想起两副对联，一是康熙赐给重臣张英的：

白鸟忘机，看天外云卷云舒；
青山不老，任庭前花落花开。

再是张英告归筑"双溪草堂"自撰联：

富贵贫贱总难称意，知足即为称意；
山水花竹无恒主人，得闲便是主人。

又感觉自己就是张英。

第三辑：

秋

自古咏秋佳句甚多。如杜甫《登高》「万里悲秋常作客,百年多病独登台」,又如刘禹锡《秋词》「自古逢秋悲寂寥,我言秋日胜春朝」。我喜欢后者。秋天,在菜园里,既有丰收的喜悦,又有新生命诞生的欢愉。菜园这部字典,不收「悲」这个字。

· 秋日款款

今日立秋。

立秋意味着秋天时令开始。但这只是历书上的秋天,并不是气象学上的秋天。就像我们在等候一个人,窈窕淑女,或者青青子衿,踮起脚尖在等,终于远远地看见人影,就说"到了到了",其实还有一段距离,还要等待一些时间。

试读南宋刘翰《立秋》:

乳鸦啼散玉屏空,一枕新凉一扇风。
睡起秋声无觅处,满阶梧叶月明中。

作者写的当是历书上的秋天,但用的是文学语言,更多的是想象。八十年前,郁达夫写过散文《立秋之夜》,开头写道:

黝黑的天空里,明星如棋子似的散布在那里。比较狂猛的大风,在高处呜呜地响。马路上行人不多,但也不断。汽车过处,或天风落下来,阿斯法儿脱的路上,时时转起一阵黄沙。是穿着单衣觉得不热的时候。马路两旁永夜不熄的电灯,比前半夜减了光辉,各家店门已关上了。

写作时间为"八月八日"。我感觉这是心理上的立秋,而非历书上的立秋。因为写下这些文字时,这"穿长衫的"和"穿洋衫的"两个人都在失意状态中,所以他们眼里的立秋颇为凄凉。

气候学上的秋天,是指连续五天的平均温度在22℃以下。以此为标准看,黑龙江和新疆北部地区入秋最早,约在8月中旬;秦岭淮河一线,约在9月中旬;长江南岸各省,约在10月初;至于"天涯海角",将至新年元旦。

所以,秋天是慢慢走来的,那穿旗袍的淑女,那穿长衫的君子,优雅、斯文,由北向南,边走边看。古代分立秋为三候,曰"初候凉风至,二候白露降,三候寒蝉鸣",但不是从今天算起。风还是热的,哪里有白雾?蝉嘶如织,扯不断理还乱,没有丝毫寒意。

立秋日习俗很多,最实在的恐怕就是"啃秋"。城里人简单,买个西瓜回家,全家围着啃;而农人,在瓜棚里,在树荫下,三五成群,席地而坐,抱着红瓤西瓜啃,抱着绿瓤香瓜啃,抱着白生生的山芋啃,抱着金黄黄的玉米棒子啃。啃完之后,看看棉花看看稻,收获的季节到了。

这个时候,菜园还不能安种。要做的事情是管理好辣椒、茄子、毛豆、秋黄瓜、米豇豆、空心菜,时时浇水,偶尔追肥——有的人家种有芹菜、大白菜,除了浇水、追肥,还要遮阴。另外就是继续除草,俗话说,"立秋三天,寸草结籽","立秋十八天,寸草皆结顶",此时除草效果最好。

再等两场透雨,就可以挖地、浇农家肥,做好收秋萝卜、小白菜的准备工作了。再之后,雨水渐多,日见凉爽,可以种植生菜、菠菜、芫荽、茼蒿，栽植洋葱、圆白菜等，每个种菜人皆可施展拳脚，各显神通。

想起高晓松写过的歌曲《立秋》，前几句是：

> 你坐在椅子上看着窗外流过的光
> 你伸出双手摸着纸上写下的希望
> 你说花开了又落像是一扇窗
> 可是窗开了又关像爱的模样。

听不懂。感觉就是惆怅。我想，与其"蓝瘦香菇"，不如薅草翻地；与其到"摆渡人酒吧"买醉，不如安心种菜：累弯了腰，出一身汗，睡觉踏实，梦都不来。

·一帘幽梦

去年秋天,在台创园参观时,看到满架的锦屏藤,数百乃至上千条红色或红褐色的气根垂挂下来,几近于地,如同精致的珠帘,而帘后,似有美人端坐,浅笑或者蹙眉。主办者名之曰"一帘幽梦"。最近,暑热未消,又看到丝瓜垂地,纤细优雅,黄花点缀,颇似"青帘"(由"草色入帘青"想到),也谓之"一帘幽梦"。

因为有同名电影、同名电视剧、同名影视歌曲,所以这个题目,似乎隐喻文艺,隐喻爱情,当中隐藏着极有趣味的故事。

今年8月8日,向成都去。在列车上,读到毕淑敏的散文《节令是一种命令》。作者借种菜老人之口说道:

> 记着,永远吃正当节令的菜。萝卜下来就吃萝卜,白菜下来就吃白菜。节令节令,节气就是令啊!人不能心贪,你用了种种的计策,在冬天里,抢先吃了只有夏天才长的菜,夏天到了,怎么办呢?再吃冬天的菜吗?颠了个儿,你费尽心机,不是整个瞎忙活吗?

如今,有些菜农喜欢种植反季节蔬菜,以追求利益的最大化;而吃菜的人图个新鲜,也不愿意经常吃某几样时令蔬菜。作者看似强调种菜吃菜都要追随节令，其实她的根本用意，是提醒人们行事不要违背事物以及自然运行的规律。

我看过一道仿写练习题，原句是："父亲的菜园就像一块碧绿的翡翠，嵌在荒凉的山坡上。"我给的答案是："我的菜园像一口绿潭，安顿在城市的山地。"我不用大棚，不施植物生长剂，我的蔬菜绿色安全，像孩子自然地成长，且出落得动人美丽。

阿来在散文《大金川上看梨花》中写道：

> ……我看梨花，就成了"我看"梨花，而真正重要的是我看"梨花"。前一种仅仅是一种姿态；后一种，才能真正呈现出书写的对象。今天，游记体散文面临一个危机，那就是只看见姿态，却不见对象的呈现。

此次成都之行，本来是想游九寨沟的。可是当晚，9点19分，一场七级地震，损毁了九寨沟的美，使我滞留成都。我参观杜甫草堂、浣花溪公园、宽窄巷子、锦里小吃街、武侯祠，还参观菜场。

吃饭时，我点了一道冒菜，里面有番茄、木耳、西兰花；在菜场，看到了黄瓜、茄子、番茄、芹菜、丝瓜等。这些都是家乡常见的蔬菜，随我出行，或者说，我已回到我的菜园。据说成都有四个蔬菜基地，我都想去看看，可惜一处也没有看成。由东向西，穿过半个中国到成都来看原汁原味的蔬菜，别人不能理解。

在返程的列车上，见到绿色山峰、黄色河流，还有玉米、黄豆、花生、水稻，以及黄花如云、丝瓜垂帘，耳畔响起电视剧主题歌：

我有一帘幽梦，不知与谁能共。
　　多少秘密在其中，欲诉无人能懂。
　　窗外更深露重，今夜落花成冢。
　　春来春去俱无踪，徒留一帘幽梦。
　　谁能解我情衷？谁将柔情深种？
　　若能相知又相逢，共此一帘幽梦。

　　这几句歌词似是倾诉爱情，但是完全可以用来形容我与蔬菜的关系。"知我者谓我心忧，不知我者谓我何求。"说得极端一点，生活中，可以没有爱情，然而不能没有蔬菜。蔬菜与爱情，两相比较，蔬菜还是第一位的。

·时光的记忆

太阳每天都是新的。菜园每天也是新的。

立秋,在台风与反弹的溽热中,走过十天的路;再走五天,就是处暑。一年就像一条公交线路,二十四个节气就像若干站台,时光的公交车呼啸而来,呼啸而过。

我外出三天,在家两天,今天走进菜地,满目惨淡。那些被杂草盖帽的黄豆、花生,像无人照顾的孩子,满脸灰尘,一身污垢,破衣烂衫,拖鞋跋袜。它们举起小手朝我摇摆:救我!救我!

豆架全部倒伏在地。豆蔓缠绕竹竿,像条蟒蛇。笔细的豆荚,像可怜的小猫小狗,蜷缩在杂乱的草堆里。我把豆架扶起,把绳结解开,把豆蔓割落,把豆荚送给房东——这是今年最后的豇豆。

之后挖地。挖地之前要割草,否则挖不下去。才过几天时间,草齐膝盖,且极茂密,似乎全世界的草全部逃难至此。

有朋友说:打点除草剂吧!

我说:不行!一点都不能打!

我不知道除草剂到底有多毒,我只知道,杂草的生命力极强,它们根系发达,其蔓延的广度,其下潜的深度,远远超出人们的想象。尤其是禾本科草,如牛筋草、棒头草之类,像铁耙死死钉进土里,很难拽断,割断会发,锄断也发,就是打不死的小强。但是,它们一旦遭遇除草剂，便会悉数毙命，断子绝孙。俗话说，城门失火，殃及池鱼。那被毒害的土地，会有怎样的命运，可想而知。

所以，我宁可薅草、锄草、割草，宁可手指染绿、手掌结茧、挥汗如雨，也不做急功近利、一劳永逸的事，不做糟蹋土地、戕害身心的事！

挖地的时候，我看到一群蚂蚁。它们翻越土块的山岭，跳入低洼的山谷，抑或探入幽深的山洞，甚至钻进泥土之下，怡然自乐。它们把这里当作生命的乐园。我的心跟随它们腾挪跳跃，低吟浅唱，泛起湿漉漉的诗意。

整个夏天，如果要我推选"战高温、抗酷暑"冠军，我觉得非空心菜莫属。它们浑身碧绿，两耳翘起，如同风笛，清脆婉转。韭菜可算亚军。它们似跟马齿苋比赛，像打篮球赛，友善地阻拦、避让、冲撞、奔跑，比分交错上升。季军呢，黄瓜、苦瓜、菜瓜、丝瓜、山药、辣椒、番茄、黄豆等，都够资格。就颁给山药吧。但看山药蛋，越长越大，也不再圆，像花生果，皮上生出细芽，像青年人脸上的粉刺。这是青春的力量啊！

还有人参菜。密密麻麻，插不进笔，又抽出若干的细茎，茎上爬满星星点点的红色花朵。入夏以来，已经割过三次，这次舍不得割了，留着看风景。

妻在以前种番茄的空地上，种了水果黄瓜——就是那种10厘米长、粗细均匀的袖珍黄瓜，说等发芽以后移栽；苦瓜底下，落了几颗种子，如果发出瓜秧，也可移栽；半个月前割过的茄子茇子，早已发出新叶，再过几天，就要开花、结果。等两天，让刚挖的地晒晒，将要播种萝卜、青菜。时光在菜园里边走边唱,我能感受到新生命的清新气息。

我出门几天,是到杜甫草堂去了。读到诗人《酬高使君相赠》中"故人供禄米,邻舍与园蔬"两句,恍若走进他的生活,亲近许多。

·处暑不"惊"

今日处暑。暑气未消,阳光灼目,白天电风扇呼呼转,晚上睡觉得开空调。不过,毕竟入秋,所以不再惊心,该割的草必须割,该挖的地必须挖,该种的菜也必须种了。

早上,就种了萝卜、芹菜、小白菜、上海青。萝卜又有两种:白萝卜、红萝卜。没有横幅,没有剪彩,没有领导发言,然而,菜园秋播的集结号,已然吹响。

我用锄头把地捣平,就像整理种子的床铺;妻子和她的朋友江静,把种子与细碎的土粒拌匀,撒在地里,像撒渔网似的,动作优美,撒得均匀。我拄着锄头凝望她们,猛然想起"谁持彩练当空舞"的名句。

又薅草。菜畦到处是草,我把它们当作对手,与它们比试耐力。昨天下午,邻居大婶见菜园杂草丛生,实在看不下去,自作主张喷了除草剂。幸亏她的喷嘴只是瞄准边边角角,犹如清剿外围之敌,而没有对菜畦下手。

黄瓜架下,隐着两窝幼苗,约半拃高,似豆芽菜。早年,我家有只老母鸡偷偷在门前草堆打窝,丢蛋,孵化,有天黄昏,突然带回一窝小鸡。就是这个样子。

苦瓜架下,也有几棵幼苗。等拔了黄豆,起了花生,空出地来,可以移栽。又是一代。

前不久，海子父亲查正全与世长辞，海子再次回归人们的记忆。不知在另一个世界里，他俩会不会谈到蔬菜问题。

海子辞世之前，写有《面朝大海，春暖花开》，貌似笔调轻盈，柔美抒情。其实那是他留给世界的遗言，那英演唱的《春暖花开》，只是人们的善意解读。在村上春树《挪威的森林》里，渡边有两个女同学，一个是沉静哀伤的直子，另一个是热情开朗的绿子。直子代表的精神生活，像森林；绿子代表的世俗生活，像游乐场。如果你是渡边，你会选择哪位呢？

原诗第一节是：

从明天起，做一个幸福的人

喂马，劈柴，周游世界

从明天起，关心粮食和蔬菜

我有一所房子，面朝大海，春暖花开

查正全是位乡间老裁缝。在海子去世后，他用海子的稿费开了间杂货铺，守护海子的藏书，包括海子的诗歌、海子的世界。可惜，海子的生命车轮永远停留在"今天"，难以抵达"明天"。否则深入田间，种种蔬菜，他的生活可能会很安逸。

耳畔响起李倩的音乐。十年前她到丽江旅游，与古城结缘，于是留居那里，成为一名酒吧驻唱歌手。在这溽暑之中，她打着手鼓，唱着《一瞬间》，长发飘扬，神情安静。

·米豇豆

一阵秋风两层雨，才播种五天，苋菜、芹菜、青菜、萝卜全都破土而出。小青菜、白萝卜、红萝卜都是两片嫩叶，圆圆的，翡翠似的绿，红萝卜的茎是红的，白萝卜的茎是青的，而小青菜的茎是白色。像一群性急而又安静的孩子。

花生能起了。用铁锹铲，果实丛丛，像"鲁花花生油"广告的画面。有几个太嫩，又有几个发芽了。本是同根生，成熟的时间却不一样。想起许地山的散文《落花生》，其低调做人、做有用的人的观点，影响了几代人。可惜如今年轻人基本不读它，所以皆以张扬为能事。

苦瓜悬在竹架下面，像酒吧里的音乐风铃。我能听到清苦的旋律，以及手鼓的节奏。这种旋律像啤酒，像咖啡。有只苦瓜，上面满是虫眼。这倒是初次发现。难道虫子也要品味这样的生活？

山药藤蔓叶子变暗，又夹杂着几片黄的。山药蛋极其饱满，用手指捏捏，硬得像弹球。朋友说，也该到收获的时候了。我想再等两天，等山药完全成熟。我以前写过山药，特别写过山药蛋，文图都发过朋友圈，有些朋友这才了解山药与山药蛋的母子关系。

摘米豇豆正当时候。这是米豇豆结荚的全盛时期。

米豇豆不是豇豆米。米豇豆是豇豆的一个品种。这个名称百度上查不到，我是从我母亲口中听到的，或许是她自己起的。她离世四十多年了。

熟悉豇豆的人知道，豇豆有长豇豆和短豇豆两种，茎有矮性、半蔓性和蔓性三种。米豇豆是短豇豆，约筷子长，没有藤蔓，像茄子辣椒，花是白的，豆荚潮红，像健美妇人酡红的容颜。

米豇豆最大的特点，就一个字——米。它的豆粒饱满，鼓凸，像奶牛的两排乳头。它不仅是下饭的菜，也可当饭吃，用来填饱饥肠辘辘的贫穷岁月。我少年时，母亲在自留地的棉花田边或田沟里种过。非常肯结，像某种人，毫不吝惜力气，也不吝啬财富。我天天摘，一摘一大竹篮，也摘不完。可以炒着吃，可以蒸着吃，也可剥出豆米炒辣椒，或者晒干留着煮粥吃。初秋时节，它简直可抵一半粮食。

无论怎么吃，汤汁都黑，晒干的豆米煮粥，粥也黑黑的，像朴素的日子、实在的人生。人生的底色，其实就是黑白照片中的黑。彩色照片看着养眼，但摆不长久。

由于少年时的经历，我对米豇豆怀着特殊的感情，以至爱屋及乌，看到与"米"字相关的事物，心里就认了亲戚。

比如米缸、米兰、小米手机、几米漫画、米芾的书法、米家山的电影。"小米"这个名字很有预见性，现在有些人就是把手机当成"米"使用，没有米尚可挺住，没有手机惶然若失。米家山执导的电影我一部都没看过，我只知道他是潘虹的前夫。潘虹演的《人到中年》里的陆文婷，我印象很深。

米兰，是种盆景，花朵点点，清香四溢；也是城市名称，在意大利，我没去过，也可能一辈子都不会去，但感觉是个好地方；还是姜文执导的电影《阳光灿烂的日子》中的女主角，丰乳肥臀，就像米豇豆的样子。

还可联想到米老鼠、米聊、米兰达·可儿（澳大利亚超级模特）、米字旗等。我对英国的了解只限于书本知识，但我喜欢它的自然风光，它的民歌《友谊地久天长》。在日渐物质化的时代，我们太需要友谊了。

米豇豆的花朵是绵白的，像一只只蝴蝶，歇在藤子上端，远看又像大群白鹭，歇在松树顶上，像诗歌一样美，像画一样美。

・另类妩媚

不断有台风登陆。风仿佛是披了大氅,从海面某座高台上,纵身而起,像《射雕英雄传》中的梅超风,由南向北飞来。当它飞落我的菜园时,已无凌厉之势,而是深情款款。韭菜花、扁豆花、秋葵花、猫耳菜花如同迎宾女子,皆戴花冠,婉转妩媚。

"妩媚"之语,多用来形容女子姿容美好、可爱。也可形容花木、风景。如"春入桃腮生妩媚",又如"我见青山多妩媚,料青山见我应如是""桃李风前多妩媚,杨柳更温柔"等。如用来形容蔬菜的花朵也是可以的吧。我谓之"另类妩媚"。

韭菜花,是韭薹上开出的白色花簇,多在欲开未开时被连薹采摘。可以炒肉丝、红辣椒,可算时令菜蔬。在温软的秋风中,韭菜花娉婷于绿色的菜畦之上,巧笑倩兮,美目盼兮,宛如蒹葭之中的伊人和凌波而来的洛神。据说五代时的书法家杨凝式写过《韭花帖》,中有"当一叶报秋之初,乃韭花逞味之始"句,说明了韭菜花上市的时间。

在西南角,扁豆花一串串的,像甜蜜的冰糖葫芦。在豆类之中,扁豆可能是最泼皮的一种,只要有把泥土,就能开花结果,而且艳丽雅致,活色生香。它很像居于底层的农村妇女,虽然艰难,却很顽强,有尊严地活着,把日子经营得有模有样。

几年前,读过朋友写的散文《一架扁豆,一架秋风》,首段几句,记忆犹新:"秋风中,与一架累累扁豆相遇,觉得秋色丰饶,寻常巷陌间也有繁华。"她想到的是"丰饶""繁华",很有趣味。而我想到的是"妩媚"。看多了用化妆品堆砌起来的,以及用各种软件处理过的美女,我更喜欢原汁原味、不事修饰的乡间妇人。

秋葵是新结识的朋友。其名名副其实,可以长得与葵花一般高大。我站在一丛秋葵之前,就像站在高个子的篮球队员面前。花朵或黄或红,艳丽而又秀气,远看既像罂粟,又像蜀葵。秋葵的果实,像尖尖的青椒,肚子里有白籽,像高粱米。可凉拌,可清炒,可烧汤,可炸食——超市有卖,松脆可口。凉拌或清炒的话,黏糊糊的,像海带片。我前两年才吃到,以为是舶来品,讵料产于本土。

清代陈淏子《花镜》卷六花草类考曰:

> 秋葵,一名黄蜀葵,俗呼侧金盏,花似葵而非葵,叶歧出有五尖,缺如龙爪。秋月开花,色淡黄如蜜,心深紫,六瓣侧开,淡雅堪观。朝开暮落,结角如手拇指而尖长。内有六棱,子极繁。冬收春种,以手高撒,则梗亦长大。

凝视秋葵之花,就想起歌曲《秋葵花》,中有四句:"爱情就像花一样,失去了土壤。生命就像流水长,何处是远方?你是否和我一样,在窗台眺望?映着天边的夕阳,再次为你绽放。"——够妩媚了。

至于猫耳菜,顾名思义,叶片像猫耳朵,似椭圆形。也是产于我国的古老蔬菜。我二十年前,在南京首次吃到,传说原产国是日本。现在看来错了。

它的叶片、口味都与人参菜相似，但人参菜是碎红花，它是白色碎花，好像一根茎上挂着成排露珠。它的花朵过于低调，往往不被注意，就像日本女画家草间弥生的名字。不同的是，草间弥生的画作却不似她的名字，反而极其张扬，尽是圆点和条纹，以及以艳丽的花朵铺展的海洋。

　　这是此时菜地的几种花。在我看来，它们安静、妩媚，似在静中反观自己，在妩媚中走向觉悟。人生何尝不是如此？心静自生妩媚，心躁面目可憎。静是种境界，妩媚是自然的状态。

·蔬眠雨后畦

又带高三了。跟着学生升级,三年一个轮回,已经循环很多回。开学就是"江南十校"考试。古诗赏析的题,是杨万里的《和仲良春晚即事》(其五),前四句是:

笋改斋前路,蔬眠雨后畦。
晴江明处动,远树看来齐。

诗题中的"春晚",现在的说法,应是"晚春"。竹笋破土而出,挡住道路,蔬菜被雨打倒,像睡在菜畦上。家居悠闲,且行且吟,字里行间,满是喜悦。我想,杨先生可能也是爱种菜的人。

"蔬眠雨后畦"是写春景,但是,这种场景,也时常出现在秋日。

眼下正是秋雨连绵的天气,天总是阴阴的,时有雨点滴滴答答。苋菜、芹菜、萝卜、青菜都已发芽,有一拃高,细叶扶风,眉眼动人。丝瓜、苦瓜、黄豆、辣椒,也都后劲十足,生气勃勃。有两根苦瓜橙黄,像夕阳的光,垂挂在竹架下,好生自在!

田里有菜,还有花生、山药,河里有鱼,还有菱叶、鸡头果,就是囊中羞涩,也可暂时度日。自然就是自然之态,闲适富足。诚如梭罗所言,人的生活费用,其实不需要很多。花费大的,是那些超出身体所需之外、完全可以忽略的酒水、人情、感官刺激等。就是这些东西，让人受累，身心疲惫。

曾经见过一份表格，说的是蔬菜搭配烹饪或食用时犯忌的事。我不相信。它们既然可以在菜园和睦相处，在肚子里怎么会闹矛盾呢？可是最近，我几次吃苦瓜炒肉，都觉得肚子不舒服。我开始否定自己。

看来，苦瓜与肉同炒同食，会犯忌讳；那么，静与热闹、雅与世俗各有各的地盘，有时也水火不容。手不释卷的书生，与猜拳行令、胳膊上蟠龙腾跃的哥们儿，坐不到一条板凳上；躬亲种菜的人，与汲汲于利、紧盯官场的人，也说不到一块儿。

据说齐白石坐在画室里，听到外面有吆喝卖大白菜的。他想："我何不画一张白菜去换白菜，也不失为一段文人佳话呀！"结果如何？卖菜汉子勃然大怒说："我不看你一大把岁数，窝心脚窝死你。……拿一张画的假白菜，要换我一车白菜！"假如到了无田可种之时，这种笑话或许就是现实。

王安忆在散文《过去的生活》中写道：

> 那时候，生活其实是相当细致的，什么都是从长计议。……于是，勤劳的主妇便购来一篮篮的豇豆，捡好，洗净。然后，用针穿一条长线，将豇豆一条一条穿起来，晾起来，晒干。冬天就好烧肉吃了。用过的线呢，清水里淘一淘，理顺，收好，来年晒豇豆时好再用。

我的菜园里，豇豆还有，是矮棵的，眉清目秀，豆荚月白，豆粒饱满。摘了来，烧五花肉，好吃得要命。

日本作家青山七惠写过一篇小说《一个人的好天气》，讲述打零工的女孩如何与年长的亲人相处，同时追寻自我、独立的故事。我喜欢这个书名。我爱读书、写作、种菜、钓鱼、骑行、唱歌、跑步、打球，还想学习口琴、手鼓、写字、画画。我时常独来独往。天高云淡，海阔水蓝，鸟在飞翔，鱼在遨游，天气真的很好！即使风雨时至，只要心情舒畅，也是好天气啊！

· 撒把菜籽便成景

今日白露。"阴气渐重,露凝而白。"秋天在走,越走越深。

想起"白露为霜""白露横江""露从今夜白,月是故乡明"等名句,皆是清秋好景;又想起曹禺的话剧《日出》,主人公叫陈白露,感觉她是那么美丽。

但看菜地,黄豆叶、山药叶,叶片濡湿,盈盈闪光。芋头叶像极了"大明湖畔夏雨荷",叶尖挂着露珠,晶莹剔透,欲落未落,欲说还休,如同爱情小说及青春电影中的桥段和悬念。

茅草茎如新笋,叶如扁舟,在季节中疯长和穿行。狗尾草的花穗,毛茸茸的,毫毛泛光,像可爱的松鼠,像迷情的狐狸,像蒲松龄《聊斋》中的狐仙,像琼瑶《六个梦》里的美女。

蚱蜢在豆叶和草尖乱蹦,像草蜢乐队的歌手;翻地时,有蟑螂似的小虫,倏然爬过新翻的泥土;蝈蝈不知藏身何处,叫声清越,穿云裂石;桂花初放,星星点点,暗香浮动,婉约如水。

做田有午季、秋季之说。种菜也是这样。

午季,基本是瓜豆包打天下,瓜架、豆架一搭,菜地就立了起来,像绿色的瀑布,溅出绿色的水珠,生出绿色的烟雾;到了秋季,竹架渐次放倒,渐次生出无边的空旷。——于是耳畔响起歌曲《安和桥》的旋律:"我知道,那些夏天就像青春一样回不来。"

割草、挖地、撒种、浇粪，这是种菜人必做的活，但在不同节令，会做出不同的趣味来。犹如作曲，一支笔、五条线、七个基本音符，可谱写出各种奇妙的乐曲；犹如作画，吮毫搦管，所画不过山水树石、花鸟虫鱼，但可营造千万个神奇的世界。

与往年相比，山芋、葫芦、冬瓜、南瓜都没栽种；因为种子问题，圆白菜没包起来；因为太热，秋茄子没长起来。不过，山药长势极好，花生收了不少，菜瓜、苦瓜都吃不完，草莓、青蒿红绿相映，人参菜掐了还发，掐了还发，滑而不腻，赏心悦目。

天高远，桂花香，有所舍弃，另有新品，这是秋季最美的小结。

割倒的杂草中有些黄豆，挑拣出来，瘪子居多。种菜几年，数今年最旱，一个多月不见半点雨星，玉米干死，黄豆叶枯，池塘见底，裂如龟背。我又不忍心用自来水浇豆子。不是怕花水费，而是舍不得浪费宝贵的水资源。即便是有钱人，就是钱堆成山，也不应过多占用有限的自然资源。

妻子割倒人参菜的茎。深埋于地下的根，来年春天，会发新芽。那些新芽红艳，就像雀舌，会唱歌的。茎上挂着籽，我把种子摘下来，送给好朋友种。赠人玫瑰手有余香，赠人种子，也是积德。

又与妻子一起挖山药。我们已经认识了山药蛋，现在要看看山药的模样。我们心中好奇，也充满期待。我贴着山药的根茎，小心翼翼地挖下去，生怕把它们挖断。但是山药钻得太深，像是要穿过地球轴心，从另一边钻出去。——它们真是钻探高手，比研制"蛟龙号"的专家还有水平。我挖到两锹深，估计差不多了，把锹头往上一别，还是看到了雪白的茬口。妻子把断了的山药捡起，洗净，放电饭锅里蒸着吃，脆生生的，极为爽口。我在菜场、路边经常看到一捆捆长山药，近米把长，竹竿似的。我不知道北方种山药的人起山药时，要付出多少辛苦。

我用一把镰刀"除旧"，用一把铁锹"布新"。它们是我的兵器，也是我与草木、土地沟通的红娘。镰刀所过之处，旺盛了一夏的杂草丢盔卸甲，颓然倒地。在盛夏里，它们尽情生长、玩乐、恋爱、结婚；现在，它们的爱恨情仇，随着秋风而去。其实，人生大抵如此。

种菜几年了，菜地挖过很多遍。我认识地里的砖头瓦砾，认识去年埋进去的塑料皮，能够根据菜根草根叫出它们的名字，也能够跟蚯蚓、蚂蟥、螺蛳、蜈蚣、蚂蚁、鼻涕虫、土狗子打招呼。有几只虫显然也认识我，在我面前停步，摇动触角四处张望，之后依依不舍地钻进已挖过的泥土。

每一畦地，都是我一锹一锹挖出来的。一锹土压着一锹土，像是老房子上的青色小瓦，我像是站在屋顶之上，站在农事之上。我热得只穿背心，汗水仍不住地滴落，如同秋雨打在瓦上，清音响起，犹如天籁。同事们夸我体型好，说我五十多岁，没有肚子。他们不知道我流过多少汗，不知道我流过的汗，可以把菜地腌渍几遍。那些汗里，有多少多余的鸡鸭鱼肉和过量的酒。

妻子用锄头把地耙平，像母亲为孩子铺床。她把生菜种子、菠菜种子托在右手手心，左手拇指、食指和中指捏成鸟嘴样式，再用鸟嘴啄出种子，均匀地撒在地里；神态安详，满脸喜悦，动作优雅，像在演戏。——再过几天，这些种子便会发芽，长叶，蔚然成景。

妻子说，后面还要种茼蒿、芫荽、油麦菜，要点蚕豆、豌豆，要栽莴笋、洋葱、圆白菜，要排蒜头。我的眼前于是展开无限绿意与生机。

我笑着问：如果有人用楼房换你的菜地，你换不换？

妻子果断答道：不换！

——她忘了地是人家的！

· 不够用的秋天

　　天气：小雨转多云
　　温度：25~19℃
　　风力：东北风转北风3~4级
　　空气质量：72，良

　　这是近期某天的天气预报。说有小雨，其实没下，而且天高云淡，站在教学楼上，可以看见15公里外的马鞍山长江大桥。——过了白露，每天秋高气爽，风物宜人。

　　傍晚，到菜园，打开后院门，用两只塑料桶一趟一趟拎水浇菜，额有汗珠，脚步轻松。

　　青菜青绿，苋菜红如胭脂，都已拔着吃了。芹菜、生菜、茼蒿细叶可人，生菜是明亮的嫩黄。韭菜花的细茎当风摇动，雪白的花朵播洒着清凉。空心菜依然茂盛，藤蔓蜿蜒，像小孩子，撒开脚丫乱跑，玩到了菜畦之外。苦瓜、丝瓜、米豇豆还在结，想摘就有，那些藤蔓，像神奇的魔术师的宽袍大袖，像少年时代看过的电影中的宝葫芦。

　　蔬菜是田野里的牛，是草原上的马和羊，都要饮水。水是它们的命，咕咚咕咚，咕咚咕咚。喝足了水，叶子挺括，花儿更艳，瓜豆更加饱满。浇水的时候，蚱蜢乱蹦，蚯蚓、甲虫等从地下钻出来，好像打探消息——是不是来了台风,来了大暴雨?

接着拔黄豆荄子,扯黄瓜藤子。妻子把给黄瓜搭架子的竹竿拔掉,感觉夏天突然地矮了下来,显出季节原来的温和脾气。再就是挖地,把土翻过来晒晒,吸收阳光和风,兼接雨露,如同刚生了孩子的女人补充营养,恢复体能。

还栽了火葱。它的别名叫朱葱、细香葱。它的颜色淡红,略像洋葱;形如蒜头,味也很冲。可当佐料,可炒鸡蛋。这是菜园新品,我喜欢。感谢朋友送给找种子。感谢蔬菜,成为我与朋友联系的纽带。

不知不觉,暮色降临。菜园里像涨了黑色的潮水,将菜畦淹没,只剩下黑的水面。我原想把一块空地挖到头,可是蚊子实在太多,往我的腿上乱撞,犹如驱赶野兽,或者抢占山头。有只蚊子,估计是连长或指导员,在我的手腕上叮了一个包,痒得要命。我知道它们是想把我赶走,以便自己自在地躲猫猫、谈恋爱、开晚会,或唱歌、喝酒、吃龙虾、跳广场舞。

其间接到两个电话,一是邀我晚上骑行,一是邀我明天钓鱼。两个活动,我都喜欢,都想参加。这个不冷不热的秋天,适合做很多的事。可是我要上课,要写材料,地也没有挖完。唉,秋天太短,不够用了。

就想到杜甫的诗句,"无边落木萧萧下"。飘落的不是树叶,而是一截一截的时间。秋天过去了,也就回不来了。时光如长江水,滚滚东流。

那就做自己喜欢的事,安静地享受秋天。

近日,蔡澜痛批中国茶道,称其故弄玄虚。他说:"简单,就是茶道，人生也是如此。"我同意他的观点，生活应该就是随性地、舒服地喝自己的茶！

如果往远处看，想想贾雷德·戴蒙德在《枪炮、病菌与钢铁》中的观点，也有意思：

> 事实上，我并不想当然地认为工业化国家就一定比狩猎采集部落好，不认为放弃狩猎采集的生活方式来换取以使用铁器为基础的国家地位就是代表"进步"，也不认为就是这种进步为人类带来了越来越多的幸福。

· 空心菜

空心菜是虚心的菜。

像竹，又叫竹叶菜。

像藕，又叫通心菜。

是春天栽的。一棵一棵，分蘖成蓬，贴地蔓延，铺满菜畦。从阳春吃到仲秋，还是碧绿。昨天我到园里，看见花朵，像晨曦之时，哨兵吹起的号角。空心菜，真的不是一般的菜，像乡间极皮实的孩子。在炎热的夏天，只是浇水，略施粪肥，它啊，照样生长，蔚然成风。

蔚然成风？

网上有空心菜的种植方法。其实没有那么高端的技术，像天宫二号似的，故作高深罢了。还有各种吃法，很多图片，花里胡哨，无外乎清炒，再有，叶子氽汤。据说，可以凉拌。凡是可以清炒的菜，都可凉拌。

同样皮实的是芋头。经过一夏半秋，虽然百孔千疮，遍体鳞伤，依然倔强地站着。我由"留得残荷听雨声"想到一句"留得芋头听秋声"。

空心菜也可听秋声。风声，在叶上摇摆；雨声，在叶上舞蹈；蚂蚱，在叶上蹦过来蹦过去；桂花，在叶上散发幽香。

花朵奶白暗红，似牵牛花，似文艺女青年。特立独行，你要承担多少风险？

其实，很多植物的花都像喇叭。大千世界，每个生命都要表白，不只是人。万物得时，万类霜天竞自由。

空心菜，原名蕹菜。其梗中心是空的，故称"空心菜"。

空心菜喜欢充足光照。蔓性草本，全株光滑。品种繁多，有泰国空心菜、白梗空心菜、吉安蕹菜、青梗子蕹菜、青叶白壳空心菜、丝蕹，不一而足，大同小异。

由空心菜想到写作。冯杰说，文必有孔，即"散文的句子要空，劈开也是空的。它不要实的句子，顶多要你另外一些句子，是有盐味的句子"。密不透风，疏可走马，散文要给人联想的空间。陶渊明的文字，梭罗的文字，毫不晦涩，透明见底。他们的文字都很空，如果有兴趣的话，这里填填，那里补补，加些虚构，可以敷衍成一部长篇。

也可想到做人。孙犁生性安逸，近乎孤僻。到了晚年，对迎来送往的那一套更无兴趣。风风雨雨过后，肉身朽矣，俗世的人情在老人眼里变淡了也变远了。做人也要空心，留一些空白，任人评说。

跟空心菜毗邻而居的，是秋黄瓜。黄瓜病了，满面愁容，气色很差。看它们憋屈的样子，真是难过。它们不言不语。它们考你，看你对它们有多深的感情，看你懂不懂它们。相处久了，蔬菜也会撒娇。日本有本书，曰《水知道答案》。水都有感觉，何况蔬菜呢？

林语堂说，一个人的性情，可以从他喜爱的文学形象来判断。最标准的检测，是《红楼梦》。如果你喜欢林黛玉，那么你是理想主义者；如果你喜欢薛宝钗，那么你是现实主义者。我呢，两者都爱，我在理想和现实之间徘徊。很多人都是这样。

每一畦地，都是一锹一锹挖出来的，其中的甘苦只可意会不可言传。每次劳动，都是一头一脸一身的汗水。一身浊汗让每一个庄稼人时时安逸，夜夜酣畅，在他们的愁苦中，一点也没有对身体的担忧。所以，每次挖地，我都是踌躇满志，双腋生风，似要飞至太空。

·我的克罗菜园

下雨了。下雨，菜就不用浇了。

青菜、苋菜、芹菜、茼蒿、萝卜、豇豆，或许更渴望来自天空的有着季节味道的雨水。就像夏天，虽然有空调，人们还是喜欢来自旷野的自然风。晴天里，豇豆叶上、萝卜叶上，蚜虫作祟，蚱蜢乱飞。现在，看虫子们如何逍遥。

豌豆种下多日，芫荽种下多日，大蒜排了多日，火葱栽下多日，上海青的籽也撒下了：它们都希望一场雨的催生。——种在最里面的豌豆，今天无意中发现，已经冒出半拃高，长出六片或者八片叶子。

省下浇菜的时间，正好看看电影《梵高传》，读读画册《我为画狂》。我喜欢梵高画笔之下的阿尔风光，喜欢美丽的《克罗菜园》：

纯净的碧蓝天空；

赤金色、青铜色和黄铜色的大地，那是大片已经成熟和即将成熟的麦子；

近景，用栅栏围合的地方，大概就是克罗菜园，有高大茂盛的植物，有劳作的人；

还有车子、麦垛、房屋。

沿着油彩之路，我走进梵高的世界。他二十七岁开始绘画，三十七岁结束了自己的生命。在短短十年时间里，他画麦田、花园、果园、向日葵、柏树、乌鸦、玫瑰、播种者。他的画笔深入土地内部，他用油彩把他对大地的全部感觉表达出来。他的作品都是从地里长出来的。

梵高画了2000幅作品，可是生前只卖出一幅油画——《红色葡萄园》，价格是400法郎。现在，他的作品都是天价。从过去到现在，人们都知道人永远离不开土地，然而，有多少人像梵高一样热爱土地呢？

李锐的小小说《锄》，写半盲人六安爷。他倒拿锄头，以其为拐，摸到已经卖给焦炭厂的百亩园，一锄一锄，锄玉茭和青豆的幼苗。耳朵里的声音，鼻子里的气味，河谷里渐起的凉意，都让他顺心，都让他舒服，银亮的锄板，鱼儿戏水一般地在禾苗的绿波中上下翻飞。那是一块即将被推平的土地，青豆也长不起来。他说："我不是锄地，我是过

瘾。"像梵高一样,他热爱土地,不忍舍弃。

下雨之前,妻子移栽过萝卜。我们种了白萝卜、红萝卜,秧子很密,挤得笔直,于是拔些秧子,移栽别处。据我的经验,移栽的萝卜长得又大又快。由于少浇了一次水,干死不少,虽然后来天天浇水,也没抢救过来。下午,到菜园里,泥土濡湿,正好补栽。

晚上,读杜怀超的《一个人的农具》。我出生在农村,自小没少干农活,读到写农具的文字,仿佛闻到泥土的气息、植物的气息、炊烟的气息、农事的气息。书中有篇《竹篮》,当中写道:"乡村人用它装割了喂猪羊的野草,装菜园里的青菜,装田里刨出的山芋,装捕到的鱼和虾……"

在秋雨中,我的青菜将会长高,可是我没有竹篮来装。如今,塑料袋代替了它,收割机取代镰刀、犀桶、连枷、碌碡、木锨、稻箩、木杈(都是收割水稻的农具),吃的还是米饭,可是吃出的是铁器的味道,农耕时代的背景渐渐淡出,那些温馨了然无存。我怀念那些忙碌的日子。

克罗菜园种了些什么蔬菜呢?梵高用点彩法描画印象,他只在乎感觉。我看不出蔬菜的茎叶果实,所以难以判断。梵高生于荷兰,荷兰是先进的种菜国家,可能有很多新的品种,有很多新的技术。

· 蔬菜的村庄
——兼读周凌云《屈原的村庄》

读周凌云的新作《屈原的村庄》,为之击节,思绪飘飞。想到我的菜园,如果将其比作"村庄",也蛮合适。

我的菜园,凡两大块,方方正正,约200平方米。种菜够大,供过于求;就是住人,也够宽敞。又分别隔成许多小块,或横或竖,或长或方,如同几室几厅,更像几家几户。兼植佳木,眼下含笑绽放,桂花飘香,银杏挂着青色果子,颇有"绿树村边合"的意境。

目前的品种有:青菜(包括上海青)、苋菜、生菜、芫荽、茼蒿、芹菜、菠菜、萝卜(红白两种)——都是白露(9月7日)前后所种。青菜、苋菜都已开始间着吃了。上海青就像多年前的上海知青,高挑清秀,文质彬彬。把叶片举在眼前,对着阳光方向,能看到清晰的叶脉,如河流潺潺,主流之外,支流众多。

生菜枯萎了,不再翠绿,一副病容。可能是有几天太热,可能有几天秋雨过多,它们受不了折腾,水土不服。菜地里也有生死,如人世间。我蹲下身子怜惜地看着它们,理理它们蔫了的叶子。蔬菜在它们本身的法则里运转,我并不完全了解它们,无可奈何。种菜是一门技术活,要的可是实实在在的技术。

又有韭菜(碎白的花朵如盛开的梦)、豇豆、丝瓜、大蒜、空心菜、人参菜、菊花脑、山药蛋,除韭菜、菊花脑、人参菜外,都是夏天种植,也都可以采食。还有火葱、青蒿、芋头等。火葱的种子像鸟雀的卵,埋到地里以后,渐渐焐热,渐渐发育成形,用它的小嘴啄破外壳,从浅浅的泥土中探出头来。芋头宽大的叶子像荷,下面似藏着打日本鬼子的雁翎队;又像滴水观音,一派慈悲温和。两棵半人高的芋头紧挨着,使我想起老电影《魂断蓝桥》里的闺密玛拉和凯蒂,又使我想起《友谊地久天长》的美妙旋律。

晚上吃饭,三菜一汤。煎小鲫鱼、炒苋菜、拌苦瓜、下丝瓜汤。但看炒苋菜,青的茎,绿的叶,白的蒜米,红的汤汁,加上青花瓷的碟子,赏心悦目,食欲大增。妻子开心地说:"没有一样是花钱买的。"确实如此。鱼是星期天我俩在太阳河里钓的,蔬菜来自菜园,离开泥土也就几首轻音乐的时间,新鲜着呢。人何必天天谈钱,好像离开了它一天都不能过。而我之所以记下蔬菜的品种,是想留下一份时令蔬菜备忘录。太多的非生态蔬菜已经扰乱了人的生活,甚至心态。

村庄里,蔬菜们各自过活,守着自己的宁静。从两片叶子开始,到四片叶子、六片叶子、无数片的叶子,一寸一寸地长,长成自己的风景,长成丰盈的深秋。三年多来,很多蔬菜都曾在我的文字中闪现或者蓊郁,使我的文字清新而有生意。有时,它们跑到胃的外面,跟思想打通、接轨,发挥着蔬菜之外的作用。

在菜地里,时常忘记时间,忘记自己,"不知老之将至"。和泥土、蔬菜住在一起,和由此引发的种种想法住在一起,不乏味,不孤单。我的目光短浅,只在菜上。我看不到遥远的日子之外,看不到人事纷扰,看不到股市曲线,看不到房价起落。如同植物,活在自己的世界里。

偶尔翘首望天，让目光跟着云在空中飘，跟着灰喜鹊在园子里盘旋。灰喜鹊是蔬菜的亲戚，经常来走动。它从含笑树飞到桂花树，从桂花树飞到银杏树，又从东边的银杏树飞到西边的银杏树。一个黑黑的、像逗号似的点，这里停停，那里停停，像给文章打标点，又像飞翔的诗意。人们经常说到"诗意的栖居"，可是不知道诗意需要达到一定高度，还要不愿流于凡俗。它的叫声短促，却很优美，像诗，飞进我的心思。

有时薅草、锄草。把杂草清除干净，像是把芜杂的东西从生活和心灵中剔除。人类的锄头歇息了，杂草便会疯长。从现状来看，在物质化的时代里，人类的天性里装满懒惰和自私。人要管管自己，像河岸一样约束自己，像打铁锹镰刀一样地自我锤炼。不论是个体，还是民族，思想荒芜，是很危险的。

有时浇菜。浇水以后，蔬菜显得更活泛，更水灵。周凌云《屈原的村庄》里写道："水，孕育着稻子，藏之于浆汁，隐之于乐平里的所有事物。"作者周凌云的这个发现，完全适合于菜地。下雨时，可以歇歇，但是头脑闲不住。上天入地，极目四顾，心游万仞，精骛八极。雨落到读书人的生活中，就不再是单纯的雨。有时在田沟溜达，脚步铿铿锵锵，惊得叶片摇摆，蚱蜢乱飞。我相信，一个人物的活动，能够带动一切，能够改变事物。

太阳几乎天天光顾菜地。暖暖的太阳的光，像年老的橙黄的苦瓜，像绯红的苋菜汁。太阳也会飞的。太阳里面有鸟，叫金乌，翅膀巨大，看不到边，比庄子《逍遥游》里描写的鲲鹏要大许多；只是飞行缓慢，比青虫蠕动都慢，也比不过蚊子飞舞（秋分之后，蚊子激增，比白菜籽还多，像轰炸机，往身上扑)，粗心或者急躁，都看不出。可事实是，它从菜地经过，到了晚上，落入西山。

意大利的一首民谣中唱道，让我们跟水手们谈风，跟农夫谈牛，跟军人谈身上的伤痕，跟牧民谈羊群。周凌云说："写作的人就要做个老实人。老老实实地写，过过细细地写，这和种地一个道理。土地最老实，也最能检验收成，和土地耍心眼，就是和自己作对。"我赞同他的观点。我在二十四节气里劳作、收获、读书、思考。

《屈原的村庄》中引用了几首乐平里农民诗人的作品，我很爱读。如黄琼的诗："我的文字简洁朴实，但有敞开心扉的坦荡；我的歌虽然土腔土调，但饱含泥土的芬芳。"在我看来，屈原的村庄，就是诗歌的村庄；蔬菜的村庄，也是诗歌的村庄。

豆子这辈子

铁凝在散文《怀念孙犁先生》里面写道：

> 在1979年秋日的一个下午……终于走进了孙犁先生的"高墙大院"。……各种凹凸不平的土堆、土坑在院里自由地起伏着，稍显平整的一块地，一户人家还种了一小片黄豆。那天黄豆刚刚收过，一位老人正蹲在拔了豆秸的地里聚精会神地捡豆子。……看见来人，他站起来，把手里的黄豆亮给我们，微笑着说："别人收了豆子，剩下几粒不要了。我捡起来，可以给花施肥。丢了怪可惜的。"

寥寥数语，一位朴实的老者，就站在了面前。三十年过去，老人还在地里，还在拾豆。

想起这些，是因为今天——2017年寒露，我割完最后的黄豆，也在拾豆。其实，很小的时候，我就爱拾豆。那时贫困，我是心疼粮食。后来知道，豆子从小长大，也是生命，经历多少风雨，很不容易。

一位美国教师在中国某医学院讲了一个小孩在沙滩拾鱼扔进海里的故事。这个故事对应了泰戈尔老人的一句话："教育的目的应当是向人传送生命的气息。"正像一位日本教育家所说，我们要培养学生"面对一丛野菊花而怦然心动的情怀"。如果视小鱼如草芥，对鲜花加以踩躏，即使其道德评分很高，也失去了人的生命价值。

最近又读《牲畜林》，讲述矮胖子朱阿·德伊·菲奇的故事，搞笑的背后，是作者对生命的厚爱，对侵略者的痛恨。里面多次齿及菜园。菜园拉近了时空距离。对于经典，我是百看不厌，每每都有新的发现。

晚上散步，走过广场时，听到安与骑兵的《红山果》，怦然心动：

绕过山，蹚过河
三天五天你装路过
你心里早有我
我要你现在就告诉我

满山野花开满坡
你东藏来我西躲
你要抓紧我的手我们一起蹚过河

你又摘来红山果
一颗一颗送给我
日出日落都快乐
一百年也要陪着我
……

用在蔬菜身上，或者用在我的身上，都合适。惺惺相惜，难分彼此。

豆子的人生并未结束。后续故事更加精彩。

犹太人说，这世界上卖豆子的人是最快乐的，因为他们永远不必担心豆子卖不出去。假如他们的豆子卖不完，可以拿回家磨成豆浆，再拿出来卖；如果豆浆卖不完，可以制作成豆腐；豆腐卖不成，变硬了，就当豆腐干来卖；豆腐干再卖不出去的话，就腌起来，变成腐乳。还有一种选择是：卖豆人把卖不出去的豆子拿回家，加上水让豆子发芽，几天后就可变成豆芽；豆芽再卖不动，就让它长大些，变成豆苗；如果豆苗还是卖不动，再让它长大些，移植到花盆里，当作盆景来卖；如果盆景再卖不出去，就把它移植到泥土中去，让它生长，几个月后，它结出许多新豆子，一颗豆子变成上百颗豆子……想想那是多么划算的事！

豆子这辈子，值。人的一生，也应该这样过。孙犁先生也是这样想的吧？

· 铁棍山药

大家好。给大家介绍下,这是我的菜地——

这里用了时下流行的"鹿晗体"。我像鹿晗,怀揣爱情,广而告之。不同的是,我爱的是泥土,是蔬菜。我是追风的人,又是重情的人,有一颗单纯而执着的心。我是一列动车,走的却是单行线,不肯掉头。

每观诗词书画,但凡言及晚秋,多是泣涕涟涟,似深秋的雨。如杜甫的《登高》,欧阳修的《秋声赋》,郁达夫的《故都的秋》,都是这样。文化名人的感时伤世,唏嘘不已,我能理解,毕竟他们都是有抱负的人。不过,假如他们种种蔬菜,调整心态,或许可以破涕为笑,乐而忘忧。

而今,寒露降临,棉花云白,豆子金黄,桂花香弥漫满城,稻子已经开镰收割。路上,收割机往返匆匆,田里,突突突机声隆隆。虽然气温偶有上扬,但渐行渐寒已是趋势:"袅袅凉风动,凄凄寒露零。"(白居易《池上》)又见:"中庭地白树栖鸦,冷露无声湿桂花。"(王建《十五夜望月寄杜郎中》)还有:"空庭得秋长漫漫,寒露入暮愁衣单。"(王安石《八月十九日试院梦冲卿》)

但看我的菜地,这个时节,品种繁多,屈指数来,有一二十种。菜地也大,装着空间,装着时间,兼收并蓄,博大精深。眼下,该收的收,该种的种,除旧布新,手边都是活儿。

胭脂红的苋菜，只一拃高，开花结籽，叶斑点点。我拣嫩的掐了一把，剩余的都拔掉不要。韭菜也已开花结籽，叶尖枯黄下垂，把它们全割了，满满的一抱。在宿根上盖了厚厚的土，又浇了一遍肥。我小时种过韭菜，每每割过之后，总要盖些鸡屎粪，现居城里，没法养鸡，自然也没有鸡屎粪，只能如此敷衍。韭菜留点晚上炒着吃，剩下的用盐腌渍，味道是冲，可是，躲家里吃，吃过看书写作，或看电视，也不出门，也不妨碍别人。

生菜给雨卜死了，菠菜都被虫吃了，可能是由于前段时间太热，茼蒿没生几根，三毛似的。在暖暖的秋阳之下，我把这几块地翻过来晒，像有些人翻晒湿阴阴的心情。我们虽然都热爱土地，但是进城以后，渐与土地疏远，挖地便成了亲近土地的方式。其实，在朋友圈里晒吃喝拉撒睡、晒旅程、书单、收藏、收入，都是在无序亦无目标的时代，刷存在感。写作也是，自得其乐，顾影自怜，鸟鸣嘤嘤。

辣椒原先栽了三小块地。现在，拔了两块，留几株看。辣椒像树，模样周整，像温文尔雅的女学者；或青或红、或圆或尖的果实，像女学者胸前的小挂件，别有雅趣。在北方，人们常在门口挂几串红辣椒，寓意红红火火。在南方，则把红辣椒剁成屑子，加些蒜米、芝麻，用麻油浸泡，生吃、蒸着吃、当佐料吃；就是不吃，看看都很温暖。

又薅草。萝卜地里，草比萝卜茂盛。阿拉伯婆婆纳像螃蟹似的横行，千金子、狗尾草简直要蹿上天。——野生的植物生命力强。又打农药。青菜满是虫眼，像害天花的麻脸，有的青菜只剩下茎，奄奄一息。它们实在撑不住了。打了农药之后，蚱蜢乱飞，避之唯恐不及，触目皆是它们的翅膀。挖开泥土，有蚯蚓、蜈蚣、螺蛳、蚂蚁、鼻涕虫、土田鸡,还有像蟑螂似的虫。它们的存在,证明土地是健康的。古有所谓"寒露三候",即"鸿雁来宾,雀入大水为蛤,菊有黄华"。其中的第二候,今天看来,改成"雀入泥土为虫"似更贴切。

所以,以我的经验,有谁宣称他的叶菜不打农药,那几乎是神话。有异味的菜除外。虫如小资女人,自是得很,也很挑食,不合口味的菜,就是营养超过广告里的垃圾保健品一万倍,它们也能控制自己。又如佛徒,手捻佛珠,阿弥陀佛,百毒不侵。比较实用的说法是,不是不能接受打农药,而是要药量适中,且达到了安全期。

挖完了地,我到篾匠街(这是小城的农用产品市场)买了一把钉耙。八个齿,闪着银色的光。我扛在肩上,就像扛着猪八戒的武器,恍惚之中,有了神力。我挥舞着钉耙,把晒过的土块打碎,把地耙得平整均匀。我在菜地施展本领,向土地和蔬菜表达我的爱情。

妻子在平整过的地上重撒了青菜籽、菠菜籽、生菜籽、茼蒿籽,还撒了鸡心包、平心包种子。我挨着浇了一遍粪水。要不了几天,它们都将发芽,再过几天,蔚然绿成一片。菜地不相信眼泪,只要劳作,就有希望。人生亦然,看人间事,不过是历史的简单重复,勇往直前,沟沟坎坎都能过去。

终于说到挖山药了。

山药是晚春时节种的。先育幼苗,继而移栽。数月以来,它们长藤爬架,结山药蛋,成为菜地里最高的风景。现如今,晚秋的风,像无形的手,搓着它们的叶子,把叶子搓得发黄,搓得起皱,搓得凋谢。山药蛋簌簌地往下落——再不起就迟了。可是山药钻得太深,有两尺多,都挖断了。茎硬须多,茬口雪白——真像铁棍。

最后敲打芝麻秸，把芝麻籽搕下来。当初种的是黑芝麻，可是搕下来的却是白芝麻。想起前年，梅生寄来的黑芝麻种，种出来还是黑芝麻，让人感慨。寒露时节，北方民间有“吃芝麻”的习俗，谓“嚼把黑芝麻，百岁无白发”。我的头发并没变黑，但我还是感谢友情。农谚有言“寒露蚕豆霜降麦”，意思是说，已是种蚕豆的季节。其实，这还有一层原因，就是遭了虫蛀的蚕豆，只要钻进泥土的被窝，就能安全过冬。

草白在另一篇散文《劳动者不知所终》里写道：“这些年来，我越来越渴望一种单调的劳动，在自然环境下的劳作，不必你追我赶的劳作。”这种想法我很赞同。人是自然的一部分，是自然襁褓中的婴儿，在自然之中，在电讯、高铁、写字楼之外，四肢伸展，睡眠更香。

有人说，比生活更重要的是生活方式。在我看来，很有道理。晚上炒韭菜、炒苋菜、蒸山药、用辣椒焖咸鱼干，口味极佳。铁棍山药呢，不粉而脆，像雪白的梨。斟一杯自制的葡萄酒，慢慢啜饮；瞅两眼英国电影《奇迹》，其乐无穷。电影中有个细节，令我心动：四只蜜蜂，居然可以事先藏在女孩嘴里，然后一只一只从轻启的嘴唇钻出，由脸颊、鼻翼向上爬动，动作优雅，训练有素。

我突然觉得，蔬菜的气息，像风一样，在我的口中、我的心中自由出入和呼吸。

· 坚强的菜籽

寒露过后,除旧布新。在新挖的地里,妻子撒了几拨白菜籽,隔日来看,都发了芽。但是,前天撒的,与昨天撒的,甚至上午撒的,与晚上撒的,长得都不一样。大的长出两片细叶,像猪腰子;中的拔出一根细茎,叶子如同米粒;最小的才露出蚂蚁大的芽嘴,像比蜂鸟还要袖珍的"蚁鸟",刚刚啄破薄薄的壳。再过两天,大的叶片,从腰部开始伸展,原来凹的地方,会凸出来,像橡皮筋,越扯越长,成为尖尖的形状。

菜地东边尽是瓦砾,曾经长满菊花脑,夹杂茅草、葎草,乱糟糟的。葎草是跑藤子的,蔓延极快,且藤叶皆有细刺,一不小心,手臂、小腿就会被划出血痕,又疼又痒,形状、症状都像患了带状疱疹。于是把它们都割倒。后来见到小草就薅。

撒完三小块地,还剩一把,胡乱撒在这瓦砾上,居然也生出极细的小芽。

我不禁感叹,菜籽是有追求的,而且多么敏感!它们或许已经等待太久,它们渴望回到它们所热爱的泥土家园,它们渴望进入新的生命轮回。它们像一些人,虽然寄身城市,然而思念故园,如刘亮程在散文《文学——从家乡到故乡》中所言:"我在城市写了二十年的乡村文字,是因为乡村乡土纠结于心,挥之不去。"所以,我们不能小看每样事物，不能忽视它们的感觉。至于人，哪怕是最底层的人，也应得到足够的尊重。

接着又撒四样种子：榨菜、苦菊、油麦菜、平包菜。一块钱或两块钱一袋，绿油油的包装，看着就已十分开心。卖种子的人热心地告诉我，榨菜、平包菜要先育苗，再移栽，平包菜发棵厉害，行距、株距各留一尺。我似乎看见它们细小的苗正在破土，看见了平和的绿意冉冉升起。苦菊是第一次种，以前吃过，我喜欢它的清凉与微苦，像人生的状态，很有禅意。

曾经听过朋友感叹，说女人是菜籽命，意思是，菜籽撒到一块肥田里，就能长出大的种子，撒到一块烂田里，就是想长种子也长不出；而女人选择伴侣亦然，嫁了个好人家，就可以幸福过一辈子，嫁了不好的人家，就是想过点好日子都会觉得苦。初听似有道理，也确实有道理；不过，思索一下，她可能完全忽视了菜籽自身的力量，就是身处瓦砾之中的菜籽，也可发芽、长叶、开花、结籽。历史上，不乏这样的例子。

其实每个人都是菜籽命，你的出生完全是机缘巧合，你生在什么样的环境你无法选择。但有句话说得好：一切都是最好的安排。

就说昨天，10月19日，十九大开幕会的次日，我监考之后，抄小路到小店去吃中饭。看到荒地里横七竖八的北斗星似的南瓜很开心，看到树上挂着的像长灯笼似的南瓜，很开心，想到习总书记在报告中提出的关于新时代中国社会主要矛盾的论述，即人民日益增长的美好生活需要与不平衡不充分的发展之间的矛盾，觉得非常准确。

那时，正午的阳光斜落下来，我的脸上满是笑意。小路是条下坡路，布满野草。我虽然很小心，但一只脚还是被藤蔓绊住，连跄几步，向前跌出，趴在地上。连忙爬起，衣服跌坏，头蹭破了，血流不止，捂都捂不住。而距头顶尺把远，就有一根翘起的粗锈钢筋。现在想来，心有余悸。怎么办呢？只能面对。包扎，拍片，做CT，打破伤风针，喷云南白药气雾剂。一句话，只能做一粒坚强的菜籽。

隔日，就是今天，女儿听说我跌伤的事，回来看我。看到我眉心的血痂，说像哈利·波特。可惜我没有他的魔法，否则就不会摔倒了。我甚至不如一只山羊，一只猫或狗。我给自己总结了几句教训：不走正道，栽了跟头；贪图捷径，马失前蹄。推而广之，无论做人做事，还是读书种菜，都要走正道，旁门左道多是好景无长；都要行不由径，欲速则不达。

突然想起很多年前读过的夏衍的散文《种子的力》，开头有这样两句："世界上力气最大的是植物的种子。一粒小小的种子蕴含的力量是巨大的，简直超越了人们的想象。"接着他列出用种子完整分离头盖骨的事例来说明即使是渺小的事物，一旦拥有坚定的信念和渴望，就会突破极限，收获意想不到的成功。

坐在床上，阅卷（网上阅卷），读书。近期读了几本书，每本书都在我的面前打开一个全新的世界。比如清少纳言的《枕草子》，她不急不缓温文尔雅的琐碎的叙述令我心动。我觉得我所有关于种菜以及日常生活的絮絮叨叨的文字，若集结起来，也是一部《枕草子》。

·我们的歌

今年8月8日,我到四川,想看都江堰、九寨沟,却被地震挡住脚步,只得滞留成都。次日,随便逛逛:杜甫草堂、浣花溪公园、宽窄巷子、武侯祠。出武侯祠,邂逅锦里,听到手鼓,《我们的歌》:"如果世界太危险,只有音乐最安全。带着我进梦里面,让各自都实现……"

这是丽江小倩翻唱的王力宏的歌曲。她人在丽江,歌在锦城。音乐是有翅膀的。其实,满世界都是节奏和旋律,都是天籁之音,关键是,你带了耳朵没有。

且以我的菜地为例。

夏天的音乐热情奔放。比如瓜豆藤蔓疯长,你能听见它们攀缘的喘息。冬天的音乐安安静静。比如青菜的叶子像耳朵,接受着阳光的爱抚;芫荽细小的叶子亮亮的,散发着奇异的香味。

晴天雨天,都有音乐,但不相同。晴天,阳光巡航,静得可以看见阳光的丝绵;雨天,噼里啪啦,落在每棵菜上的声音都不同,像弹钢琴,也像敲响一长排的玻璃瓶。

尼尔·波兹曼在《娱乐至死》里写道:"现在的诗歌、书法、小说、散文,已经被人以娱乐的名义肆意践踏,把本来很严肃很高雅的精神美酒,变成了一杯骚臭的猫尿。"我的朋友却不认同。她说:"不全是。总有一股清流,在污浊的大地静静流淌。"

我希望我对于蔬菜的表达也是一股清流。

锦城归来，即网购手鼓一只，实木雕刻，红底鼓身，古拙图纹。我从网上搜到小倩演唱的歌曲，情不自禁地打着节拍，跟着哼唱。

比如《爱你的方式》："爱你的悲观，爱你的坏习惯，爱你的自以为是；无论你什么样子，我都深深迷恋。我爱你的叛逆，爱你的眼神，爱你的空虚感，爱你的不合时宜；无论你什么样子，我都深深迷恋。"

比如《烟花绽放》："你眼神迷茫，真让我忧伤；来吧躺在草上，听风的呼喊。"

——我感觉这都是我们的歌！

近读清少纳言的《枕草子》，书中言及唐代贾至的诗《君山》："湘中老人读黄老，手援紫藟坐碧草。春至不知湖水深，日暮忘却巴陵道。"这位老人自然是位真正的读书人，在山中耽读，值湘水涨，君山成为湖中一岛，他并不知道，亦忘记回巴陵去了。如果他打鼓唱歌，也可能是位真正的音乐人。

清少纳言平静的叙述中其实很有感情，尤其是她对于植物的情怀令人感动，"凡事物，不论草木鸟虫，且不管是辗转听闻，或偶有所感，皆不可漠不关心"。她认为万物有情，有时就把树木当作人来写。例如以下两段：

> 木樨树，虽嫌其不伦不类，但众树之花尽凋散后，周遭一片新绿之中，独此树的花不顾时节，仿佛浓艳的红叶似的，忽从青叶间冒出，倒也令人耳目一新。……楠木，即使在众树丛生处，也不与他树杂生。若是想象其蓊郁茂密之状，未

免叫人难以亲近，但是其枝上干，人道是：如恋人之心千千结，则又不知究竟是谁想到那数目，也挺有意思。

中国现代文学研究会会长、南京大学教授丁帆在题为"关注乡土就是关注中国"的访谈中认为，从1912年到1949年，最好的乡土文学作家是鲁迅、废名、沈从文、萧红、吴组缃、台静农、卢焚、李劼人、周立波等，1949年以后，应该是赵树理、柳青、刘绍棠、高晓声、古华、莫言、贾平凹、陈忠实、路遥、余华、阎连科。

这些作家的作品我读过一些，我崇拜他们，不仅崇拜他们的写作技术，更崇拜他们对于国家民族的深刻思考。我不敢奢望我的种菜散文忝列其间，但我愿意朝着这个方向努力。

种菜、阅读、写作，也是我们的歌。

·秋天最后的驿站

写了三年菜园,每每写到节气。现在,时常背诵《二十四节气歌》,犹如在口诀里穿行:

> 春雨惊春清谷天,夏满芒夏暑相连;
> 秋处露秋寒霜降,冬雪雪冬小大寒。

事实上,我是把节气当作时间的驿站,而每座驿站都有不同的风景。我发现,口诀里,二十四座驿站,唯有"霜降"没有简化,还是两个字。字多容量就大,犹如诗歌里七言之于五言,五言之于四言。这个节气似乎更有内涵。

今天就是霜降。《月令七十二候集解》:"九月中,气肃而凝,露结为霜矣。"意思是,天气逐渐变冷,露水凝结成霜。又将此节气物候描述为:"豺乃祭兽,草木黄落,蛰虫咸俯。"

《西厢记》里有出《长亭送别》,其描绘的霜降之景,为人所津津乐道:"碧云天,黄花地,西风紧,北雁南飞。晓来谁染霜林醉?总是离人泪。"

霜降,是秋天最后的回眸。今人概括说:"晚稻在野,晨起有霜。阡陌寂寂,远山红黄。"

不过，据我观察，霜并未降，草木仍绿，菜园里，萝卜青菜长势可人，蚱蜢还在乱飞，青虫仍在进食。桂花流香，菊花脑刚刚打苞，离绽放还隔着阅读一部好书的时光。秋天像橡皮筋似的被无限拉长。

柿子倒是完全成熟了，像小红灯笼。俗话说："霜降吃柿子，不会流鼻涕。"不知是否这样。我的朋友送了些给我，附张纸条："祝你柿柿如意。"我谢他好意，也需要这份好意。眼下，岳母的身体每况愈下，似要油枯灯灭，我虽知人生短暂、无常、脆弱、易碎种种大义，但是依然在黑暗中默默落泪。

我自己又摔了一跤，走路不便，请假休息。菜园子去不了，新栽的青菜都是太太每晚浇水，两畦地没挖，撒的包菜种子、油麦菜种子都还没生。它们是在等我吗？破相倒在其次，毕竟是教书的人，站上讲台是讲课，额头上贴着创可贴，总不雅观。

坐在床上做试卷，看贾平凹《自在独行》。刚刚考过"皖南八校2018届第一次高三联考"卷。作文材料是，南方一所大学一群学生，在学校里成立协会，开荒种地，养花种菜做"农夫"，你怎么看。

在大学校园养花种菜不是新鲜事，只是少见。前几年南开大学做过。学校专门开辟近两千平方米菜地，让有兴趣的大学生们侍弄，旨在疏导情绪和减缓压力，同时提升大学生在认知、社交、情绪、身体及精神和创意等多方面的能力。

对此我持赞同态度。种菜可以培养学生爱泥土、爱植物、爱体力劳动的兴趣和品质，可以留给学生独处和思考的空间，可以教会学生学会感恩（蔬菜、土地、阳光都是无私的奉献者），可以让学生"感受到生命的来之不易，收获花朵绽开、果实成熟的成就感和愉悦，甚或学会接受生命逝去时的悲伤"。

《自在独行》封底有句话："人最大的任性，就是不顾一切坚持做自己喜欢的事，只有这样，人才可以说，我这一生不虚此行。"这不论是对于养花种菜的大学生，还是对于喜欢阅读与种菜的我，都有启发意义。苏州拙政园中有座"与谁同坐轩"，我仿佛找到了知音和同盟者。

朱以撒在散文《空间意识》里写道："想想在一个城市里搬了好多次家，除了居住空间扩大外，也是想和密集的人群有一定的距离，离市声市气远一些，离山野草木近一些。"菜地其实就是一个相对独立的空间。

秋天易让人生发出人生短暂之叹。可叔本华说："当你感到时光短暂，你已经老了。"我想，已届知天命之年，否认事实也不行。遥望长天，任意东西，一心不乱，唯此而已。

· 怒放的生命

再过几天,秋将画上句号,冬天就要来临。最后的秋日里,菊花脑开花了。一朵,两朵,千万朵;一簇,两簇,及至成片。而且,菊花脑花在绽放之时,新的花蕾如泉喷涌,迅疾绽放,如同汇入时代的洪流,加入宏大的合唱!再有,菊花脑花期极长,星星点点,汇成江河,汇成云海,层层叠叠,气势磅礴!

这些花朵,像是从天外飞来,落于丛丛菊花脑上,参加秋杪的雅集;又像是要从菊花脑上起飞,直飞到天上去,随着流云腾跃。我立于花前,或徜徉花间,感觉它们个个都是精灵古怪的小天使。更有蜜蜂流连花丛,载歌载舞,边笑边闹,把晚秋闹得像春天甚或夏天。

最为吸睛的,要数菊花脑花的颜色。它们的金黄,远胜过衰败的草,远胜过银杏的叶,甚至胜过漫天飞舞的菊。与前两者相比,菊花脑花显示出蓬蓬勃勃的生命活力;与后者比,它的生命似乎更具质地,掷地有声。它的花朵如纽扣大小,摘下来,用烤箱烘干后,便蹙缩成黄豆粒大,因有花萼托着,极像翡翠戒指。

就想到汪峰演唱的歌曲《怒放的生命》。所谓怒放,就是蓬勃生长。或者"十八出门远行",或者宣言"十八岁给我一个姑娘"。我不喜欢《挪威的森林》里的人物,除了绿子,都是半死不活的样子;也不喜欢《一个人的好天气》里的两个女人,不论老小,皆无生机。

半个月来，我因为摔伤了腿，多在床上躺着休养。我是走路摔倒的，那时我在东张西望，看南瓜横七竖八地卧于乱石之中，又见一个吊在树杈上，像孩子在荡秋千，甚是可爱。我存着一颗好奇与天真的心。杨绛曾说，我想用尽我的一生，来保护你的天真。"你"指的是钱锺书先生。在《我们仨》中，可以找到很多钱先生天真的细节。

我理解福楼拜《包法利夫人》中女主角的出轨，我理解《查莱德夫人的情人》中女主角与守林人的爱情，我理解《太阳照常升起》中的女主角那些不被人理解的举动。生命的力量如种子，应该破土，茁壮成长。

菊花脑是类似菊花的植物，像小灌木，生于瓦砾之中，不求水肥偏爱，不求格外眷顾，在阳光与风中，努力生长与绽放。晚秋花开，直达立冬、小雪，结出小小果实，删繁就简，疏朗清俊。来年春至，旧枝发叶，散落于地的种子也发出叶，渐成猗郁葱茏的绿毯。嫩叶可食，清肺明目。掐了又发，一直到夏。

菊花脑丛之外，是一畦一畦的蔬菜。青菜生得极密，挤得像豆芽菜，叶片油绿，像一团光。油麦菜生了两片真叶，瘦骨嶙峋。没人照顾就是不行啊。也可能是因想念我，不思茶饭，才长不大。苦菊、榨菜都还没生，但是快了。人参菜又结籽了，纤细修长的茎，红色的碎花，暗红的籽。荠菜生了。豌豆苗吃了一回，颇似《采薇》里的味道。大蒜、火葱长势良好。它们也都是怒放的生命。

前两年秋末，妻女采些花朵，制成花茶，通过茶水进入肠胃，渗入血液、骨髓和灵魂。今年这个时候，我住在医院，要人服侍，女儿将要生育，需要将息，没时间。但妻子还是想采一点，多少采一点。

第四辑：

冬

冬是岁之尾,是季节的留白,也是人生的留白。这个季节,所有的蔬菜都安安静静的,它们是在思考,也是在孕育,如同王湾《次北固山下》所云:『海日生残夜,江春入旧年。』

· 多么美好的世界

11月7日，时令已是立冬。立，有"站立"的意思。可是，在我看来，立冬像新栽的青菜，还耷拉着叶子，没有活棵。也许，这是由于二十四节气原本就是立足北方的缘故。在北方，已见霜雪，天青草白，木叶摇落；而在南方，还是艳阳高照，挖半畦地，沁满头汗。

李白写过《立冬》：

> 冻笔新诗懒写，寒炉美酒时温。
> 醉看墨花月白，恍疑雪满前村。

白居易写过《问刘十九》：

> 绿蚁新醅酒，红泥小火炉。
> 晚来天欲雪，能饮一杯无？

两位大诗人，都渴盼着冬天，可以围炉小饮，负暄闲话。估计那个时候，西北的都城长安，每至立冬，就会雪如梨花盛开。他们如果到南方来，会不会失望呢？

这时节，不仅无雪，雨都没有，所以，菜园里最重要的事，就是浇水。已经二十多天滴雨未落,地干得起烟,菜干得黄瘦。昨天夜里,我梦见青菜、萝卜、大蒜、芹菜、油麦菜、豌豆头都挥着纤细伶仃的小手,喊着救命。

妻子每晚浇水,水泼出去,既像撒开的长裙,又像美丽的彩虹;但是,蔬菜们总喝不够。萝卜已有拳头大,白的,红的,都露着头,极可爱。想到连续多日干旱的情景,我总担心它们糠心甚至空心。幸运的是,今天妻子拔了几个,烧五花肉,水分充足,略略地甜。

最使人开心的是菊花脑花。花团锦簇,犹如满天云霞,蜂蝶环舞,恰如追风少年。我不禁感叹:"多么美好的世界!"

有首歌曲,歌名就叫"多么美好的世界",歌词极好:

> 我看到蓝天与白云,黑夜与白天,
> 我想,这是一个美好的世界;
> ……
> 我听到婴儿哭泣,也看到他们长大,
> 是的,我认为这真是一个美好的世界……

昼夜交替,有白天就有黑夜,婴儿时哭,可他们渐渐长成可爱的模样。人生在世,有时春风得意,有时失落孤寂,有时轰轰烈烈,有时一地鸡毛,犹如波峰低谷,轮番上演。不如意时,应该戴上暖色眼镜,持着乐观心态,享受美好的世界。

俗话说,"立冬补冬补嘴空",据说,古时立冬之日都要休息,用丰盛的食物犒赏家人,以慰劳一年来的辛苦。有些地方会吃饺子。饺子有"交子"之意。值此秋冬之交,人们知道,秋天渐远,明年才会再来。

我小时候，立冬之后，农村渐渐闲了，村民都去挑塘泥，垒河堤。有段时间，村里有夜校，不识字的妇女会去学习认字。我跟着母亲去过夜校，至今记得先生讲的"三余读书法"。三余即三闲，冬为年之闲，夜为日之闲，雨天为一时之闲。意思是，想学习总会有时间的。时至今日，我依然觉得先生的话挺有道理。

财经专栏作家吴晓波说，一个国家的成长高度，不是由摩天大楼决定的，而是取决于全体国民的现代性。照我的理解，吴先生强调的是精神高度。而读书、思考，则是抵达精神高峰的必经之路。一篇文章里说，人就是一只空瓶子，你向瓶子里面倒什么，你得到的就是什么；心里装着位子、票子、房子，你的生命就会在物质世界里疲于奔命。又说，百货公司的香水，95%都是水，只有5%不同，那是各家秘方。人也是这样，95%的东西基本相似，差别就是其中很关键的5%。把握好这个5%，就可以看到"多么美好的世界"。

· 万物美好

双十一,我也凑热闹,在淘宝网游走,嗒嗒嗒,选购了十本书。文字涉及蔬菜、草木等,都是我的最爱;况且,都是半价,捡了便宜,仿佛收藏者捡了个漏。其过程与感受,可用作家钱红丽的书名概括——"万物美好,我在其中"。

这个书名,如果用于菜地,似乎更加合适。你看,辣椒绯红,在初冬季节,依然充满热情,像多血质性格的人。你看,青菜油绿,芹菜清气扑鼻,豌豆苗袅袅娜娜,芋头的叶片像观音似的平和。你看,萝卜正当时令,烧五花肉、烧萝卜汤、刨丝凉拌、做饺子馅都行;前几天,妻子洗一把嫩萝卜缨子,用盐略略腌渍,加肉丝炒,用生粉勾了薄薄的芡,色泽碧绿,清苦微辣,可算一绝。

朋友来玩,我请他们在家吃饭。清炒生菜、清炒荠菜、清炒豌豆头、清炒上海青,略加些油,撒几粒蒜米,备受欢迎。有朋友说,最近看到种黄瓜的视频,细细的瓜蒂上拴根布条,布条的一端浸在塑料瓶里,瓶里装着所谓的营养液,其实就是激素,感觉像是往猪肉里注射膨胀剂,想起来都要呕吐。我就想到,如今医疗水平是越来越高,而疑难杂症层出不穷,像打不死的小强,这恐怕是根源之一。

中医顺口溜说:"萝卜出了地,郎中没生意;大蒜是个宝,常吃身体好;人说苦瓜苦,我说苦瓜甜;吃了十月茄,饿死郎中爷。"前两样,我地里有，另有芹菜、芫荽、茼蒿、菠菜；后两样无，苦瓜吃了几个月，已过季节，秋茄呢，去年有的，今年秋来干旱，没长起来。种菜就像人生，年年岁岁"菜"相似，岁岁年年人不同。

傍晚，把晒枯的杂草抱到空地上，点着烧了，那一小堆发白的灰烬，是很好的肥料。以前，我是把杂草扔进化粪池浸泡，以作绿肥。后来发现，杂草的籽太硬，烂不掉，肥浇到地里，等于种草。草的生命力强，皮实，一生就是一片，比雨后春笋还要茂密，因与蔬菜相间，锄头没法锄，只能动手薅。结果，手指头薅绿了，腰弯成了弓；过了几天，又长出一片。而我是不肯打除草剂的，只能受累。

之后挖地，栽莴笋，栽平心包。菜秧是自己培育的，三四片叶，一拃多高。我先后买过两次包菜种子，前次买的是牛心包，说长大以后，形似牛心；第二次买的是平心包，长大的话，像个铁饼。过了半个月，牛心包的籽毫无动静，平心包却生了一片。人们常说，人生路上，东方不亮西方亮，失之东隅，收之桑榆；其实，种菜也是一样。

读张梦阳先生《鲁迅全传》，有两段很有意思。一是鲁迅祖父周福清教松寿（后改名周建人）认字时，从"白菜""萝卜"开始，接着教"芹菜""韭菜""葱"，几乎把所有的蔬菜都认了个遍。因为这些蔬菜天天吃，容易记，松寿很感兴趣，也学得快。再是鲁迅小舅鲁济湘在村里行医，不收分文诊费，村民感激他，知道他喜欢吃南瓜，等南瓜一熟，就拣大的摘来送给他。在此，我看到了种菜的意义。原来，蔬菜与名人、教学、行善、感恩密切相联。

我因为爱着种菜，白天看不够忙不够，梦里还时常出现蔬菜的倩影。它们有时变成童话中的女孩，演着安徒生笔下的故事；有时变成聊斋中的仙女,来做添香的红袖。昨夜梦中听到哗哗的雨声,今早醒来,夜里真下了雨。旱了多时的菜,一碧如洗,清秀水灵。

我的朋友周华诚,在《乡村的黄昏》里写他父亲热爱种稻,说:"一个农民的一生,耕种次数其实是有限的。从前村庄里的水稻是一年两熟,现在也是一年两熟。一个人活到八十岁,也就看到一百六十次水稻成熟。"种菜也是,就是把蔬菜当命,一生能种多少茬呢?

·把生活过成诗的模样

秋末持续干旱，立冬也已一周，只在前天晚上，下了几粒米粒大的雨，比撒在地里的种子还少，连地上的灰都没打湿。天阴得像干抹布，一抖灰尘乱飞，说是霾。打开手机，查看天气，说是有雨，就是下不下来。这使我想到画饼充饥的成语。

妻子说："还是把包菜栽栽，不下雨就多浇两次水。"

我说："也是，再不栽怕迟了。"

在我们这里，包菜既指青绿的像铁饼似的圆白菜，也指瓷白的像水瓶似的大白菜——它们都是先长出宽大的叶片，待到寒风起霜雪至，叶片渐渐变硬变厚，如涂油蜡，像是穿上大衣；比及春寒料峭，慢慢上举，由里而外，层层相叠，勾连环绕，像热恋的人抱在一起，越抱越紧。现在流行"抱团取暖"的说法，灵感可能来自包菜。

妻子栽的是圆白菜。圆白菜的学名，叫作结球甘蓝，俗称包菜、包心菜、卷心菜等。

栽圆白菜，要锄宕子，下足底肥。锄宕子，便于以后浇水、追肥。它们在成长过程中，颇似小猪，要吃要喝，没得吃时，嗷嗷直叫；有得吃了，嘴咂得吧唧吧唧响，若是夜深人静，半个小城都能听见。株距、行距也要留大。留多大呢？各两尺吧。它们的叶片像芭蕉叶，又大又宽，无限伸展，似要把整个菜地，以及长长的冬季全部覆盖。不留出足够的空间，它们会很委屈，发育也会受到影响。春风时至，叶片就会上举，收拢，像健壮的少年或姑娘，努力地抬起手臂，靠近，再靠近，抱紧，再抱紧。

我从2014年开荒种菜，迄今已逾三年。我栽过两季圆白菜，都是买的菜秧。

第一季收成不错。春天里，每次看到蜡质的宽展的叶片，都会用指头在上面画来画去，写我爱人的名字，写我女儿的名字，配以花朵、风筝或云。

有段时间，每天早晨，都会见到青虫，像青的蚕蛹，嘁嘁喳喳，埋头享受绿色大餐，啃出若干不规则的窟窿，落下一堆堆青黑的湿漉漉的粪球。我把青虫拾起，扔到边上的草丛里。

第二次栽种，徒劳无功。因为那茎，像香椿树苗，一股劲地上蹿，却细得可怜，叶片倒是不小，可是从无卷曲、包裹成球的迹象，期盼了一百多个日夜，最后叹息着砍倒。把叶片扔进猪圈，猪都不吃；扔到鸡的面前，鸡看都不看。这是菜秧的问题。我不怪卖菜秧的人，或许他自己并不知道；但是卖种子给他的人应该知道。受累也就算了，只是希望化为了泡影。好在我已老大不小，经历也不算少，过些日子，不再想了。有朋友说我得不偿失。他们不知道我已在种植中获得了片刻宁静，和思考的空间。作家钱红丽有本书，《一人食一粟米》，她想说的，大概也是独处的快乐吧。

圆白菜的吃法很多，以干锅包菜最为有名。不过，叶片要用手撕，才有味道。还可做包菜卷，做包子馅，腌也可以，脆生生的。《本草纲目》记载，谓圆白菜，其根经冬不死，春亦有英，生命力旺盛，被誉为

"不死菜"。我没见过圆白菜开花，没到开花的时候，菜就被扳倒吃了。说它们的生命力强，并非虚美。无论种植，还是烹饪，都要细心，不急不躁，如此这般，菜长得好，菜品也好。所谓把生活过成诗的模样，即指细致做事，享受过程，而不急功近利。抬头看天，飞机像一条刀鱼；星月，就是美丽的神话。

至于大白菜，我也想栽，但没买到菜秧，也没买到种子。吃法也多，可以烧猪牛肉、做酸菜。我岳父岳母在东北生活过，会做酸菜，好吃得很。

·暖心萝卜

张梦阳在《鲁迅全传》中写过鲁迅租住砖塔胡同时，被俞芬、俞芳姐妹"敲竹杠"买萝卜吃的趣事。那时俞芬她们在北京求学，和鲁迅同租一个院子，是鲁迅家里的常客。冬天的夜晚，她们聚在鲁老太太房间聊天，听到"萝卜赛梨哟，辣了换"的叫卖声，就要鲁迅买来同吃，说可以去煤气（那时候烧煤取暖，门窗紧闭，容易中毒）。鲁迅总是笑着答应。

梅兰芳的好友齐如山在散文《华北的农村》里，也写过旧时代北京小贩走街串巷叫卖萝卜的情景。品种还不少呢，有"一团雪""鹦哥绿""心里美""卫青萝卜"等。"一团雪"，是红皮白瓤，"鹦哥绿"呢，是绿皮粉红瓤，都是上品，可惜都没见过。"卫青萝卜"以前吃过，是朋友旅游归来送给我的，绿皮绿瓤，脆而清甜。

"心里美"经常见到，我去年还种了半畦。今年还想种的，没买到种，没有种成。它的外皮青绿，瓤玫瑰红，又脆又甜，像梨。若滚到地上，必定裂成几瓣；有的拔出来时，就已挣开两道裂缝，像地球仪上面南北贯通的经线。可以当水果吃，也可刨丝凉拌、烧五花肉，都是下酒的好菜。超市也有卖的，称为水果萝卜。俞芬姐妹、齐如山他们吃的，估计就是这种。

入冬以来，萝卜成了餐桌上的青衣，几乎天天都有她出场。不过，不是水果萝卜，而是极普通的红萝卜、白萝卜，粗粗实实，晶莹泛亮，像早餐裹的籴米饭。有时烧肉，有时清炒，有时烧汤，加两片姜、几片蒜叶，味道极佳——蒜叶是必需的，待出锅时撒入，提味。今天清炒萝卜，咂巴着嘴，突然发现，微微的甜，竟留在舌面上，久久不肯离去。就想到冬天的青菜、山芋之类，越冷越甜，经霜之后更甜。查了书才知道，入冬以后，有些植物会在体内进行糖类分解，以抵御渐渐走低的气温；到了人的味蕾，仿佛蔗糖甜美。

又想到两句如今很流行的话，一句是"愿你被这个世界温柔以待"，还有一句，"愿你对待这个世界以温柔"。看似没有差别，实则大不相同。前者，是要求别人对自己如何；后者，则是要求自己对别人如何。萝卜、青菜、山芋，自然属于后者。这是做人的更高境界。萝卜夏天也有，略含辛辣，足以消暑。前几年，我住南京时，经常吃生拌白萝卜丝，清新脱俗，雪白脆生，齿颊留香，余味绵延。有位年轻编辑，美丽善良，兢兢业业，微信昵称是"奋斗的小萝卜"，当是以温柔待世界的美人。

前两年，我种过杨花萝卜，像袖珍的红灯笼。一拍，啪，扁了，四周均匀裂开，沁入糖、醋，皮薄肉嫩，又酸又甜，吃三五颗，可羽化成仙。还种过胡萝卜，生吃，熟吃，腌吃，蒸了当饭吃，想怎么吃就怎么吃；晒萝卜丝也行，冬春两季，泡发开来，拌青菜心或苦瓜，加黑木耳，色味俱佳。最近有款游戏，名曰"万能胡萝卜"。胡萝卜吃法多，营养丰富，谓其"万能"，实至名归。

萝卜还有药用价值。比如，冰糖萝卜汁，可以润肺止咳；羊肉炖萝卜，可以补脾健肾；什锦胡萝卜汤，可以养胃助消化；蜜糖萝卜，可以缓解咽喉肿痛；糖醋萝卜，可以提神醒酒。用白萝卜烧水，可治脚气。萝卜最是顺气，像肠道的清道夫，肠道顺畅，神清气爽。所以俗语说："吃凉萝卜喝热茶，饿得大夫满街爬。"

近读钱红丽，喜欢她朴实而有趣味的文字。在《野菜》里，她说，在皖南，那些漫山遍野的野菜，吃着吃着就老了，总让人惋惜；所以，春天里，想看花就赶紧去看，想吃野菜就赶紧去采，不能懒，不能懈怠，出名要趁早，生孩子也要趁早，吃野菜更要趁早。我想，吃萝卜也要趁早，迟了会糠心，像泡沫般，食之无味，甚至空心，看上去很美，口感却像厚塑料皮。

· 芫荽

芫荽的香气有些霸道。我每次上菜园，老远就能闻到她的生猛气息，像《红楼梦》里的王熙凤，"未见其人，先闻其声"；像汪曾祺作品里的薛大娘，她爱上了保全堂新"管事"吕三，行事果断，如火如风。我喜欢她们这样热情而不做作的性格。

迫而察之，形象明丽，艳如明星，每个阶段都美，就是迟暮之年，依然风韵不减。就像平生手不释卷并且著作等身的杨绛先生，就像从来不穿裤子而着旗袍、被蒋介石誉为"一个人可抵二十个步兵师"的宋美龄。

印象中，是中秋节后撒的种子，因为俗务太多，加之种子壳硬，出生缓慢，没怎么管。然而，它们还是钻出了泥土。几片细叶，瑟瑟缩缩，稀稀拉拉，有种"草色遥看近却无"的感觉。

秋去冬来，芫荽的茎叶伸长，变宽，像蕾丝边。茎非上蹿，而是横长，马齿苋似的，贴着地面。再后来，茎叶越生越密，日渐拥挤，才直起腰。颇像今日城市，原先都是平房，由于人口暴增而地有限，开始往空中发展，大楼越造越高，似要摩天。

那些茎叶，又如孩子的头发，愈加厚密，颜色也由土红一变而为翠绿，油光锃亮，迎风招展，使我想起二十多年前北京亚运会的宣传歌曲："黑头发飘起来飘起来，闪着光追着风流动着爱；黑头发飘起来飘起来,天更高地更广飞向未来……"

眼下,芫荽正值青春妙龄,容颜最美,清香弥漫。妻子间了一把,把根洗净,在开水里焯下、挤干、切段,拌香干、花生米,略加糖、醋,滴些芝麻油,其味无匹。也可与大蒜、菠菜同焯同拌,也极爽口。

还有两种吃法,或做佐料,或涮火锅。事实上,南京城里,本地的早餐店,以及路边摊鸡蛋饼的,称芫荽为香菜,在面条、馄饨装碗时,撒些碎屑,用以提味。再有,吃火锅时,管它牛肉火锅、鱼头火锅,还是三鲜火锅、羊蝎子火锅,都可以把芫荽拿来涮着吃,因沾着热油,极烫,吹两口气,才能进嘴。比较两种吃法,倒像两种人过日子,有的精打细算;有的如罗隐《自遣》所言:"今朝有酒今朝醉,明日愁来明日愁。"

入冬以后,天冷少雨,芫荽生长缓慢,可以吃一阵子。眼看就是小雪节气,等走过大雪、冬至、小寒、大寒,进入立春时节,芫荽就会喝风似的呼呼地长,渐渐起薹。那时香味依然很浓,可是茎已膨胀而成空心,吸管似的,看也好看,吃也能吃,但口感差了。再往后,次第开花,像野萝卜,蜂飞蝶恋,莺歌燕舞。到那时候,肯定不能吃了,留着收籽。

近日,读钱红丽的《一人食一粟米》。她是作家,又擅美食,右手掌锅铲,双手敲键盘,把平淡无奇的日子,过成了诗的模样。书中多次写到芫荽,如做小排煨猪肚汤时,"临起锅时加一大把芫荽",显然是当香头;又写到干芫荽,用来烧肉。还写到干马兰头、干水芹、干荠菜、干扁豆等;除干扁豆外,其他我是闻所未闻。

我感到奇怪的是,芫荽如何能够晒干,要多少芫荽才能晒一小把,干芫荽又是什么样子。因为芫荽太嫩，犹如娇气任性的女学生，铲芫荽时已经满手是汁，鞋面染绿，你要把它们晒干，等于是用速成方法，把它们变成老太婆，谈何容易！再说了，晒干以后，它们还嫩、还香、还青翠欲滴吗？——不过，红丽肯定自有说法。

掩卷思考书名。一人食，大概是指一个人吃饭，也指个体对于美食及生活的独到理解，约略等于"一个人的美食"；一粟米，或取"寄蜉蝣于天地，渺沧海之一粟"诗意，抑或源自"一箪食，一瓢饮，在陋巷，人不堪其忧，也不改其乐"。合起来，就是祈望岁月静好、现世安稳之意吧。

· 初冬的慈姑

大雪这天,虽没下雪,可是风硬了很多,吹到脸上生疼。我到菜场买菜,无意中看到慈姑。半竹篮子,如小鸡鸭,挤作一团,叽叽喳喳。当下心就暖了,称了二斤多。

慈姑更像一些人,也像人的名字。可能十多岁,或二十多岁,或三十多岁,但一定是女人,很美丽,很善良,很慈祥,很温暖,齿如白玉,笑容可掬,两颊红润,眉眼芬芳。俗话说名字是人的衣裳,"慈姑"就是慈姑的衣裳。

记得电影《走出非洲》的开头,女主人公凯伦有句独白:"我在非洲有一个农庄。"幸运的是,我在城里有块菜地。我种了很多蔬菜,你能想到的我都种了,你没想到的我可能也种了,比如秋葵、苦菊、人参菜、绿葫芦。但没种过慈姑,它是水生蔬菜,长在水田里。

慈姑有很多别名,如茨菰、藕姑、水萍、剪刀草、燕尾草等,就像一个人脉极广的人,有好多的昵称。我觉得,除慈姑外,藕姑、燕尾草名字都好。藕是慰藉,每个人,男女老少,都很需要;燕尾草,永远是飞翔的姿态,永远向往着诗和远方。

我是真心喜欢慈姑。它的叶子呈三角形,如纸飞机,如千纸鹤,如绿风筝,或盘旋而上,或飞高飞远,把天真的梦想带向蓝天。

它的花朵,又叫马蹄莲、观音莲,不施粉黛,端庄雅致。夏天的风吹来，秋天的风吹来，花枝晃动招摇，如得得的马蹄，把清音传出很远。

它的茎秆如莲，如芡实，如荸荠，如芋头，不枝不蔓，直而挺拔，每每使我想到"亭亭净植""一一风荷举""叶子出水很高，像亭亭的舞女的裙"等美好而有趣的词句。

在浅水里、在泥土下的，是它的根须。根须越长越多，越长越长，越长越粗，慢慢形成球茎，黄白色，或青白色，可以当作蔬菜食用。慈姑是低调的，不像喳喳哄叫的母鸡，不像悬于枝头的水果，不像张扬或者自我炒作的各类明星，而是像土豆、花生、莲藕、芋头，不言不语，默默生长。

南京饮食文化中，有"水八鲜"之说。而慈姑，堪称"水八鲜"中的上品。荸荠、茭白、莲藕、水芹菜都很好吃，可是在我看来，都不能与慈姑同日而语。慈姑可以炒，可以烀，可以油炸，可以佐汤，可以蒸食，可以煮粥，你想怎么吃都行，在"水八鲜"中独树一帜。

慈姑生长期长，达180~210天。清明开始育种育苗，7月上旬移栽，10月下旬末端膨大结球，持续月余，才可上市。它不仅默默生长，而且不急不躁，它以时间保证品质。种植慈姑的人，自然也有足够的耐心和温和的品性。

据医书介绍，慈姑性寒微苦，具有解毒利尿、防癌抗癌、散热消结、强心润肺之功效。可治疗肿块疮疖、心悸心慌、水肿、肺热咳嗽、喘促气憋、排尿不利等病症；可以增强肠胃的蠕动，增进食欲，易于消化，对于预防和治疗便秘效果最佳。不过，厨艺好的主妇，做出来的菜肴，一点也不苦。

夏天里，我到河边钓鱼，见过圩田里正在生长的慈姑，像牛舌草，像滴水观音。我掏出手机跟它合影，做了手机的屏保。脆生生的绿！到了秋末冬初，眼见得枯枝败叶，似极凄凉；但是你知道吗，它们须根底下，球茎业已成熟。我也见过妇女们采收慈姑的情景：赤脚下田，高挽裤腿，用手在稀泥中划拉，捏出一个个圆圆的果实。它们眼角眉梢，都是笑意，似看到儿女，或看到孙子孙女。

最后补充两点：一是这天我用慈姑烧肉，味道极好；二是开头所说的大雪，是个节令，慈姑用它的爱，温暖了冬天。

· 我的黄金时代

读完姜米粒的《穿越电影的美味人生》，我想郑重地向导演们发个邀请，如果再拍美食电影，或者涉及美食的电影，我的菜园是个不错的外景地，我也可以做一个蔬菜道具的供应商。

为什么这么自信呢？因为电影里选用的食材，我的菜园里基本都有。

比如《涉足荒野》里，谢丽尔在农户家里吃的美式乡村浓汤，就是用番茄、洋葱、土豆、南瓜等做成的糊。这几样，我都种过。

《廊桥遗梦》里，弗朗西斯卡所做的烩菜，是把胡萝卜、白萝卜、土豆、洋葱一锅焖。在北欧，它们统称"防风菜根"。今年，种了一畦半萝卜，白萝卜多的是，脆生生的。缨子用盐腌渍，加肉丝炒，勾芡，好吃得停不住筷子。

《调情魔师》里，天露给跆拳道教练的菜谱是烤茄子加蒜片，然后加莳萝籽、小红洋葱和番茄。白茄子、青茄子、紫茄子我都栽过；没见过的，只有莳萝籽，是种香料，超市可以买到。

《幸福便当》里，母亲永井小卷给儿子乃里子做的蛋松海苔有五层，最下面的一层是红烧萝卜和鱼肉拌饭，上面一层是炒菠菜。菠菜现在就有，青绿的叶子，水红的根，拔起洗净，像翠鸟。

《深夜食堂》里，有款山药泥盖饭，就是把铁棍山药去皮蒸熟，用擀面杖磨成黏稠而稀的山药泥，再用鸡汤拌成糊状，浇到刚刚出锅的热乎乎的米饭上。这个更有体会,秋末挖的山药,还在阳台晒着。

至于《游泳池》里的生菜沙拉,主要食材就是生菜。但看东边一畦青绿,正值妙龄……

在我看来,生菜、番茄、土豆、洋葱,是西餐和西式点心里的四大天王,没有它们支撑,西方美食大厦就得倒塌,喜欢西式餐饮的人将会无家可归。我在店里买汉堡包,在路边买意大利卷饼,不夹两片生菜,就觉得它们简直枉用了名号。

不过,我种蔬菜,是严格按照时令安排的。简单地说,就是到什么时候种什么菜。我不想打乱蔬菜生活的规律,不想通过人为干预,比如搭起大棚,比如添加激素,让它们早熟,或推迟成熟。但说眼下,已是小雪,生菜长势旺盛,洋葱只有香葱似的苗,土豆、番茄要到明年春夏才有。

生菜的叶,油黄粉嫩,像兔耳朵,茎脉雪白,清纯秀丽。它的旁边,种的是油麦菜,同时播种,同时出生,都是两三片叶,支棱向天。如果把它们放在一个婴儿室里,粗心的护士可能会经常抱错。浇水之后,向前趴下,白亮平展,像一张干净的竹席。

除此以外,其他的蔬菜倒是很多。

青菜、菠菜、茼蒿、芹菜、大蒜、芫荽、荠菜、萝卜(最近发现,缨子可食,红的茎梗,焯过也绿,像荠菜似的)、豌豆苗。包菜已栽,莴笋已栽。苦菊在长,榨菜在长。——人有这么多蔬菜陪伴,是多么幸福!而且我的菜绝对安全,做比萨饼、做沙拉都行,生吃也行,外面卖的菜可不保险。

入冬以来,吃过中饭,偶尔沿着田沟散步,而后躺走廊上晒太阳。

菜园里，有三间平房，走廊很深，阳光极好，风吹不到。我和妻子把纸箱撕开，铺展开来，在阳光下午睡。对着太阳时，怀里像揣着火炉，背向太阳时，背上像有若干银针扎入，暖暖的，麻酥酥的，每块肌肉都放松，每个毛孔都舒坦。其时，菊花脑花香气弥漫，马蜂粉蝶自在飞舞，灰喜鹊喳喳地叫，棉絮似的云在飘……

想起萧红传记电影《黄金时代》。其编剧李樯在解释片名时说，"每个人都有自己的黄金时代"。如果有人问我的黄金时代是什么，我会毫不犹豫地回答：种菜的时光。种菜是简单的，种菜的人也简单，于物质之外，逍遥自在。

·贴地飞行

小雪那天，雪花如约而至。——小雪是节气之一，在我的感觉中，已经名不副实。这次，它们从天而降，纷纷扬扬。我看不清它们的来路。我不知道它们走了多久，不知道它们行走的艰辛。我唯一知道的，是它们对于山川大地的眷念和深情。

雪花是很调皮的，像一只只细腰蜂，在银杏树上飞舞，在桂花树上小憩，手搭凉棚，下望菜地，把青菜、萝卜、芹菜、芫荽等打量一遍；再轻盈地跳至空中，朝着某处菜畦、某种蔬菜，优雅地飞过去，贴着菜地飞行，悄然降落。

就想到徐志摩《雪花的快乐》：

假如我是一朵雪花，
翩翩的在半空里潇洒，
我一定认清我的方向——
飞扬，飞扬，飞扬，——
这地面上有我的方向。

这些快乐的雪花，渐渐地把蔬菜覆盖了，把蔬菜间的缝隙填满了。后来，雪花越来越多，依然贴地飞行，但是对落点的选择，不再挑剔了，田沟里、边角地都是。雪像潮水似的渐渐地涨起来，把菜地淹没，白白的一片，而且平坦，如光滑的玻璃。这个时候，我感觉到菜地的无边无际，像没有边的打谷场，像横无际涯的海洋，像川端康成的雪国，像浪漫而空灵的诗境。

朔风渐起，改变着雪的路径，也催落了银杏树叶。这些树叶，叶子的边缘微黄，叶面还是绿的，受了雪花的诱惑，提前落下来了。它们落在雪上，一片二片三四片，积成金黄色的毯子，盖住厚厚的雪。不过，我还是弯下腰，用手指把叶片耙到沟里。据我的经验，被它们覆盖的青菜，含了太多水分，容易冻坏。

《雪国》是部中篇，六万多字。是另一个世界。1935年首次发表，1948年独立成书，十三年的光阴里，川端一直在打磨它，把它打磨成了一部美好而忧伤的经典。

"穿过县界长长的隧道，便是雪国。夜空下一片白茫茫。"这是全书的头两句，也是进入另一个世界的唯一路径。《雪国》中有个人物，就叫叶子，冰清玉洁，在火灾中，飘然而下，香消玉殒。川端在写作时，是不是从雪和树叶中受到了启发呢？

想起刘亮程，他的《一个人的村庄》我百读不厌："落在一个人一生中的雪，我们不能全部看见。每个人都在自己的生命中，孤独地过冬。"我想，这里的雪，应该说的是人生的经历，或者人生中的种种磨难吧。想想自己走过的路，其间的经历，有时比戏剧还要戏剧。个中滋味，一言难尽。想想自己所遇到的每个人，想想频繁出现于大众视野的公众人物，很难说是完全为人所知。

抬眼望天，朦胧的白，如毛玻璃。站在菜地中间，凝望雪花飞舞，头上一层白,拂了还满。我也变成雪花,贴地飞行。思绪白茫茫的,飘远,轻盈。

天也黑得早了。我拔了四个萝卜,剪了一把大蒜——把根留着,能重新发出蒜叶,照样结蒜头。萝卜烧肉、大蒜炒蛋,都是可口的菜。前几日,有朋自远方来,特地来看我的菜园。他们说种菜是一种情怀,也是一种贴地飞行的姿态。

·芹菜自来香

芹菜正当妙龄。可能是香妃投胎,每根发丝都散发着香气。但她的香不冲,恰到好处,不像芫荽张扬,横冲直撞,仿佛崆峒派的女掌门。或者,她是借香妃形体,溜出园子,行走世间,像七仙女,或林黛玉,给自己放个小长假而已。

时令已届小雪。天色灰蒙,像块抹布。银杏树叶受不了这样的不温不火,纷纷飘离,落到菜地,叠床架屋,像给菜们盖上金黄色的棉被。可是,如果下雨,棉被会潮,不易晒干,反而害了蔬菜。

我和妻子弯曲五指,扒青菜畦。青菜是移栽的,留有株距行距,可以把树叶扒到沟里。再就是捡,芹菜、萝卜、芫荽、生菜、茼蒿、菠菜都是撒种,肩挨着肩,脸对着脸,只能捡,一片一片地捡。捡到芫荽、芹菜跟前,就闻到了它们的香气,如同看见感激的微笑。

我记得栽芹菜的情景。晚秋时节,把土打碎,把地耙平,用锄头的尖,勾出一指深的沟,把秧子栽进去,围土,丢肥,浇水。之后,坐等它们茁壮成长。它们是懂事的孩子,热爱学习,天天向上,茎渐渐宽,叶渐渐胖,眉清目秀,长发流香。我揪些杂草,揉成团子,填在垄上,抵住它们的腰,免得它们被风吹倒。

后来,我因跌伤了腿,不能走动。每次妻子从菜园回来,我都要问问芹菜的长势,像家长检查孩子的作业。妻子说,又长高了,又围了草，香气扑鼻。最近又说，长得密了，挤在一起。于是拔些回来，炒肉丝，炒豆腐干，炒胡萝卜丝，包芹菜饺子。不仅齿颊留香，家里空气都香。

我们边吃饭，边聊芹菜，把它当成了家庭成员。以前散步时，看到过人家的芹菜地，是一棵一棵栽的，待到长高分蘖，用红毛线拦腰扎起，像系腰带，又整洁又清爽，便于收籽。

芹菜品种也多，有雪白有节的水芹，有青绿无节的香芹，还有野生的芹——其生长环境亦如老祖宗的沼泽地。身形亦有别，有的娇小，像女体操运动员；有的粗壮，像高大威猛的三大球运动员。

芹菜是可以过冬的菜，看似柔弱，其实坚强，像流行语："女本柔弱，为母则刚。"到了春末，也会起薹、开花、结籽，其形端庄，其势优雅，其香一如从前。不似今日某些女子，原是娴静姣好，一为妇人，则或不修边幅，或浓妆艳抹，眉眼轻佻，出语粗俗，不忍直视。

又想到曹雪芹。本名曹沾，字梦阮，号雪芹，又号芹溪、芹圃。说他爱吃芹菜，时常亲自下厨，最有影响力的一道菜叫作"雪底芹芽"，就是用冬雪掩盖下的芹菜嫩芽，炒斑鸠肉丝，其味清淡，又蕴清香。今天看来，单这两样食材，就是奇珍。

叫小芹的就多了。这名字好像天生是为女子准备，暗含低调、美丽、朴实、清纯的意味。《小二黑结婚》中，有于小芹，不屈服于权势，不畏惧迷信，也不听她娘三仙姑摆布，非小二黑不嫁，最终如愿以偿。电视剧《我才不会被女孩子欺负呢》中，有个任小芹，娇小、白皙，说话清脆婉转，如同新莺出谷，黄鹂啼叫。

最后补充一句，妻子的QQ昵称，就叫芹菜。

·一棵青菜就要起薹

阳光落在园里,像个中年人,背着手散步;也像一个人觉得风景甚好,而停住他的脚步。菠菜、生菜、芫荽、青菜、芹菜、荠菜,还有蚕豆、豌豆头,都在静静生长。写过"你在高原"系列作品的张炜,在万松浦书院的大门上,左书"和蔼",右书"安静"。我的这座小园,似也可以移用这副对联。

我小时唱过《红梅赞》,是首老歌,中有"三九严寒何所惧"之句;眼下,三九是三九,严寒却没有。前几天说要下雪,又要上冻,曾用竹条和塑料皮,在一畦地上搭了大棚,未曾想到,阳光是越来越好;今天中午,我把塑料皮揭开,让里面的芹菜和青菜透透气,怕把它们闷死了。

你可能不知道,我是把蔬菜当孩子养的。我关注每一畦菜,浇水、施肥、除草、捉虫,赶走麻雀和灰喜鹊——它们也爱到园里闲逛,在菜叶脸上啄出或大或小的孔,犹如上帝爱啃美丽的苹果;我也敬畏每一棵菜,我知道它们生长的努力和不易,如同行走在世间的小人物,没有人完全知道他们的遭遇和忧伤,就像没有人看见他们生命中所有的雪。

有人说,人的变质,是从对万物失去爱心开始的。我想,这万物之中,应该包括蔬菜。所以,我还为它们写些文字,表达我的信念和感激。我们的情感深度实际上决定了许多事情,也决定了我们的文字;

而没有接上地气的文字，终归不会有什么价值。在这寂静的园里，时间在蔬菜的绿色波浪上航行，我在时间的绿色波浪上航行，而且沉默越来越多，尽情享受一个人的时光。

读日本作家的故事。那位鸭长明，以六十多岁的年纪，独居山中，谓"知世知己，无所求，无所奔，只希望静，以无愁为乐"。德富芦花晚年定居农村，栽种树木和庄稼。他在窗前读书写作，一抬头，就可看到远处的雪山，近处的树木和庄稼，以及一畦畦碧绿的菜。我希望自己将来也能达到这样的境界。

在盖着塑料皮的那块地上，芹菜和青菜格外青绿。我给芹菜培土、浇肥，希望再过个把月，等春节的时候，可以吃上；我又给青菜除草、上肥，也是希望春节的时候，这一茬后栽的青菜可以长大。我弯下腰，一棵一棵数着青菜，把每棵青菜都当作一个字来读："少无适俗韵，性本爱丘山。误落尘网中，一去三十年……"

当我读到"暧暧远人村，依依墟里烟"的"烟"字，也就是第五行第三棵菜时，我突然发现这棵菜就要起薹了：它的茎就像"薹"字本身，卓尔不群，让我想起"楼船夜雪瓜洲渡"，以及"欲穷千里目，更上一层楼"；茎的最末端，是一簇青色的芝麻大小的花苞，透出微微的黄色，宛如明天就会开放，跟正午的阳光互为映照。

这棵青菜就要起薹！

在我的记忆里，青菜起薹是春天里才能发生的事。那时青薹茎粗，粉嫩，一折就断，下锅就熟，配以豆腐，一清二白，实在是难得的时鲜。而且，折了主茎，会长出许多侧茎，再折，长得更多。只是越到后来茎越细，且渐渐变老、变苦，还是空心，味道比先前差些。菜薹是吃青春饭的，错过了这段时日，想疯狂也来不及了。现在，怎么提前到冬天了呢？

或许，这是一棵特立独行的青菜，在我们担心暖冬天气的时候，它却自顾自地生长，出落得如此美丽。米勒说："自然界的一切，不管多么微小，都是有性格的。"或许这就是它的性格。或者，它就是《徒然草》中那位居士的女儿——她只吃栗子，而不食其他东西。《更级日记》中，有篇《竹枝寺》，说某人"背着一个很香的东西飞一样地跑去了"。那"很香的东西"，其实是位极美丽的女子，她是不是来到我的园里，化身为这棵就要起薹的青菜了呢？

·在园子里想起米勒的画

我爱抚弄园子里的菜,总觉得它们的叶子,就是一只一只耳朵。

你看莴笋和油麦菜,叶子尖尖的,支棱着身子,像不像猫耳朵、狼耳朵、兔子耳朵?再看青菜和生菜,会折过来,像不像狗耳朵、猪耳朵和很听话的孩子的耳朵?大蒜的耳朵最有趣,细细长长,就像蜗牛的触须;胡萝卜的耳朵也不简单,藏在璎珞似的长发里,小得都看不见。

蔬菜们为什么都长着耳朵呢?它们都是好奇的孩子,要听风声雨滴,要听云飘鸟鸣,要听阳光的和弦与大地的呼吸,有时也听听我——一个虔诚的种植者的低语。它们往高处生长,往横里蔓延,都是为了倾听更多的声音。

在园子里待得越久,我越喜欢蔬菜。它们单纯朴实,你种瓜得瓜,种豆得豆,它们不会玩老鼠变猫的游戏。它们勤勉,不会偷懒,不管风霜雨雪,只要有阳光和土地,它们就努力生长;你割倒的韭菜,过几天就长出来,你剪断的芹菜、芫荽,过几天就发出新芽;你剥下生菜宽叶,它会继续上长,长出新的叶片来。从腊月初八这天开始,连着下了三天雪,它们被雪掩埋,可是雪尚未完全融化,已能听到它们嗞嗞生长的声音。

以前读过一些故事,比如爱情使一位瘫痪的女诗人站立起来;某位雕塑家对他塑出的少女产生爱恋，结果这位少女有了生命，最终和雕塑家结为伉俪。原本是不太相信的，可是现在，我信了。因为，我从一棵菜上，能听到它行走的声音，能听到雪和泥土的窃窃私语。由此我知道，世间万物，都有被感化的可能。

我也时常赞美阳光和土地。庄子说："天地有大美而不言。"的确如此。太阳供给热量，土地提供温床。在这个世界上，有许多植物动物，用不同的方式获取阳光，最后又把它们身上的阳光传递给我们。如果没有土地，种子于何处着床，又怎样才能生长？比如一棵菜，由撒种到移栽，到最后来到餐桌，需要经过多少时日啊！

我反对使用化肥、激素、农药、除草剂。这些东西改写了季节，改写了大地和太阳的行期，改写了生命的密码，使通往食物的路变得简单快捷。劳作已经不再是享受，甚至饮食也不再是享受，只是为了给一种名字叫人的机器加油，以使这种机器不停息地工作，直至磨损，报废了事。

在园子里，我时常想起米勒和他的油画。他从巴黎来到巴比松村，一住就是二十七年，直到去世。他早起晚归，上午在田间劳动，下午就在幽暗的小屋子里作画。他从不虚构画面的情景，每一幅画都是来自田野。你看他的《播种者》，那位播种者阔步挥臂，在麦地里撒播着希望的种子；你看《拾穗者》，那弯着身子拾取麦穗的妇女，像是在给大地磕头感恩；你看《晚钟》，那对农民夫妇，在远处教堂钟声响起时，停止劳作，虔诚祈祷，以感谢上帝赐予他们的恩惠，而这个恩惠，就是农妇身旁小车上的两小袋马铃薯！

我还想起诗人孔孚的生活故事，说孔老先生所在的单位分房子，他执意要住一楼。问其原因,他说,住一楼可以接地气,我如果种一棵树,那将是一树的绿;即使是一盆花,那也是一盆绿色的生命啊!我想,如果现在把城市和菜园放在他的面前,让他挑选,他会毫不犹豫地选择后者——那充满绿意的蔬菜,将给他带来怎样的喜悦啊!

· 蔬菜不冬眠

挖地的时候，被挖到的蚯蚓，即使被锹铡成两截，也不再往泥块里缩；被挖到的青蛙，像一团青绿的草，如如不动，了无声息。而蔬菜似也进入了冬眠期。青菜、生菜、芹菜、芫荽，都不见长。杂草倒长得欢，有一种叫球序卷耳的草，贴地生长，蔓延扩展，怎么扯都扯不尽。

阳光静好，如慈祥的外婆，抚摸着每一畦菜、每一丛草、每一块地。清晨时分，青菜的叶子冻得铁硬，像片玉雕，临风吟咏，一碰即断；阳光来了，温柔地抚摸它，抚摸它，使它变软，像小猫小狗的耳朵，半弯下来。青菜是听话的菜，也是懂得感恩的菜。

我同样受着冬阳的爱，也是一棵菜。我是一棵小有思想的菜。香港作家也斯写过一本书，叫作《蔬菜的政治》，书评家梁文道认为，这本书的核心是说人们很难通过沟通达到真正的相互了解。不过，我相信蔬菜能听懂我的话，听懂我爱的歌："明天更值得我们期待，时光不老，我们不散……我们的幸福并没有终点。"

也斯的书名很有意思。我小的时候，听过"土豆烧牛肉等于共产主义"的说法。前两年读到《洋葱，印度人的政治蔬菜》，说洋葱的价格直接关系到十几亿印度人民的日常生计，有人居然戴着洋葱项链参加竞选。最近读到《马铃薯和西红柿：半个世纪的旷世姻缘》，讲述半个世纪前，小学生尚马朝嫁接马铃薯和西红柿成功带来轰动的旧事，还说清代的繁荣发展，与引进玉米、番薯大有关系。这些年来，时常听说"菜篮子工程"如何如何。看来，蔬菜虽小，确乎关涉国家大事。

在我看来，蔬菜的每一点生长，都是一个生命的故事，而且它们也有思想。比如洋葱，它们知道做人就要敞开心扉，以诚相待，所以就是铁石心肠的人，面对它们的时候，也会热泪盈眶。比如大蒜，它们懂得团结就是力量的道理。《咬文嚼字》公布了2017年十大流行语——不忘初心、砥砺奋进、共享、有温度、流量、可能×××假×××、油腻、尬、怼、打call。而在我的流行语中，有个新词——"蔬菜有思想"。嘿嘿！

有朋友说我的菜园简直是思想的游乐场。这个可不敢当。但是我知道，一片茶叶可以影响一杯水，一畦蔬菜也可以改变一个人。比如每一种蔬菜都坚持做自己，无论岁月如何沧桑，历经四季的轮回、朝代的更迭、贫富的差别，它们都不会改变自己的味道。反观我们的时代，

有些人习惯于戴着面具,像是戏子。在我的感觉里,但凡唱过这种戏的人,他的人生就会抹上一种梦里繁华身世飘零的宿命感。

又如,现在的人习惯算经济账。人生可贵而又短暂,能不能改变一下思路,算一下精神和心灵方面的账呢?特别是有些人已经到了无梦的年龄;偶尔做梦,也无遐想,缺乏炫目的色彩,倒是现实的脉络越来越清晰。到了这种时候,还在追逐身外的东西,甚至不择手段,值得吗?有意义吗?

在我闲逛于这方菜地时,时光真如白驹过隙,一抬眼,太阳已经落到园外,鸟儿的黑影渐渐把园子覆盖。现在,我在敲打键盘,眼前浮现出我的菜园,那些菜畦方方正正,所有蔬菜都悄悄地支起耳朵,好像在听我说话。它们其实并未冬眠。

·留得葫芦看

已是冬天,北风时常在树梢呜呜地叫。园子里,山芋、老辣椒等,该收的都收了,南瓜、菊花脑等,该清理的也都清理了,只在东墙之上,留着一只老葫芦。

每次到园子里,都要走到老葫芦下,敲敲,摇摇,就是舍不得摘下。妻子问,风吹日晒的,会不会腐烂?我摇摇头,不会的。——以前,它在水缸里漂,在河水里漂,都不会坏,挂在墙上,定能坚持到底。阳光之下,它泛着细瓷似的光,美丽朴实。

言及葫芦,当从去年说起。春节之后,我到同学德成家玩,他送给我几粒葫芦种,漆黑、干瘪。我心想,能不能发芽啊?春暖花开之时,我挖了两个宕子,下足底肥,丢下种子。过些时候,它们长叶,跑藤,开花了。藤子跑得挺远,花朵开得很多,花蒂下面,就是青青的蜡笔似的葫芦芽。哪知道,那些芽长着长着就落了,把我满心的希望化为乌有。同时种的还有丝瓜、南瓜、冬瓜,藤蔓交织、纠缠,叶子又大,花也艳丽,转移了我的注意力。

有天早上,我到院墙底下掐菊花脑——那嫩绿的头炒食或者氽汤,都是清火的——无意发现,在满墙披挂的藤子里面,挂着两只葫芦,青绿、光洁,细看,覆层茸毛,头小肚大,线条柔美,像不倒翁。我摘下一只,刮掉薄皮,切片烧汤。那瓜片略带点青,像是透明的,那汤汁清清亮亮，略带点甜。我为曾经忽略它而难为情，我怪自己是个势利的人。

席慕蓉写过散文《聆听大地》，我想我应该聆听葫芦。急于求成，是我们的时代病。总是盘算吃最少的苦，走最近的路，然后收获最大的利益。但是，如果缺乏足够的过程，即便人生辉煌也无多少回味。我抄录过林语堂的话："让我和草木为友，和土壤相亲，我便已觉得心满意足。"可是我什么时候变得如此现实呢？

后来，又摘了几只嫩葫芦吃，但是，那初结的葫芦，一直没动。它像一只警钟，经常在我耳畔响起。就这样，它度过春天，度过夏天，度过秋天，经历立冬、小雪、大雪、冬至，即将迎来小寒、大寒。菜园里所有的蔬菜都重新来过，或者等待来年，唯有它还挂在那里。虽然叶子尽落，藤已变枯，它由嫩绿变成橙色，变成木质，但是，心安气定，不急不躁。它是园中的老寿星。它见过太多风雨，有过太多荣辱，但是，都放下了。

木质的葫芦也是有用的。剖成葫芦瓢，可做舀具、量具，不剖的话，可盛酒、油、米面；以前喝水用的水舀子，就是用老葫芦剖成的瓢；以前读过欧阳修的《卖油翁》，那装油的器具就是老葫芦，读苏轼的《赤壁赋》，那盛酒的"匏樽"也是老葫芦。

在民间，关于葫芦和瓢，有很多谚语。比如"依葫芦画瓢"，比喻单纯模仿；"东扯葫芦西扯瓢"，指谈话无章法；"抱住葫芦不开瓢"，比喻闷声不响，不言不语；"留得葫芦子，不怕无水瓢"，指说话做事，要留后路。更因"葫芦"与"福禄"谐音，它被当作了吉祥物，似乎家有葫芦就有"福禄"，家家都种。我母亲在世时也种过，可是我家穷得叮当响——母亲其实是很能干的人,但在那个时代,也无能为力。

最后的葫芦,终究要摘下米。待到春天,一分为二,取出叮叮响的种子,继续播种。

·豌豆范儿

寒冬时节，菜园里最抢眼的，要算豌豆苗了。一畦青翠，半园清气，更有婀娜藤蔓，像表演柔术的女子。掐尖清炒，其碧如玉，其嗅如兰，实在是难得的佳肴。

每次掐豌豆尖儿，都会想起《诗经·小雅·采薇》中的句子："采薇采薇，薇亦作止；……采薇采薇，薇亦柔止；……采薇采薇，薇亦刚止。"

"薇"就是野豌豆苗。"作"，指刚发出的芽；"柔"，指柔嫩的茎；"刚"，即嫩苗变老。在这里，豌豆苗成为戍卒思乡的背景，如今也成为在异乡打拼的人回家过年的背景。豌豆苗到了"刚"的时候，便吃不动了（隐居首阳山"采薇而食"的伯夷、叔齐，或会皱着眉头继续吃它）。——其时在看《芈月传》，就想：这三个字，既是豌豆苗的一生，也是芈月的一生。

《芈月传》是近期挺火的一部电视剧，把我的业余时间占去大半。不过，收获也多。一是会读"芈"这个字了；二是随着剧情穿越时空，见到诸多隔代的朋友，如屈原、黄歇、张仪、苏秦，等等，自然还有各路诸侯；三是知道了封建时代的第一个奇女子——宣太后。

遥想当年，芈月也曾纯洁优雅，温柔娇俏，眼角眉梢，尽皆风情。可是比江湖还要险恶的后宫，迫使她一路奋斗，由柔而刚，由"择一城终老，遇一人白首"的女文青，"愿得一心人，白头不相离"的"傻白甜",变身成为在苍茫大地上发出"谁,执我之手,敛我半世癫狂"邀约的女斗士,在香艳了历史的同时也改写了历史。

过些时候,当风儿变得柔软,豌豆苗的腋下,将会绽放花儿。豌豆的花儿不密不艳,多是白里透红,清新脱俗。花瓣也少,舒展开来,宛若翻飞的蝴蝶,随时可能飞到树上,飞到云彩里去;且是两只,或三五只,御风而行,衣袂飘拂,像刘禹锡的诗:"便引诗情到碧霄。"

最近听到少儿歌曲《豌豆花开》,其词颇有诗的意境:

豌豆花呀豌豆花啊快快放花,
我在等着爸爸爸爸回家;
……
豌豆花呀豌豆花啊快快长大,
我要迎来爸爸爸爸回家。

春节将至,我想那些在外打工或者留恋异乡风景的爸爸们,听着这清脆的童音一遍遍撞击柔软的心灵,或许都要泪眼婆娑几至哽咽了。

名气大如苏东坡者,也爱豌豆,有豌豆诗:"彼美君家菜,铺田绿茸茸。豆荚圆且小,槐芽细而丰。"那槐芽变老,花落之处,便是青青的豆荚。豆荚可以趁嫩摘下,清水焯熟,往牙齿间一捋,豆粒落在嘴里,满口清气。豆粒滴溜圆,可炒肉末、炒三丁、炒玉米、炒火腿、炒蛋炒饭、炒牛肉粒、炒蘑菇鸡丁,是极好的配料,如电视剧里客串的明星;如裹了面粉炸食,又香又酥又有看相。

青豌豆一时吃不完,就成了老豌豆。老的豌豆粒,还是滴溜圆,变成金黄，变得坚硬。可以炒食，可以炸食，可以做酱，可以进入故事。想我少时，玩那"炒蚕豆，炒豌豆，骨碌骨碌翻跟头"的游戏，其情其景如在目前，触手可及；那"骨碌骨碌翻跟头"的，一定是老豌豆。往前数近两百年，安徒生童话《豌豆公主》里那硌得公主浑身疼痛的豌豆，或往前数至元代，关汉卿杂剧里那蒸不烂、煮不熟、捶不扁、炒不爆的铜豌豆，自然都是老豌豆无疑。

豌豆一生都是故事，恰如北京话里的"范儿"。"范儿"这词只可意会，令人漂亮或者有才可用，令人大气或者脱俗也可用。不论从哪方面看，豌豆都称得上"有范儿"。

·没有阳光不行

我的菜园,由两块地组成,一南一北,中间隔着屋子。都方方正正的,像两张水写纸,可以一茬茬地、连续不断地种菜。一年中,前三个季节里,这两块地的种植没什么区别,到了冬天可就不同了——南面这块地,蔬菜简直长不起来。

红萝卜只长叶子,块根细得像老鼠的尾巴;白萝卜的块根,也不过乒乓球大小——白萝卜是移栽过来的,原本可以像吹气似的长,长到碗口大,长成小排球;芫荽还贴着地,叶子细碎、枯黄,闻不到香味,看不到蜂飞蝶舞;上海青(蔬菜新品,菜茎碧绿,看起来老,吃起来嫩)笔细,没有发棵;莴笋精瘦,有些叶子已经烂了……

细看南面这块地,三面是墙,像"凹"字的缺口,中间有两棵桂花树,亭亭如盖。风吹不进来,露水落不下来,阳光无法穿透繁密的枝叶。在其他季节,由于日照长,气温高,蔬菜还能生长;可是在冬天里,它们只能苟且保命,度日如年。

我真切地体会到,没有阳光不行。小时唱过一首歌,前两句是"大海航行靠舵手,万物生长靠太阳",现在想来,此言不虚。我知道,地球上的生命依靠太阳的能量生存,而光合作用是捕捉太阳能量的途径。所谓光合作用,就是"用光合成营养",缺少了阳光哪能成呢?

由于莳地弄菜,我读书的时候,每读到与种菜有关的情节,便会

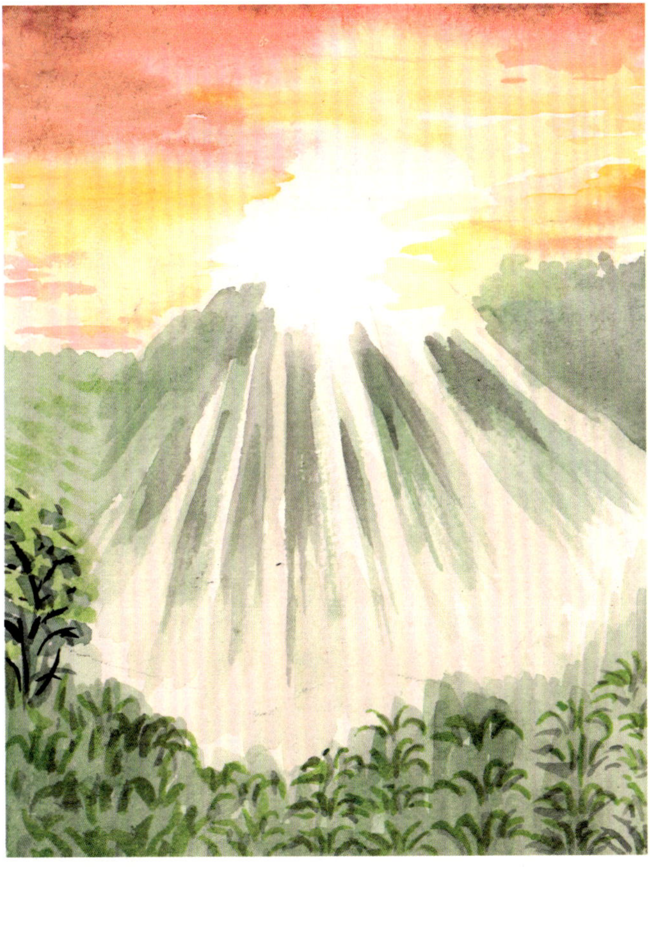

激动、亢奋,好像俞伯牙遇到了钟子期。比如英国作家E. M.福斯特《看得见风景的房间》:

> 他们走进阳光中。塞西尔看着他们穿过露台,走下台阶,消失了踪影。他知道他们的习惯——他们将继续往下走,经过灌木丛,经过草地网球场和大丽花花坛,一径走到菜园子。在那里,面对着土豆与豌豆,他们将讨论这件大事。

这部小说写于1908年。一个世纪之后,我读到此处时,依然能够闻到蔬菜的新鲜气息,依然能够听到土豆与豌豆的亲密耳语。

汪曾祺的小说《薛大娘》里也有蔬菜:

> 每天上午,从路边经过,总可以看到大龙洗菜、浇水、浇粪。他把两桶稀粪水用一个长柄的木勺子扇面似的均匀地洒开。太阳照着粪水,闪着金光,让人感到:又是新的一天了。菜园的一边种了一畦韭菜,垄了一畦葱还有几架宽扁豆。韭菜、葱是自家吃的,扁豆则是种了好玩的。紫色的扁豆花一串一串,很好看。

大龙是薛大娘的儿子,种了菜来,薛大娘卖。母子俩都开开心心的,薛大娘脸上整日带着笑。她的天性就像蔬菜,自然、健康。每次读到这节,我都要反复念叨,有时会不自觉地朗读起来。

这两段文字里都有阳光,蔬菜得时,长势正旺。

最近读到余秀华的诗,感觉她也像一株青菜,借助网络的阳光,快乐疯长。她在《我养的狗,叫小巫》中写道:

> 我跛出院子的时候,它跟着
> 我们走过菜园,走过田埂,向北,去外婆家

她书写家乡的草木、景色及小动物,她的诗歌也充满了爱情和渴望。她身体残疾,思想不残,精神不残,诗歌不残。她的诗句就像冬日暖阳,直泻无碍,照得人浑身发热。

至于《三国演义》中,刘备每日在许昌的府邸种菜,《阿Q正传》里,阿Q逾墙偷拔静虚庵的萝卜,都并非闲笔,皆耐人寻味。其实,书籍之于人就像阳光之于蔬菜,蔬菜没有阳光不行,人不读书不能成长。有些人,可能不以为然,也并不奇怪,七月就是七月,安生就是安生,这个世界原本没有完全相同的人。

· 冰花菠菜

菠菜是可以过冬的蔬菜。像一条船，穿过凛冽的风雪，抵达彼岸的春天。

我小的时候，爱吃菠菜，现在还是爱吃。菠菜的叶面油绿亮滑，叶缘完整流畅，茎如青葱，像细细的吸管，根呈浅红色，如鸡雏的小嘴；又有微微的甜味，越到冬天越甜，越冷越甜。种菜以后，我才知道，很多蔬菜过冬时，都会自增糖分，比如青菜、萝卜，以抵御寒冷，以免被冻坏。

菠菜像人，喜爱春秋和煦的风、温暖的阳光，但它并不惧怕寒冷，即使风霜降临，种子照样萌发，只要屋檐不挂冰锥，茎叶照样生长。它注重形象，追求完美，即使冬天，叶缘也如流线，而不缺牙少齿。

现在，我的园子里，绿着半畦菠菜，是秋末所种。初冬的早晨，叶面落了一层霜，像搽了荧白的粉；霜化以后，阳光之下，如祖母绿，厚重沉稳。1月初，下了场雪，叶子冻得硬挺挺的，像翘起的猫耳朵，用手摸一下，如铁如冰；化冰以后，柔若无骨，像我家美丽的周周——一个可爱的新生儿。

古书记载，菠菜源于波斯，有两千多年的栽培史，又名波斯菜。唐代贞观二十一年（647），尼泊尔国王那拉提波派使臣把菠菜作为一件礼物，从波斯送到长安，献给唐皇，从此在中国落户。如今，菠菜在我国普遍种植，就像外村的女子，嫁进某个村庄，时间久了，比本村的女子还要土著。

菠菜，还叫赤根菜、鹦鹉菜。这两个别名，时常引起我快乐的回忆。菠菜有"营养模范生"之称，它富含类胡萝卜素、维生素C、维生素K、矿物质（钙质、铁质等）、辅酶Q10等多种营养素。菠菜种类很多，按种子形态可分为有刺种与无刺种两个变种。我自己收的种子是有刺的。它要经受严寒的磨炼，到了春天，到了夏天，才能成熟。

从感觉来说，菠菜是柔弱的，满是柔情。这与成语"暗送秋波"的暗示有关。秋波，是指秋天的水波，比喻美女的眼睛像秋天明净的水波一样。如苏轼《百步洪》诗："佳人未肯回秋波，幼舆欲语防飞梭。"这原与菠菜没有关系。但是看宋丹丹演的小品，把秋波曲解为"秋天的菠菜"后，恍惚中，菠菜变身美女，犹如绛珠仙草化身为林黛玉。这就是语言的力量吧。

1月9日，"冰花男孩"王福满头顶风霜上学的照片在网上走红。照片中的他站在教室里，头发和眉毛已经被风霜粘成雪白，脸蛋通红，穿着并不厚实的衣服，身后的同学看着他的"冰花"造型大笑。但他自己表情自然，正如梅花香自苦寒来，我就想到冰花菠菜。菠菜也是坚强的男孩。

眼下已是四九，正是"三九四九冰上走"的时候。想到《红梅赞》中"三九严寒何所惧"的歌词，想到我自己读高中时，由于缺食少衣，别人吃午饭，而我斜靠在河边的草地上晒太阳取暖、读小说充饥的情景，感觉自己也曾是个"冰花男孩"。

又想到"大力水手吃菠菜"的故事。大力水手有着古怪的口音和与身体不成比例的小臂，他只要吃了菠菜，就能补充到足够的能量，瞬间变强变壮。王福满可能吃过很多菠菜吧？我相信一个不怕吃苦的男孩，一定会有美好的未来。在我自己来说，虽然生活中也有不如意的事，但能承受。这大概也源于菠菜的神力。

阿来在《成都物候记·女贞》中写道："中国的植物知识，一个缺点是太关乎道德；再一个缺点，就是过于实用，或是可以吃，或者是因为有什么药用价值，否则，这些植物就会被排除在我们视野之外。道德主义与实用主义，首鼠两端，正是我们身处其中的文化的病灶所在。"蔬菜自然属于植物，我写菠菜也暴露出自己认知上的这两个缺点。

·极简主义以及对蔬菜的情谊

三年多前,艳阳高照的秋天,我走进朋友几近荒芜的小院,用镰刀砍倒白穗飘扬的茅草,高过人头的商陆(又名大苋菜、山萝卜、胭脂等),爬至树顶、披挂下来的葎草,一锹一锹翻地,种上萝卜、青菜、芫荽、菠菜……

我不知流过多少汗水。两条浅色的裤子,沾满了杂草的绿,商陆果实的紫,搓了半天,也不干净,又剐坏了裤脚,不能再穿。手心磨出三个血泡,手指蹭掉两块嫩皮。但是,我很开心,既有一种"筚路蓝缕,以启山林"的豪迈气概,又有一种"为之四顾,为之踌躇满志"的成就感。

之后,一有时间,便窝在菜园。如一尾鱼,沉在水底;如一只鹰,翱翔蓝天。浇水、浇肥、锄地、薅草,是一年四季都要做的常规动作;挖地、栽菜、捉虫、播种,是季节性的劳作,也经常做。菜园就像厨房,事情是做不完的。收获自然也多。例如,我终于知道了山药与山药蛋的关系,确认了世间确有黑芝麻,晓得了芫荽的花会变颜色,结识了泥土之上的昆虫,发现了泥土底下的动物城堡。

我还从蔬菜、草木、昆虫、水土方面,得到许许多多启示。比如前两年栽圆白菜,第一年收获二十多棵铁饼似的菜,第二年因为秧子不好,忙碌半年,两手空空。我似明白了前人所说的"只求耕耘,不问收获"的深刻含义。又如去年齐根割断老茄荄子，后来发出新茎新叶，收了一季秋茄子；今年呢，如法炮制，由于干旱，花都没有。这似在说明"谋事在人，成事在天"。

还有，有的莴笋长着长着就烂了，有的番茄果实没红就落了，种了两季南瓜、冬瓜，谎花很多，果实却少。大多数菜，你播种或者移栽以后，一眼可以看到它们的未来。象征主义诗人说，世界是一片象征的森林。从蔬菜身上，可以看到人生中的许多事情。有时使人感觉到时间的紧迫，"老牛亦解韶光贵，不待扬鞭自奋蹄"；有时又使人陷入莫名的空虚，进而生出"人生得意须尽欢，莫使金樽空对月"的感慨。

冬天里，有时在走廊地上，垫两层厚厚的纸板，或坐或躺地晒太阳，仰望园里的桂花树、银杏树及树上的鸟和天空，心胸为之开阔。有时坐在纸板上读书，沐浴文字的阳光，获得异样的温暖。我读书很杂，像吃杂食的鱼。我常读的书有两本，一本是梭罗的《瓦尔登湖》，另一本是刘亮程的《一个人的村庄》。

1845年，梭罗住进了瓦尔登湖旁边的小木屋，一住就是两年多，莳菜种豆，于湖中看景，写出不朽的《瓦尔登湖》。他是位博物学家，他爱所有的动物、植物；他觉得人不要有太多的欲望，否则活得太累。他说，一个人一年只要工作六个星期，其劳动所得，足以满足其一年的生活需求。他其实是以他自己的实践，抵制日趋恶劣的无节制的物质追求风气，拒绝以火车为代表的现代化的快节奏。从种菜开始，我就想，菜园也是一座木屋，我要潜心种植，赶上梭罗；后来，我又想，我要超过梭罗，只要朋友不收回他的院子移作他用，我就一直种下去。

如果探究《瓦尔登湖》的主旨，在我看来，就是提倡极简主义。关于极简主义这个概念，众说纷纭，莫衷一是。我觉得，它并不是指吃饭只吃一个菜，成天穿着破衣服，就像《欧也妮·葛朗台》中的老葛朗台，《死魂灵》中的泼留希金；而是指利用自己的时间和精力，做一些有用的或自己感兴趣的事，从而获得更大的快乐和幸福。《人民日报》网站将其概括为欲望极简、精神极简、物质极简、信息极简、表达极简、生活极简六个方面，强调物质上不攀比、不看无聊信息、不做无效社交、不羡慕名利权势等，我深以为然！

读刘亮程，感动于他对于村庄的热爱和如痴如梦的深情。我除了把菜园当作小木屋，还把菜园当作村庄。

今年（2017年）10月，党的十九大召开。会议强调，"中国特色社会主义进入新时代，我国社会主要矛盾已经转化为人民日益增长的美好生活需要和不平衡不充分的发展之间的矛盾"。我认同这种观点。我想说的是，美好生活不是毛毛雨，不会自己从天上掉下来，而是需要我们用双手来创造。遗憾的是，有些人过于懒惰，对于劳动的热情大为减退。我觉得，这是一种退化。

转眼之间，一年将尽，踮起脚尖，已能看见2018的身影。蔬菜都长起来了，除莴笋、榨菜和圆白菜外，皆能采食。苦菊一丛丛的，如同花朵。我浇水、薅草、浇肥、锄地，以躬身劳作的姿势，迎迓新的一年。满园青绿，天空高远；空气清冽，一派清明。

·后记

  亲爱的读者朋友，感谢您的阅读。这是我的第二本种菜散文集。市面上也有关于蔬菜的书。与它们不同的是，我不是写如何烧菜，不是分析蔬菜的营养价值，也不是由蔬菜发微，阐述人生要义，我写的是种菜过程以及体会。打个比方说，其他的作者，可能是美食家、营养师、心灵导师，而我，只是一名虔诚的菜农。

  话说2014年秋，我的朋友老余把他家院门的钥匙交给我，说可以把里面已经荒芜的菜地清理出来，重新种菜。——其时他和太太、孩子，在北京工作、生活已有一段时间，菜地自然没人打理，结果长满了草，成了荒园。他们偶尔回来，打开院门，看到蛇在草间游动，看到松鼠在庭院里乱跑，心里空落，若有所失。他又知道我喜爱种菜。

  老余的院子在城里，呈矩形，南北宽16米，东西长60米。最东面盖了楼房，中间盖了三间平房，坐北朝南，阳光极好。——冬天里，我和妻子时常在走廊上垫了纸板，或坐或躺地晒太阳。平房山墙两端，是两块菜地，都是方形，合起来有200平方米。在城里，拥有这么大的地，用以种菜，可以说是奢侈的。

  我脚穿一双旧皮鞋，手拿一把旧镰刀，进了大院。连续几天，我挥舞着旧镰刀，砍那些高过人头的茅草、商陆、葎草，浅色的裤子满是草木的绿汁，手心磨出了一排水泡。杂草砍倒以后，露出半畦韭菜，菜叶碧绿，菜花素净，还有一棵万年青。那时天气尚热，汗流浃背，但是心里熨帖，仿佛头顶一片荫凉。

之后，就是翻地，用二指镐翻，用旧铁锹挖，一遍遍地弯腰捡拾砖块瓦砾和废旧的塑料皮。接着种了青菜、萝卜、生菜、菠菜、芫荽、茼蒿等，浇水、施肥、拔草、锄地，汗水流淌成河，手指染得碧绿，然而，一想到有有机蔬菜吃，就忘却了劳累，晚上睡觉也香。

妻子是我最好的合作伙伴，每寸泥土，每畦蔬菜，都有她劳作的印记。记得有天黄昏，我用铁锹挖地，她用锄头捣平，我均匀地撒种，她以细碎的土粒覆盖，我拎了水来，她洒在地上。其时阳光斜照过来，给菜地镀上一道玫瑰色的花边。此情此景，就是我一生中最美好的记忆。

后来，老余夫妇带着孙女可可从北京回来居住，也加入种菜的行列。老余的太太极贤惠，又是种菜的好手，以后菜是越种越好。时日流转，万物生长，老余的孙女会走路了，会说话了。她用手指拈着草莓的茎，或用手心托着红红的番茄，喜笑盈盈，天真可爱。

劳动之余，我会把种菜的过程和感受写下来。我本来就热爱阅读、写作，从那时开始，我的笔墨就集中在种菜上面了。迄今为止，已有两百余篇，约三十万字。2016年底，我把前期写的种菜散文，辑成《蔬菜物语》，已经出版；现在，我把2017年的种菜散文辑成《蔬菜月令》，准备出版。

在种菜与写作的过程中，菜园成为我的乐园，也成为我的精神家园。沉醉在蔬菜的乐园里，凝望露水在菜叶上凝结或者滑动，倾听黄瓜的花朵沿着竹竿攀缘，一路歌唱，又有茼蒿、芹菜、芫荽、韭菜之香扑鼻而来，时常自行迷失，不知身在何方。我有时把蔬菜当孩子，有时当爱人，更多的情况下，是当作师友。我记得鲁迅写给瞿秋白的对联，"人生得一知己足矣，斯世当以同怀视之"，这也可以用在我与蔬菜之间。

我的那些含有蔬菜气息的文字，每每经由尊敬的编辑之手，便能通过散发着纸墨芳香的报刊，或者精美的图书，以更好的形式进入读者的视野。我知道，这不是由于我的文笔婉转流畅，而是由于蔬菜实在是人们生活的第一需要，种菜则传达出人们对土地的感激与依恋之情。我也因此结识了很多编辑老师，得到他们的厚爱。

在这部书稿签订出版协议之初，我拟的书名是《蔬菜月令》，想把每月种菜情景如实记录下来，类似一部生态蔬菜志。周华诚先生将其改为《蔬菜月令：春夏秋冬又一春》，建议按季节编成四辑，且突出文艺性。我觉得他的想法很好。后来写后记时，无意中看到一部韩国电影，片名叫作《春夏秋冬又一春》。电影以寺庙为背景，通过一个童僧的成长故事，表现人类的救赎主题。我觉得，从某种意义上说，菜园就是寺庙，种菜就是修行，在这里，或可找到真正的自己、快乐的自己。

2018年11月底，书稿转到编辑郭春艳手上，她根据书稿内容，建议把书名改为《蔬菜月令：我的耕读笔记》。我也觉得贴切，躬身种菜，不辍读书，就是耕读，且合"晴耕雨读"的古道。现在，经过半年多的修改、校对，此书即将出版。在此，我要真诚地对春艳以及促成此书出版的所有朋友说声谢谢！

感谢老余夫妇。感谢妻女给我理解与支持。感谢魏振强先生给予我恒久的鼓励和关照，这次又拨冗为拙著撰写序言。感谢周华诚先生在我写到四万字时，就跟我签订了出版代理协议，他的信任给我以坚持的底气与勇气。感谢马鞍山市作协主席、《作家天地》主编郭翠华女士，还有为这部书创作了多幅精美插图的刘贺年女士……

春雨惊春清谷天，夏满芒夏暑相连；
秋处露秋寒霜降，冬雪雪冬小大寒。

我曾把二十四个节气比作二十四座驿站，我走在节气中，每至一处，流连不已。歌曲《安和桥》中有句歌词，"那些夏天就像青春一样回不来"。我知道，节气的车道是单行线，过去就过去了，人能够做的，就是珍惜当下，把握眼前。

徐斌

2019年6月21日